आनन्दमठ

(उपन्यास)

आनन्दमठ

उपन्यास

बंकिमचन्द्र चट्टोपाध्याय

लोकभारती प्रकाशन

लोकभारती प्रकाशन
पहली मंजिल, दरबारी बिल्डिंग, महात्मा गांधी मार्ग
प्रयागराज-211 001

वेबसाइट : www.lokbhartiprakashan.com
ईमेल : info@lokbhartiprakashan.com

शाखाएँ : 1-बी, नेताजी सुभाष मार्ग, दरियागंज
नई दिल्ली-110 002
अशोक राजपथ, साइंस कॉलेज के सामने
पटना-800 006

इस रूप में पहला संस्करण : 2016
चौथा संस्करण : 2023

मूल्य : ₹ 495

बी.के. ऑफसेट
नवीन शाहदरा, दिल्ली-110 032
द्वारा मुद्रित

ANANDMATH
by Bankim Chandra Chattopadhyay

ISBN : 978-93-5221-150-0

ऋषि बंकिमचन्द्र चट्टोपाध्याय की सर्वश्रेष्ठ कृति यह 'आनन्दमठ' है। इस उपन्यास का आधार इतिहास है। मोटे तौर पर 1770 ई. से 1774 ई. तक के बंगाल का चित्र इसमें खींचा गया है। रैमजे म्योर के शब्दों में वह 'उत्तरदायित्व के बिना सत्ता' का युग था। इसका प्रमाण वारेन हेस्टिंग्स का यह पत्र है जो उन्होंने इंग्लैण्ड में बैठकर अपने मालिकों को लिखा था। उस पत्र के अनुसार 1770 ई. के अकाल में बंगाल के कम से कम एक तिहाई लोग मरे थे, लेकिन दूसरे वर्ष 1771 ई. में जो कर वसूली हुई, वह 1768 ई. के मुकाबले में अधिक थी। 1768 ई. में भरपूर फसल पैदा हुई थी। बंगाल में शायद वैसा दुस्समय कभी नहीं आया था। इसीलिए उस समय बंगाल का जन-जन संन्यासी के रूप में विद्रोही बन गया था। 'आनन्दमठ' में राष्ट्रविप्लव का वही चित्र मिलता है।

'आनन्दमठ' एक उपन्यास या ऐतिहासिक उपन्यास से बढ़कर है। ऋषि बंकिम ने इसमें उस युग का सिर्फ फोटो नहीं खींचा, बल्कि राष्ट्रविप्लव के भँवर में फँसे कुछ ऐसे जीवन्त मनुष्यों के चित्र दिये हैं, जो आज भी हमें बड़े अपने लगते हैं। इनमें सामान्य स्त्री-पुरुष भी हैं और महापुरुष भी। वे आज भी हमें राष्ट्रोत्थान का मार्ग दिखाते हैं। यह मार्ग है संघर्ष का, अन्याय से लोहा लेने का। गीता की जो टेक है—युध्यस्व—युद्ध करो, वही टेक है 'आनन्दमठ' की। 'भगवद्गीता' और 'आनन्दमठ', इन दोनों में पलायनवाद नहीं है। इसीलिए हमारे स्वतन्त्रता-संग्राम के दौरान 'गीता' को जो महत्त्व मिला, उससे कम महत्त्व 'आनन्दमठ' को नहीं दिया गया। इसीलिए 'आनन्दमठ' के सन्तान-व्रतधारियों का गीत 'वन्दे मातरम्' हमारा राष्ट्रगीत है।

बंकिम बाबू बंगला साहित्य के सम्राट् माने जाते हैं। उनके सर्वश्रेष्ठ सर्जन 'आनन्दमठ' का अनुवाद करना हँसी-खेल नहीं है। फिर भी यह प्रयास उनके प्रति श्रद्धा-सुमन के रूप में है।

—अनुवादक

आनन्दमठ

उपक्रमणिका

अति विस्तृत अरण्य। अरण्य में अधिकांश वृक्ष शाल के थे। परन्तु शाल के अतिरिक्त और भी अनेक प्रकार के पेड़ थे। सिरों-से-सिरे और पत्तों-से-पत्ते हिल-मिलकर पेड़ों की अनन्त पंक्तियाँ चली गयी थीं। कहीं विच्छेद नहीं, छिद्र नहीं, प्रकाश के प्रवेश का पथ तक नहीं, ऐसे पल्लवों का अनन्त समुद्र पवन के संग लहरों पर लहरें मारता कोसों चला गया था। नीचे घना अन्धकार था। मध्याह्न में भी आलोक नहीं फूटता, ऐसा भयानक अन्धकार था। उस वन में कभी मनुष्य नहीं जाता। पत्तों की अन्तहीन मर्मरध्वनि और वन्य पशुओं के कलरव के अतिरिक्त वहाँ और कोई शब्द सुनायी नहीं पड़ता था।

एक तो वह विस्तृत अरण्य अति निविड़ अन्धकार से घिरा हुआ है, फिर था रात्रि का समय, रात्रि का द्वितीय प्रहर था। वह रात्रि भी बड़ी अँधेरी थी। वन के बाहर भी अँधेरा था। कुछ भी दिखायी नहीं पड़ता था। वन के भीतर का अँधेरा तो भूगर्भस्थित अँधेरा के समान था।

पशु-पक्षी एकदम निस्तब्ध थे। कितने ही लाखों करोड़ों पशु-पक्षी और कीट-पतंग उस वन में थे। लेकिन कोई कुछ शब्द नहीं कर रहा था। भले ही उस अन्धकार का अनुभव किया जा सकता था, लेकिन शब्दमयी पृथ्वी की उस निस्तब्धता का अनुभव सम्भव नहीं था।

उस अन्तहीन अरण्य में, उस सूचिभेद्य अन्धकारमय निशीथ में, अनुभव के अयोग्य उस निस्तब्धता में कोई स्वर गूँजा, "क्या मेरी मनोकामना पूरी न होगी?"

वह स्वर गूँजने के बाद फिर वह अरण्य निस्तब्धता में डूब गया। उस समय कौन कह सकता था कि उस अरण्य में मनुष्य का स्वर सुनायी पड़ा

था? थोड़ी देर बाद स्वर गूँजा, फिर उस निस्तब्धता को मथित कर मनुष्य-कण्ठ ध्वनित हुआ, "क्या मेरी मनोकामना पूरी न होगी?"

इस प्रकार तीन बार वह अन्धकार-समुद्र आलोड़ित हुआ। तब उत्तर मिला, "तुम्हारा प्रण क्या है?"

प्रत्युत्तर हुआ, "प्रण मेरा जीवन-सर्वस्व है।"

फिर वही स्वर गूँजा, "जीवन तुच्छ है। सभी दे सकते हैं।"

"और क्या है? और क्या दूँगा?"

तब उत्तर मिला, "भक्ति।"

●

प्रथम खण्ड

1

बँगला साल 1176 के ग्रीष्मकाल की बात है।

उस दिन पदचिह्न ग्राम में धूप की तपन बहुत तेज थी। गाँव में घर बहुत थे, लेकिन आदमी दिखायी नहीं पड़ रहे थे। बाजार में कतारों में दुकानें थीं और हाट में छपरियों की कतारें। टोले-टोले में माटी के सैकड़ों घर थे और उनके बीच-बीच में ऊँची-नीची अटारियाँ थीं। लेकिन चारों तरफ सन्नाटा था। बाजार में दुकानें थीं, पर दुकानदार कहाँ भागे थे कुछ पता नहीं था। उस दिन हाट लगने की बारी थी, परन्तु हाट लगने की जगह हाट नहीं लगी थी। भिक्षाटन का दिन था, लेकिन भिखारी बाहर नहीं निकले थे। करघे बन्दकर जुलाहे घर में पड़े रो रहे थे। व्यवसायी व्यवसाय भूलकर बच्चे को गोद में लिये आँसू बहा रहे थे। दाताओं ने दान देना बन्द किया था। अध्यापकों ने पाठशालाएँ बन्द की थीं। बच्चे भी शायद हिम्मत करके रो नहीं रहे थे। सड़क पर पथिक और सरोवर पर स्नानार्थी दिखायी नहीं पड़ रहे थे। घर के दरवाजे पर मनुष्य और पेड़ों पर पंछी नहीं थे। चरागाहों में गौएँ नहीं दिख रही थीं। केवल मरघट पर सियार-कुत्तों को मजमा लगा हुआ था।

सामने बहुत बड़ा मकान था। उसके छड़वाले बड़े-बड़े खम्भे दूर से दिखायी पड़ रहे थे। मानो मकानों के उस जंगल में वह बड़ा-सा मकान पर्वत-शिखर के समान शोभा पा रहा था। लेकिन अब उसमें शोभा ही क्या थी? उसके दरवाजे बन्द थे। लोगों का आना-जाना ही नहीं था कहीं कोई शब्द नहीं था। मानो वायु भी वहाँ आसानी से प्रवेश नहीं कर सकती थी।

उस मकान के अन्दर कमरे में दोपहर में भी अँधेरा था। उस अँधेरे में पति-पत्नी बैठे हुए थे। वे दोनों रात्रि में खिले दो फूलों की तरह लग रहे थे। वे सोच में डूबे हुए थे। उनके सामने अकाल था।

1174 साल में फसल अच्छी नहीं हुई थी। इसलिए 1175 साल में चावल कुछ महँगा रहा। लोगों को कष्ट हुआ, लेकिन राजा ने अपना राजस्व कौड़ी-कौड़ी वसूल कर लिया। कौड़ी-कौड़ी राजस्व चुकाकर गरीबों ने एक जून खाना खाया।

1175 साल में अच्छी वर्षा हुई। लोगों ने सोचा कि दैव ने कृपा की। चरागाहों में चरवाहे फिर खुशी से गा उठे। किसान की बहू फिर चाँदी की पहुँची के लिए पति को तंग करने लगी। लेकिन क्वार के महीने में दैव अचानक विमुख हुए। क्वार और कातिक में एक बूँद पानी नहीं गिरा। खेतों में धान की फसल सूखकर एकदम पुआल बन गयी। जिनके खेतों में दो-चार पसेरी धान पैदा हुआ, राजकर्मचारियों ने उनसे वह खरीदकर सिपाहियों के लिए रख लिया। लोगों को वह अन्न नसीब नहीं हुआ।

शुरू में लोगों ने एक जून उपवास किया। उसके बाद वे एक जून आधा पेट खाकर रहने लगे। अन्त में दोनों जून फाकाकशी शुरू हुई। चैत में जो थोड़ी-बहुत फसल हुई, उससे किसी का पूरा नहीं पड़ा। उधर राजस्व वसूली का जिम्मा रजा खाँ पर था। उन्होंने सोचा कि इसी मौके से मैं भी अपना बड़प्पन क्यों न दिखा दूँ? उन्होंने एकबारगी सैकड़ा दस रुपये लगान बढ़ा दिया। बंगाल में त्राहि-त्राहि मच गयी।

पहले लोगों ने भीख माँगना शुरू किया, लेकिन उसके बाद भीख कौन देता! लोगों ने उपवास करना शुरू किया। फिर वे बीमार पड़ने लगे। लोगों ने गायें बेचीं, हल-बैल बेचे, बीज के लिए रखा धान खा लिया और घरद्वार बेच डाले। फिर जोत-जमा बेचने की बारी आयी।

उसके बाद लोग लड़की बेचने लगे। फिर लड़का बेचना चालू हो गया। अन्त में लोग अपनी पत्नी बेचने लगे। फिर ऐसी स्थिति आ गयी कि लड़का, लड़की और औरत कौन खरीदे? बेचना सभी चाहते थे, लेकिन खरीद्दार नहीं मिलता था। फिर जब अन्न मिलना मुहाल हो गया तब लोग पेड़ों की पत्तियाँ, घास-पात और जंगली पौधे खाने लगे। छोटी जाति के और जंगली लोगों ने कुत्ता, बिल्ली और चूहा मारकर खाना शुरू किया। बहुत से लोग घर छोड़कर भाग गये। जिन्होंने वैसा किया वे परदेस में जाकर भूखों मरे। जो नहीं भागे, ये अखाद्य खाकर, भूखों रहकर या रोगी बनकर मरते रहे।

रोगों को भी मौका मिला। ज्वर, हैजा, क्षय और चेचक जैसे भयानक रोग होने लगे। विशेषकर चेचक का प्रकोप खूब हुआ। घर-घर लोग चेचक से मरने लगे। कौन किसके मुँह में पानी दे और कौन किसकी देखभाल करे? कोई किसी का इलाज नहीं करता, कोई किसी को नहीं देखता। कोई मरता तो कोई उसे उठाकर नहीं फेंकता। अटारियों में सुन्दर-से-सुन्दर मानव-शरीर पड़े-पड़े सड़ते रहे। जिस घर में किसी को चेचक होता, उस घर के लोग डर के मारे उस रोगी को छोड़कर भाग जाते।

पदचिह्न गाँव में महेन्द्र सिंह बड़ा धनवान् था। लेकिन उस समय धनी और निर्धन एक भाव थे। उस संकट के समय रोगग्रस्त होकर उसके सभी इष्ट-मित्र और नौकर-चाकर जा चुके थे। उनमें से कोई मरा था तो कोई भागा था। उतने बड़े परिवार में अब तीन प्राणी बचे थे—वह स्वयं, उसकी पत्नी और एक शिशु पुत्री। उन्हीं की बात हो रही है।

महेन्द्र की पत्नी कल्याणी चिन्ता छोड़कर गौशाला में गयी। वहाँ उसने अपने हाथों से गाय दुही। वही दूध गरम करके बेटी को पिलाने के बाद वह गाय को चारा-पानी देने चली गयी। जब वह लौटी तब महेन्द्र ने कहा, "इस तरह और कितने दिन चलेगा?"

कल्याणी बोली, "अधिक दिन नहीं चल सकता, जितने दिन चल जाय। जब तक हो सकेगा, मैं चला लूँगी। उसके बाद आप लड़की को लेकर शहर चले जाइयेगा।"

महेन्द्र : अगर शहर ही जाना है तो तुम्हें क्यों इतना कष्ट दूँ? चलो न, अभी चलें?

बाद में दोनों में इस प्रसंग पर खूब वाद-विवाद हुआ।

कल्याणी : शहर जाने पर कोई विशेष लाभ होगा?

महेन्द्र : हो सकता है कि लोग शहर भी छोड़ चुके हों और वहाँ भी जीविका का कोई साधन न मिले।

कल्याणी : मुर्शिदाबाद, कासिमबाजार या कलकत्ता जाने पर शायद जान बच सकती है। अब तो यह जगह हर हालत में छोड़नी चाहिए।

महेन्द्र ने कहा, "यह मकान बहुत दिनों से पुरखों के संचित धन से भरा पड़ा है, वह सब चोर लूट लेंगे।"

कल्याणी : अगर चोर-डाकू वह सब लूटने आयेंगे तो क्या हम दो प्राणी उनको रोक पायेंगे? फिर प्राण नहीं बचेंगे तो धन का भोग कौन करेगा?

चलिये, अभी वह सब बन्द-ओन्द करके इस हम चल दें। अगर जान बचेगी तो हम लौटकर वह सब भोगेंगे।

महेन्द्र ने पूछा, "तुम पैदल चल सकोगी? डोली ढोनेवाले कहार तो सब मर चुके हैं। फिर इस समय बैल है तो गाड़ीवान नहीं है, और गाड़ीवान है तो बैल नहीं हैं।"

कल्याणी : मैं पैदल चल लूँगी। आप चिन्ता मत कीजिये।

मन ही मन कल्याणी ने यह सोचा कि अगर मैं रास्ते में मरी पड़ी रहूँगी तो भी ये दोनों बच जायेंगे।

दूसरे दिन सवेरे दोनों में अपने साथ थोड़ा धन लिया, घरद्वार में ताला लगाया, गायों को खोल दिया और शिशु कन्या को गोद में लिया। फिर वे राजधानी के लिए रवाना होने लगे। चलते-चलते महेन्द्र ने कहा "रास्ता बड़ा दुर्गम है। पग-पग पर डाकू और लुटेरे मिलेंगे। इसलिये खाली हाथ चलना ठीक नहीं है।"

यह कहकर महेन्द्र लौट पड़ा और घर से बन्दूक व गोली-बारुद ले आया।

कल्याणी ने यह देखकर कहा, "अगर आपने हथियार की याद दिलायी तो आप जरा सुकुमारी को संभालिये। मैं भी अपना हथियार ले आऊँ।"

इतना कहकर कल्याणी ने पुत्री को महेन्द्र की गोद में दिया और स्वयं घर के अन्दर गयी।

महेन्द्र पूछते रहे, "अब तुम कौन-सा हथियार लोगी?"

कल्याणी ने जहर की छोटी-सी डिविया वस्त्र में छिपा ली। विपत्ति के समय पता नहीं भाग्य में क्या लिखा हो, यह सोचकर कल्याणी ने पहले से जहर का जुगाड़कर रखा था।

जेठ का महीना था। दारुण धूप से धरती जल रही थी। हवा आग बरसाने लगी थी। आकाश ताँबे के तपते चँदवे की तरह लग रहा था। रास्ते की धूल भी चिनगारी जैसी लग रही थी। कल्याणी को पसीना आता रहा। वह कभी बबूल के तो कभी खजूर के पेड़ के नीचे छाँह में बैठकर, सूबे तलैया का कीचड़ भरा पानी, पीकर और न जाने कितना कष्ट उठाकर रास्ता चलती रही। बच्ची महेन्द्र की गोद में थी। महेन्द्र बीच-बीच में उसे हवा कर रहा था।

चलते-चलते एक जगह हरे-हरे पत्तों से भरा और सुगन्धित पुष्पों से लदी लताओं से घिरा एक पेड़ मिला। उसकी छाया में बैठकर दोनों ने विश्राम

किया। कल्याणी की कष्ट सहने की क्षमता देखकर महेन्द्र विस्मित हुआ। वह पास के जलाशय से कपड़ा भिगोकर लाया। फिर उसने उस जल के छीटे अपने और कल्याणी के मुँह-माथे और हाथ-पैरों पर मारे।

कल्याणी कुछ ठण्डी तो हुई, लेकिन भूख से दोनों प्राणी बड़े व्याकुल हुए यह भी किसी तरह सहा जाता, लेकिन बच्ची की भूख-प्यास नहीं सही जाती। इसलिए ये फिर रास्ता चलने लगे। उन्होंने आग का यह समुन्दर मानो तैरकर पार किया। शाम होने से पहले वे एक चट्टी में पहुँचे। महेन्द्र के मन में बड़ी आशा थी कि मैं चट्टी में पहुँचकर पत्नी और पुत्री को शीतल जल पिला सकूँगा। उनकी प्राणरक्षा के लिए भोजन भी जुटा पाऊँगा। लेकिन यह क्या? चट्टी में कोई मनुष्य नहीं था। बड़े-बड़े कमरे खाली पड़े थे। यानी, सब लोग भाग चुके थे।

महेन्द्र ने इधर-उधर देखकर पत्नी और पुत्री को एक कमरे में लिटा दिया। फिर बाहर निकलकर वह जोर-जोर से आवाज लगाने लगा। लेकिन किसी ने जवाब नहीं दिया। तब महेन्द्र ने कल्याणी से कहा, "तुम जरा हिम्मत करके अकेली रहो। श्रीकृष्ण दया करेंगे तो इस इलाके में गाय मिल जायेगी और मैं दूध लाऊँगा।"

यह कहकर महेन्द्र मिट्टी का एक घड़ा हाथ में लिये बाहर चला गया। वहाँ बहुत से घड़े पड़े थे।

2

महेन्द्र चला गया।

कल्याणी अकेली बच्ची को लिये उस निर्जन स्थान में पड़ी रही। लगभग अँधेरे कमरे में वह चारों तरफ निगाह दौड़ाने लगी। उसे मन-ही-मन बड़ा डर लग रहा था। कहीं कोई नहीं था। मनुष्य की आहट तक नहीं थी। सिर्फ सियार-कुत्तों की आवाज सुनायी पड़ रही थी। कल्याणी सोचने लगी—क्यों उनको जाने दिया। कुछ न होता तो थोड़ी देर भूख-प्यास बरदाश्त कर लेती। फिर उसने सोचा कि चारों तरफ के दरवाजे बन्द करके बैठी रहूँ। लेकिन किसी भी दरवाजे में पलड़े नहीं थे, ब्यौंड़ा नहीं था।

इस तरह कल्याणी जब चारों तरफ देख रही थी, तभी उसे सामने दरवाजे पर परछाईं की तरह कुछ दिखायी पड़ा। आकृति मनुष्य की लगने पर भी

वह मनुष्य नहीं लगता था। काला-कलूटा, दुबला-पतला मरियल-सा, नंगा विकटाकार मनुष्य जैसा न जाने कौन प्राणी दरवाजे पर आकर खड़ा हुआ।

थोड़ी देर बाद उस परछाईं ने मानो अपना हाथ उठाया। हड्डी और चमड़ी के ढाँचे जैसे लम्बे और सूखे हाथ की वैसी ही सूखी और लम्बे उँगली से उसने मानो इशारा करके किसी को बुलाया।

कल्याणी के प्राण सूख गये। फिर वैसी और एक परछाईं पहलीवाली परछाईं के पास आकर खड़ी हो गयी। यह भी दुबली-पतली, लम्बी, काली और नंगी थी। उसके बाद और एक परछाईं आयी, फिर एक और। इस तरह न जाने कितनी परछाइयाँ आयीं। धीरे-धीरे वे परछाइयाँ कमरे में घुसने लगीं। फिर वह लगभग अँधेरा कमरा रात का मरघट जैसा भयानक लगने लगा। वे प्रेत जैसी मूर्त्तियाँ कल्याणी और उसकी बेटी को घेरकर खड़ी हो गयीं। कल्याणी मूर्च्छित हो चली।

फिर वे काले-कलूटे और क्षीणकाय लोग कल्याणी और उसकी शिशु पुत्री को उठाकर चट्टी से बाहर निकले और मैदान पारकर जंगल में घुस गये।

थोड़ी देर बाद महेन्द्र घड़े में दूध लिये वहाँ आ पहुँचा। वहाँ पहुँकर उसने देखा कि कहीं कोई नहीं है। इस पर उसने अपनी पत्नी और पुत्री को इधर-उधर ढूँढ़ा। पहले उसने पुत्री का और बाद में पत्नी का नाम लेकर बहुत पुकारा, लेकिन कोई जवाब नहीं मिला और न उन दोनों का कोई पता चला।

3

जिस वन में पहुँचकर लुटेरों ने कल्याणी को जमीन पर उतारा, वह बड़ा-ही मनोरम था। लेकिन वहाँ न प्रकाश था और न वैसी आँखें थीं जो वहाँ की शोभा को निहारतीं। दरिद्र के हृदय में सौन्दर्य की तरह उस वन का सौन्दर्य भी अनदेखा रह गया था। देश में अन्न चाहे रहे न रहे, उस वन में फूल थे। उन फूलों को सुगन्ध से वहाँ अन्धकार भी हलका लग रहा था। बीच में साफ-सुथरी भूमि कोमल नयी घासों के आच्छादित थी। लुटेरों ने कल्याणी और उसकी बेटी को वहीं नीचे उतारा। वे उन दोनों को घेरकर बैठ गये। फिर वे वाद-विवाद करने लगे कि इन दोनों को लेकर क्या किया जाय।

कल्याणी के पास जो आभूषण थे, उनको तो वे लुटेरे पहले ही ले चुके थे। कुछ लुटेरे उन्हीं गहनों के हिस्सा-बाँट मे व्यस्त हो गये।

गहनों के हिस्से बँट जाने पर एक लुटेरे ने कहा, "हम सोना-चाँदी लेकर क्या करेंगे? एक गहना लेकर कोई मुझे एक मुट्ठी चावल दे दे। भूख से जान निकल रही है। आज सिर्फ पेड़ के पत्ते खाये हैं।"

एक ने यह बात कही तो सब ऐसा कहकर शोर मचाने लगे, "चावल दो! चावल दो! भूख से प्राण निकल रहे हैं। हम सोना-चाँदी नहीं चाहते।"

सरगना उनको चुप कराने लगा, लेकिन कोई चुप नहीं हुआ। फिर तो सभी जोर-जोर से बोलने लगे, गाली-गलौज होने लगी और मारपीट की नौबत आ गयी। जिसको जो गहना हिस्से में मिला था, उसने गुस्से के मारे वही सरगना पर दे मारा। सरगना ने एक-दो को पीट दिया तो सभी उस पर टूट पड़े और उसे पीटने लगे।

भूखों रहने के कारण सरगना दुर्बल और जर्जर हो चुका था। एक-दो हाथ पड़ते ही वह जमीन पर गिरकर ठण्डा हो गया। तब क्षुधित, क्रोधित, उत्तेजित और ज्ञानशून्य लुटेरों में से एक ने कहा, "भूख से जान निकल रही है। अभी तक सियार-कुत्तों का मांस खाया है, इसलिए आओ भाई, आज इसी मर्दुए को खायें।"

फिर वे लुटेरे जोर से चिल्लाये, "जय काली! बम काली! आज हम नरमांस खायेंगे।"

यह कहते हुए काले-कलूटे मरियल प्रेत जैसे लुटेरे उस अँधेरे में खिलखिलाकर हँसने और तालियाँ बजाकर नाचने लगे।

सरगना का शव भूनने के लिए एक लुटेरा आग जलाने की तैयारी करने लगा। सूखी लताएँ, लकड़ियाँ और घास इकट्ठाकर ढेर लगाया गया। चकमक पत्थर से सोले में आग जलाकर उस आग से उस ढेर को सुलगाया गया। आग धीरे-धीरे जलने लगी तो उसके प्रकाश से आम, कटहल, ताड़, इमली, खजूर और जंबीरी नीबू आदि के पेड़ों के हरे-हरे पत्ते कुछ-कुछ चमकने लगे। प्रकाश तेज हुआ तो कहीं पेड़ों के पत्ते झलमलाने लगे तो कहीं घास चमचमाने लगी। कहीं अँधेरा और अधिक गहरा गया।

आग अच्छी तरह जल जाने पर एक लुटेरा उस शव की टांगें पकड़कर उसे घसीटता हुआ आग में डालने चला। तब दूसरे ने कहा, "रुको-रुको, ठहरो! आज अगर महामांस खाकर ही प्राण बचाने हैं तो इस बूढ़े का सूखा मांस क्यों खायें? आज जिन दोनों की लूटकर लाये हैं, उन्हीं को खायेंगें चलो, उस छोटी बच्ची को भून कर खायें।"

इस पर किसी ने कहा, "जो कुछ भूनना है, जल्दी भून भाई। अब भूख बरदाश्त नहीं होती।"

फिर सभी लुटेरों ने ललचाकर उधर देखा जहाँ कल्याणी अपनी बेटी को लिये लेटी पड़ी थी। लेकिन सबने देखा कि वह जगत खाली है। वहाँ ने माँ है और न बेटी।

लुटेरे जब आपस में लड़ने लगे थे, तब मौका देखकर कल्याणी भाग निकली थी। बच्ची को गोद में लिये उसे छाती देती हुई वह घने जंगल में चली गयी थी।

शिकार हाथ से निकल चुका था। यह देखकर 'मार-मार' का शोर मचाते हुए वे प्रेत जैसे लुटेरे चारों तरफ दौड़ पड़े।

विशेष परिस्थिति में मनुष्य भी हिंसक जन्तु बन जाते हैं।

4

वन में घोर अन्धकार था। कल्याणी को वहाँ रास्ता नहीं सूझ रहा था। वृक्षों, लताओं और कँटीली झाड़ियों का समूह इतना घना था कि उसमें कहीं रास्ता नहीं था। फिर वहाँ घटाटोप अँधेरा था। वृक्षों, लताओं और कँटीली झाड़ियों में से रास्ता बनाकर कल्याणी जंगल के अन्दर घुसने लगी। बच्ची के बदन में काँटे चुभने लगे। इससे बीच-बीच में बच्ची रोने लगी। यह सुनकर लुटेरे और भी चिल्लाने लगे। इस तरह लहूलुहान होकर भी कल्याणी वन के अन्दर बहुत दूर चली गयी।

कुछ देर बाद चाँद निकला। अभी तक तो कल्याणी के मन में कुछ भरोसा था कि अँधेरे में लुटेरे मुझे देख नहीं पायेंगे और थोड़ी देर मेरी तलाशकर शान्त हो जायेंगे। लेकिन जब चन्द्रमा का उदय होने से वह भरोसा भी जाता रहा।

आकाश में ऊपर उठकर चाँद ने उस वन पर मानो रोशनी उँड़ेल दी। वन के भीतर का अँधेरा उस रोशनी से हलका हो चला। वहाँ अँधेरा था, वहाँ उजाला हो गया। कहीं-कहीं पेड़ों के झुरमुट में से चाँदनी वन के अन्दर पहुँचकर इधर-उधर झाँकने लगी। चाँद ज्यों-ज्यों ऊपर उठता गया, त्यों-त्यों और अधिक रोशनी वन के अन्दर पहुँचती गयी। अँधेरा भाग-भागकर और भी घने जंगल में छिपता गया। कल्याणी भी बेटी को लिये वन के अन्दर

जाकर छिपने लगी। तब डाकू भी और जोर-जोर से चिल्लाते हुए चारों तरफ से दौड़कर आने लगे। बच्ची भी डरकर और जोर-जोर से रोने लगी।

कल्याणी अब रुक गयी। उसने भागने की कोशिश नहीं की। वह बेटी को गोद में लिये एक बड़े से पेड़ के नीचे उस जगह पर बैठ गयी जहाँ काँटे नहीं थे, बल्कि मुलायम घास थी। फिर वह केवल भक्त के भयहारी भगवान् को पुकारने लगी, "तुम कहाँ हो? मैं नित्य तुम्हारी पूजा करती हूँ, नित्य तुम्हें नमस्कार करती हूँ और तुम्हारे ही भरोसे इस वन में आ सकी थी। हे मधुसूदन! तुम कहाँ हो?"

उस समय भय, भक्ति की प्रगाढ़ता और भूख-प्यास के कारण अवसाद से कल्याणी धीरे-धीरे बाह्य चेतना खो चुकी। फिर वह आन्तरिक चेतना से भरकर सुनने लगी थी कि अन्तरिक्ष से स्वर्गीय स्वर में कोई गा रहा है-

"हरे मुरारे मधुकैटभारे।
गोपाल गोविन्द मुकुन्द शौरे।
हरे मुरारे मधुकैटभारे।"

कल्याणी बचपन से पुराणों की बातें सुनती आयी थी कि देवर्षि नारद वीणा बजाते और हरिनाम गाते हुए आकाशमार्ग से संसार का भ्रमण करते हैं। उस समय कल्याणों के मन में वही कल्पना जाग्रत होने लगी। वह अपने मानव-नेत्रों के आगे देखती रही कि शुभ्र शरीर, शुभ्र केश, शुभ्र श्मश्रु, शुभ्र वसन और महाशरीरवाले महामुनि हाथों में वीणा लिये चन्द्रालोक से प्रदीप्त नीलाकाश में गा रहे हैं–

"हरे मुरारे मधुकैटभारे।"

धीरे-धीरे गीत का वह स्वर पास आने लगा। कल्याणी और भी स्पष्ट सुनने लगी–

हरे मुरारे मधुकैटभारे।"

गीत की वह ध्वनि और भी निकट से और भी साफ सुनायी पड़ी–

"हरे मुरारे मधुकैटभारे।"

अन्त में कल्याणी के मस्तक के ऊपर ही मानो वह गीत वनस्थली को गुँजाता हुआ सुनायी पड़ा–

"हरे मुरारे मधुकैटभारे।"

फिर कल्याणी ने आँखें खोली। वन की अन्धियारी और चाँदनी के उस घुले-मिले धुँधलके में उसने अपने सामने उसी शुभ्र शरीर, शुभ्र केश, शुभ्र श्मश्रु और शुभ्र वसनवाले ऋषि की दिव्य मूर्त्ति देखी।

कल्याणी अनमनी हो पड़ी। उसकी चेतना मानो उसी दिव्य पुरुष को समर्पित हो गयी। उसने मन से सोचा कि इन्हें प्रणाम करूँ। परन्तु वह प्रणाम न कर सकी। सिर झुकाते ही वह एकदम अचेत होकर धरती पर लोट गयी।

5

उस वन में बहुत बड़े भूखण्ड पर टूटे-फूटे शिलाखण्डों से घिरा एक बहुत बड़ा मठ था। पुरातत्त्व के जानकार उसे देखने पर बता सकते थे कि वह प्राचीन काल में बौद्धों का विहार था, जो बाद में हिन्दुओं का मठ बना। वे अट्टालिकायें दुमंजिली थीं। वहाँ अनेक देवमन्दिर थे और हरेक के सामने विशाल प्रकोष्ठ था। वे सब अधिकांश प्राचीर से घिरे हुए थे। बाहर की तरफ जंगली पेड़ों की ऐसी घनी कतारें थीं कि दिन में भी कोई नहीं समझ सकता था कि वह पक्के मकान हैं। वे मकान अनेक स्थानों पर टूट चुके थे। लेकिन दिन में देखा जा सकता था कि हाल में उनकी मरम्मत की गयी थी। वह सब देखने पर पता चलता था कि उस दुर्गम घने वन में भी मनुष्य रहते हैं।

मठ के एक कमरे में बड़ा-सा कुन्दा जल रहा था। वहीं कल्याणी की चेतना लौट आयी तो उसने देखा कि सामने वही शुभ्र शरीर और शुभ्र वसन वाले महापुरुष हैं। कल्याणी फिर विस्मित नेत्रों से देखने लगी, लेकिन उसे कुछ भी याद नहीं पड़ा। तब उस महापुरुष ने कहा, "बेटी, यह देवता की जगह है। किसी तरह की शंका मत करो। थोड़ा-सा दूध है, वही पी लो। फिर तुमसे बात करूँगा।"

कल्याणी पहले तो कुछ भी नहीं समझ सकी। उसके बाद धीरे-धीरे चित्त कुछ स्थिर हुआ तो उसने गले में आँचल डालकर उस महात्मा को प्रणाम किया। महात्मा ने उसे आशीर्वाद किया कि मंगल हो। उसके बाद वे दूसरे कमरे से मिट्टी के बर्तन में दूध लाकर उस कुन्दे की आग पर उसे गरम करने लगे। उबलते दूध की भीनी सुगन्ध वातावरण में फैलाने लगी।

दूध गरम हो जाने पर वह कल्याणी को देते हुए उस महात्मा ने कहा, "बेटी, थोड़ा-सा दूध बच्ची को पिला दो और स्वयं पी लो। उसके बाद बात करूँगा।"

कल्याणी प्रसन्न होकर बच्ची को दूध पिलाने लगी।

"मैं अभी आ जाऊँगा, घबड़ाना मत।" यह कहकर महात्मा मन्दिर से निकल गये।

थोड़ी देर बाद लौटकर उस महात्मा ने देखा कि कल्याणी अपनी बेटी को तो दूध पिला चुकी थी, लेकिन उसने स्वयं कुछ भी नहीं पिया था। दूध जितना था, लगभग उतना ही पड़ा था, बस, बहुत थोड़ा-सा दूध खर्च हुआ था। यह देखकर उस महात्मा ने कहा, "बेटी, तुमने दूध नहीं पिया? मैं फिर बाहर जा रहा हूँ। तुम दूध नहीं पियोगी तो मैं नहीं लौटूँगा।"

यह कहकर वह ऋषितुल्य व्यक्ति जाने लगे तो कल्याणी ने फिर उनको प्रणाम कर हाथ जोड़ लिये।

वनवासी महात्मा ने कहा, "क्या कुछ कहना चाहती हो?"

फिर कल्याणी ने कहा, "कृपा करके आप मुझसे दूध पीने के लिए न कहिये, इसमें बाधा है। मैं अभी नहीं पी सकती।"

तब वनवासी महात्मा ने दयार्द्र होकर कहा, "कैसी बाधा है, मुझसे कहो। मैं वनवासी ब्रह्मचारी हूँ और तुम मेरी बेटी हो। ऐसी तुम्हारी कौन-सी बात हो सकती है, जो मुझसे नहीं कह सकती? जब मैं तुम्हें जंगल से उठाकर लाया, तुम अचेतावस्था में थी। तभी मुझे लगा था कि तुम भूख-प्यास से पीड़ित हो। यदि तुम कुछ भी नहीं खाओगी-पियोगी तो जिन्दा कैसे रहोगी?"

कल्याणी की आँखों में आँसू भर आये। उसने गद्‌गद होकर कहा, "आप देवता हैं। आपसे मैं अपनी बात कहूँगी। मेरे पति अभी तक भूखे हैं। जब तक उनके दर्शन नहीं होते, या उनके भोजन कर लेने की बात नहीं सुन लेती, तब तक मैं कैसे कुछ खा-पी सकती हूँ?"

ब्रह्मचारी ने पूछा, "तुम्हारे पति कहाँ हैं?"

कल्याणी बोली, "यह तो मैं नहीं जानती। वे दूध लाने के लिए बाहर निकले तो डाकू मुझे उठा ले आये।"

तब ब्रह्मचारी ने एक-एक बात पूछकर कल्याणी और उसके पति का सारा हाल मालूम कर लिया। पत्नी पति का नाम नहीं ले सकती, इसलिए कल्याणी ने अपनी पति का नाम नहीं लिया। लेकिन अन्यान्य परिचय से ब्रह्मचारी समझ गये। उन्होंने पूछा, "क्या तुम्हीं महेन्द्र की पत्नी हो?"

कल्याणी ने कोई उत्तर नहीं दिया। जिस आग पर दूध गरम हो रहा था, उसने सिर झुकाकर उसमें लकड़ी डाली। तब ब्रह्मचारी ने कहा, "तुम मेरी

बात मानो, दूध पी लो। मैं तुम्हारे पति का समाचार लाता हूँ। यदि तुम दूध नहीं पियोगी, मैं नहीं जाऊँगा।"

इस पर कल्याणी ने कहा, "क्या यहाँ थोड़ा-सा पानी मिलेगा?"

ब्रह्मचारी ने पानी का घड़ा दिखा दिया।

कल्याणी ने अँजुरी आगे की। ब्रह्मचारी ने उसकी अँजुरी पानी से भर दी। कल्याणी ने अँजुरी भर पानी ब्रह्मचारी के पाँवों के पास ले जाकर कहा, "आप इसमें पदरज दीजिये।"

ब्रह्मचारी ने उस पानी में अपना अँगूठा छुलाया तो कल्याणी ने वह पानी पी लिया और कहा, "मैंने अमृत पी लिया, अब मुझसे कुछ खाने-पीने को मत कहिये। पति का समाचार मिले बिना मैं कुछ खा-पी नहीं सकती।"

तब ब्रह्मचारी ने कहा, "तुम निर्भय होकर इस मन्दिर में रहो। मैं तुम्हारे पति का पता लगाने जा रहा हूँ।"

6

बहुत रात हो गयी थी। चाँद सिर के ऊपर पहुँच चुका था। पूर्णचन्द्र नहीं था, इसलिए रोशनी उतनी तेज नहीं थी। बहुत बड़े मैदान पर हलकी अन्धियारी लिये वह धुन्धली चाँदनी पड़ी थी। उस चाँदनी में मैदान के इस छोर से उस छोर तक दिखायी नहीं पड़ रहा था। उस मैदान में क्या है और कौन है, कुछ भी नहीं देखा जा सकता था। मानो वह मैदान अनन्त था। जनशून्य होने के कारण वह बड़ा डरावना लग रहा था। उस मैदान से मुर्शिदाबाद और कलकत्ता जाने का रास्ता था। रास्ते के किनारे छोटी-सी पहाड़ी थी। उस पहाड़ी पर आम आदि के अनेक पेड़ थे। उन पेड़ों की चोटियाँ उस चाँदनी में चमक रही थीं। लग रहा था कि व थर-थर काँप रही हैं। उनकी परछाइयाँ काले धरातल पर अधिक काली लग रही थीं। वे भी थर-थर काँप रही थीं।

ब्रह्मचारी उस पहाड़ी की चोटी पर चढ़ गये थे। वहाँ वे चुपचाप खड़े होकर कुछ सुनने लगे। वे क्या सुनने लगे, कहा नहीं जा सकता। ओर-छोर होने लगनेवाले उस मैदान में कहीं कोई शब्द नहीं हो रहा था। सिर्फ पेड़ों और पत्तियों के हिलने की आवाज थी।

उस पहाड़ी के नीचे के हिस्से में एक जगह घना जंगल था। ऊपर पहाड़ी, नीचे सड़क और उनके बीच वह जंगल था। वहाँ कैसी आवाज हुई कहा नहीं

जा सकता, लेकिन ब्रह्मचारी उसी तरफ गये। उन्होंने घने जंगल में प्रवेश किया। उस जंगल में पेड़ों के कारण अँधेरा था। कतारों में पेड़ थे। उन पेड़ों के नीचे कुछ लोग बैठे थे। वे लम्बे-तगड़े, साँवले और हथियारबन्द थे। छतनार पेड़ों की डालियों और पत्तियों से छनकर जो चाँदनी नीचे पहुँच रही थी, उससे उनके साफ किये गये हथियार चमक रहे थे। कम से कम ऐसे दो सौ लोग वहाँ बैठे थे। लेकिन कोई नहीं बोल रहा था।

ब्रह्मचारी ने धीरे-धीरे उनके बीच पहुँचकर न जाने कैसा संकेत किया। लेकिन कोई नहीं उठा, कोई नहीं बोला और न किसी ने कोई आवाज की। ब्रह्मचारी सबके सामने से सबको देखते हुए आगे बढ़ने लगे। वे उस अँधेरे में हरेक के चेहरे को गौर से देखते गये। मानो वे किसी को खोज रहे थे और वह नहीं मिल रहा था। ढूँढ-ढूँढकर उन्होंने किसी को पहचान लिया और उसका बदन छूकर कुछ इशारा किया।

इशारा करने पर वह व्यक्ति उठा। ब्रह्मचारी उसे साथ लेकर चले और कुछ दूर जाकर रुके। वह व्यक्ति युवक था। उसका सुन्दर मुख काली-काली दाढ़ी-मूँछों से मानो ढका था। वह बलशाली और अत्यन्त सुपुरुष था। वह गेरुआ वस्त्र पहने और चन्दन लगाये हुए था। ब्रह्मचारी ने उससे पूछा, "भवानन्द, महेन्द्र सिंह की कोई खबर जानते हो?"

तब भवानन्द ने कहा, "महेन्द्र सिंह आज सवेरे पत्नी और पुत्री को साथ लिये घर छोड़कर जा रहा था, फिर चट्टी में..."

भवानन्द ने यहाँ तक बताया तो ब्रह्मचारी ने कहा, "चट्टी में जो कुछ हुआ, वह मैं जानता हूँ। किन्होंने ऐसा किया?"

इस पर भवानन्द ने कहा, "शायद गाँव के किसान थे। इस समय सभी गाँवों के किसान-मजदूर भूख के मारे डाकू बने हुए हैं। आजकल कौन ऐसा है जो डाकू नहीं है? आज हम लोगों ने भी लूटकर खाया है। कोतवाल साहब को दो मन चावल जा रहा था, उसी को लूटकर वैष्णवों का भोग लगाया है।"

ब्रह्मचारी ने मुस्कराकर कहा, "डाकुओं के हाथ से मैंने महेन्द्र की पत्नी और पुत्री को बचा लिया है। अभी मैं उनको मठ में छोड़कर आया हूँ। अब तुम पर यह जिम्मा रहा कि महेन्द्र का पता लगाकर उसकी पत्नी और पुत्री उसे सौंप दो। यहाँ जावानन्द रहेगा तो काम चल जायेगा।"

भवानन्द सहमत हो गया। ब्रह्मचारी अपने रास्ते चले गये।

7

चट्टी में बैठे-बैठे सोचते रहने से कोई लाभ न होगा, यह विचार कर महेन्द्र वहाँ से उठा। उसने सोचा कि शहर जाकर राजकर्मचारियों की सहायता से पत्नी और पुत्री का पता लगाऊँगा। इसलिए वह शहर की तरफ चल पड़ा। कुछ दूर चलने के बाद उसने देखा कि कई बैल-गाड़ियों को घेरकर कुछ सिपाही चल रहे हैं।

बंगला साल 1176 तक बंगाल प्रदेश अंग्रेजों के अधिकार में नहीं आया था। उस समय अंग्रेजों के जिम्मे में बंगाल की दीवानी थी। अंग्रेज मालगुजारी की रकम तो वसूलते थे, लेकिन उस समय तक उन्होंने बंगालियों के धन-प्राण की सुरक्षा का कोई उत्तरदायित्व नहीं सँभाला था। उस समय रुपया वसूलने का भार तो अंग्रेजों पर था, लेकिन लोगों के जान-माल की हिफाजत का जिम्मा पापी नराधम विश्वासघाती मनुष्यकुल-कलंक मीरजाफर पर था। मीरजाफर तो अपनी रक्षा करने में असमर्थ था, बंगाल की रक्षा कैसे करता? वह चण्डू पीता था और पड़ा-पड़ा सोता था। अंग्रेज राजस्व की वसूली करते थे और अपनी सरकार को पत्र लिखते थे। बंगाली रोते और तबाह होते थे।

हाँ, तो बंगाल का राजस्व अंग्रेजों का प्रयास प्राप्य था, लेकिन शासन का भार नवाब पर था। जहाँ-जहाँ अंग्रेज अपना पावना कर वसूलते थे, वहाँ-वहाँ उन्होंने एक कलेक्टर नियुक्त कर रखा था। लेकिन वसूली के बाद मालगुजारी की रकम कलकत्ते चली जाती थी। लोग भले ही भूखों मर जायँ, लेकिन मालगुजारी की वसूली बन्द नहीं होती थी। बंगला साल 1176 में मालगुजारी की उतनी वसूली नहीं हो सकी, जितनी होनी चाहिए थी। धरती माता धन न पैदा करे तो कोई उसे अपने हाथ से नहीं बना सकता। फिर भी जितना वसूला गया था, वही गाड़ियों में लादकर सिपाहियों के पहरे में कलकत्ते कम्पनी के खजाने में भेजा जा रहा था।

उन दिनों डाकुओं का उपद्रव बहुत बढ़ गया था, इसलिए पचास हथियारबन्द सिपाही संगीन ताने गाड़ियों के आगे-पीछे कतारों में चल रहे थे। उन सिपाहियों का अधिकारी अंग्रेज था। वह अंग्रेज एकदम पीछे घोड़े पर सवार होकर चल रहा था। तेज धूप के कारण सिपाही दिन में नहीं, रात में चल रहे थे।

उधर महेन्द्र भी चला आ रहा था। बैलगाड़ियों के साथ सिपाही पूरा रास्ता छेंककर चल रहे थे। रास्ता बन्द देखकर महेन्द्र एक किनारे रुक गया। फिर वह सोचकर सड़क के किनारे झाड़ियों के पास चला आया कि सिपाहियों को उसके कन्धे से कन्धा रगड़कर आगे बढ़ना पड़ेगा और पता नहीं उससे कोई बखेड़ा हो जाय। महेन्द्र के लिए वह समय किसी से झगड़ा मोल लेने का नहीं था।

महेन्द्र को सड़क के किनारे झाड़ियों के पास खड़ा देखकर एक सिपाही ने कहा, "वह देखो, एक डाकू भागा जा रहा है।"

बन्दूक हाथ में लिये महेन्द्र खड़ा था। इसलिए उस सिपाही को पक्का विश्वास हो गया कि महेन्द्र डाकू है। उसने दौड़कर महेन्द्र की गरदन पकड़ते हुए कहा, "साला डाकू!"

इतना कहकर उस सिपाही ने महेन्द्र को एक घूँसा जमाया और उसकी बन्दूक छीन ली। बन्दूक छिन जाने पर भी महेन्द्र ने पलटकर उस सिपाही को एक घूँसा जमा दिया। कहना नहीं पड़ेगा कि महेन्द्र को कुछ ज्यादा ही गुस्सा आ गया था। घूँसा पड़ते ही सिपाही राम चक्कर खाकर सड़क पर गिर पड़ा। वह बेहोश हो चुका था।

तब तीन-चार सिपाही महेन्द्र को घसीटते हुए अपने सेनापति साहब के पास ले गये। उन सिपाहियों ने साहब से कहा, "इस आदमी ने एक सिपाही का खून कर डाला है।"

साहब पाइप पी रहे थे। उन पर शराब का नशा भी चढ़ा हुआ था। उन्होंने कहा, "तुम लोग उस साले से शाडी कर लो!"

उन सिपाहियों की समझ में नहीं आया कि वे एक बन्दूकधारी डाकू से कैसे शादी करेंगे। लेकिन साहब का नशा उतर जाने पर शायद वे अपनी राय बदल दें और उनको ऐसी शादी न करनी पड़े, यही सब सोचकर उन सिपाहियों ने बैल बाँधने की रस्सी से महेन्द्र के हाथ-पाँव बान्धे और उसे बैलगाड़ी में डाल दिया।

महेन्द्र ने देखा कि उतने लोगों से जोर आजमाइश करना बेकार है। उसने यह भी सोचा कि छुटकारा पाकर भी क्या होगा? पत्नी और पुत्री के शोक में वह उस समय बड़ा कातर था। उसे जिन्दा रहने की भी इच्छा नहीं थी।

सिपाहियों ने महेन्द्र को अच्छी तरह से बाँध रखा था। इसलिए वे मालगुजारी के लिए जैसे चले जा रहे थे, वैसे तौल-तौलकर कदम रखते हुए आराम से चलते रहे।

8

ब्रह्मचारी की आज्ञा पाकर भवानन्द धीरे-धीरे हरि का नाम लेता हुआ उस चट्टी की तरफ चला जहाँ महेन्द्र ठहरा था। भवानन्द ने सोचा कि वहाँ महेन्द्र का पता चलना सम्भव है।

उन दिनों अंग्रेजों द्वारा बनवायी गयी आधुनिक सड़कें नहीं थीं। विभिन्न नगरों से कलकत्ता जाना पड़ता था तो लोग मुसलमान बादशाहों की बनवायी ऊबड़-खाबड़ सड़कों से जाते थे। महेन्द्र भी पदचिह्न गाँव से नगर जाने के लिए दक्षिण से उत्तर दिशा में चला था। इसीलिए रास्ते में उसकी मुलाकात सिपाहियों से हुई थी।

भवानन्द भी ताड़पहाड़ से चट्टी की तरफ चला तो उसे भी दक्षिण से उत्तर दिशा में चलना पड़ा। इसीलिए चलते-चलते भवानन्द की भी मुलाकात सरकारी धन लेकर चलनेवाले सिपाहियों से अनायास हो गयी। भवानन्द भी सिपाहियों को देखकर महेन्द्र की तरह सड़क के किनारे खड़ा हो गया।

इधर सिपाहियों को वैसे ही अन्देशा था कि डाकू इस सरकारी धन को लूटने की जरूर कोशिश करेंगे। फिर रास्ते में उन लोगों ने डाकू समझकर महेन्द्र को गिरफ्तार भी किया था। यही कारण था कि भवानन्द को भी रात के समय सड़के के किनारे खड़े रहते देखकर उनको विश्वास हो गया कि वह भी डाकू है। इसीलिए सिपाहियों ने उसी दम भवानन्द को पकड़ लिया।

भवानन्द ने मुस्कराकर कहा, "क्या बात है भाई?"

सिपाही बोला, "तू साला डाकू है।"

भवानन्द ने कहा, "देख रहे हो कि मैं गेरुआ वस्त्रधारी ब्रह्मचारी हूँ। क्या डाकू कभी ऐसा होता है?"

सिपाही ने कहा, "आजकल तमाम साले ब्रह्मचारी और संन्यासी भी डकैती करने लगे हैं।"

यह कहकर वह सिपाही भवानन्द की गरदन पकड़कर उसे घसीटता हुआ ले चला। उस अँधेरे में भी भवानन्द की आँखों धधक उठीं। लेकिन उसने किसी तरह की हुज्जत किये बिना विनम्रता से कहा, "सरकार, क्या करना है हुक्म कीजिये।"

भवानन्द की विनय देखकर सिपाही सन्तुष्ट हुआ और बोला, "ले साला, सिरपर यह बोझा रख ले।"

यह कहकर उस सिपाही ने भवानन्द के सिर पर एक गठरी रख दी। यह देखकर दूसरे सिपाही ने अपने साथी से कहा, "ऐसा मत करो। यह भागेगा। उस साले को जहाँ बाँधकर रखा है, इस साले को भी बाँधकर वहीं गाड़ी में डाल दो।"

अब भवानन्द के मन में कौतूहल हुआ कि और किसको बाँधकर रखा गया है, यह तो देखना चाहिए। तब भवानन्द ने सिर पर से गठरी दूर फेंककर उस सिपाही के गाल पर थप्पड़ जमा दिया, जिसने सिर पर गठरी रखी थी। इस पर सिपाहियों ने भवानन्द को भी बाँधकर गाड़ी में महेन्द्र के पास डाल दिया। भवानन्द ने पहचान लिया कि यही महेन्द्र सिंह हैं।

सिपाही फिर अपनी धुन में हो-हल्ला मचाते हुए चलने लगे। फिर बैलगाड़ियों के पहिये से चर्र-मर्र की आवाज होने लगी। तब भवानन्द ने धीरे-धीरे महेन्द्र के कान में कहा, "महेन्द्र सिंह, मैं तुम्हें पहचानता हूँ। तुम्हारी सहायता के लिए मैं यहाँ आया हूँ। लेकिन मैं कौन हूँ, यह अभी तुम्हें जानने की जरूरत नहीं है। मैं जैसा कहता हूँ, सावधानी से वैसा करो। तुम अपने हाथों में बँधी रस्सी गाड़ी के पहिये पर रखो।" भवानन्द ने ये बातें इस तरह से कहीं कि बस, महेन्द्र ही सुन सका।

महेन्द्र को बड़ा आश्चर्य हुआ। लेकिन उसने बिना कुछ कहे भवानन्द के निर्देश के अनुसार काम किया। वह अँधेरे में गाड़ी के पहिये के पास सरककर हाथों में बन्धी रस्सी पहिये से छुला दी। पहिये से रगड़कर धीरे-धीरे वह रस्सी कट गयी। उसके बाद उसने पाँवों में बँधी रस्सी को भी उसी तरह से काटा। इस प्रकार बँधन से मुक्त होकर वह भवानन्द के परामर्श के अनुसार गाड़ी में चुपचाप पड़ा रहा। भवानन्द ने भी इसी तरह से अपने हाथ-पाँवों में पड़ी रस्सियाँ काट लीं। फिर दोनों चुपचाप पड़े रहे।

उस जंगल के पास जहाँ सड़क पर खड़े होकर कुछ समय पहले ब्रह्मचारी ने चारों तरफ देखा था, सिपाहियों को वहीं से जाना था। वहीं वह पहाड़ी थी। उस पहाड़ी के पास पहुँचने पर सिपाहियों ने देखा कि पहाड़ी के नीचे एक ढूह पर एक आदमी खड़ा है। चाँदनी में चमकते नीले आकाश के तट पर उसका साँवला शरीर चित्रवत लग रहा था। उसे देखकर हवलदार ने कहा, "देखो, और एक साला खड़ा है। उसे पकड़ लाओ, बोझ ढोयेगा।"

इस पर एक सिपाही उस आदमी को पकड़ने चला। उस आदमी ने देखा कि सिपाही उसे पकड़ने जा रहा है, फिर भी वह खड़ा रहा—हिला तक नहीं। सिपाही ने उसे पकड़ लिया, लेकिन उसने कुछ भी नहीं कहा। वह सिपाही

उसे पकड़कर हवलदार के पास लाया। हवलदार ने कहा, "उसके सिर पर बोझ रखो।"

एक सिपाही ने उस आदमी के सिर पर गठरी रख दी तो उसने अपने सिर पर वह गठरी ले ली। तब हवलदार मुड़कर बैलगाड़ियों के साथ चला। ठीक उसी समय अचानक पिस्तौल चलने की आवाज हुई। हवलदार के सिर में गोली लगी और वह जमीन पर गिरकर ढेर हो गया।

"इस साले ने हवलदार को मारा है।" वह कहकर एक सिपाही ने उस आदमी का हाथ पकड़ लिया।

उस आदमी के हाथ में उस समय भी पिस्तौल था। उसने सिर पर से गठरी दूर फेंकी पिस्तौल को उलटा पकड़कर उसकी बेंट से उस सिपाही के सिर पर मारा। सिपाही का सिर फूटा और वह ठण्डा पड़ गया।

ठीक उसी समय 'हरि! हरि! हरि!' का शोर मचाते हुए दो सौ हथियारबन्द लोगों ने आकर सिपाहियों को घेर लिया। सिपाही फिर भी साहब के आने का इन्तजार करने लगे।

साहब समझ गये थे कि डाकुओं ने हमलाकर दिया है। उन्होंने झटपट बैलगाड़ियों के पास आकर सिपाहियों से चौकोर मोरचा बाँधने का हुक्म दिया। संकट के समय किसी अंग्रेज को नशा नहीं रहता।

हुक्म होते ही वे सिपाही डाकुओं की तरफ मुँह किये गाड़ियों को घेरकर चौकोर में खड़े हो गये। साहब ने फिर हुक्म किया तो सिपाहियों ने बन्दूक तान ली। ठीक उसी समय किसी ने साहब के कमरबन्द से लटकते म्यान से तलवार खींच ली और एक ही हाथ से साहब का सिर उड़ा दिया। सिर कटते ही साहब का धड़ घोड़े पर से नीचे गिर पड़ा। साहब फायर करने का हुक्म नहीं दे सके।

फिर सबने देखा कि एक व्यक्ति हाथ में तलवार लिये बैलगाड़ी पर खड़ा है। वह चिल्ला-चिल्लाकर कहने लगा, "हरि! हरि! सिपाहियों को मारो! सिपाहियों को मारो!"

अचानक सेनापति का सिर कटते देखकर सिपाही थोड़ी देर घबड़ाये हुए हाथ-पर-हाथ धरे खड़े रहे। उन्हें अपना रक्षा के लिए भी किसी से आदेश नहीं मिला। इससे मौका पाकर तेजस्वी डाकुओं ने कई सिपाहियों को मार डाला और कइयों को घायल किया। बैलगाड़ियों के पास पहुँचकर उन डाकुओं ने रुपये के बक्सों को अपने कब्जे में कर लिया। सिपाहियों की हिम्मत पहले ही छूट चुकी थी। अब वे हार मानकर भाग निकले।

तब वह व्यक्ति जो ढूह पर खड़ा था और जिसने बाद में इस मुठभेड़ में डाकुओं का नेत्तृत्व किया था, भवानन्द के पास आया। दोनों गले मिले। फिर भवानन्द ने कहा, "भाई जीवानन्द, तुमने सार्थक व्रत लिया है।"

जीवानन्द बोला, "भवानन्द! तुम्हारा नाम सार्थक है।"

उसके बाद जीवानन्द ने लूटे गये धन को यथास्थान ले जाने की व्यवस्था की। फिर वह अपने अनुचारों के साथ शीघ्र ही वहाँ से चला गया।

वहाँ भवानन्द अकेला खड़ा रहा।

9

महेन्द्र ने बैलगाड़ी से उतरकर एक सिपाही की तलवार छीन ली थी। वह भी उस लड़ाई में शामिल होना चाहता था। लेकिन तभी उसे साफ प्रतीत हुआ कि ये लोग तो डाकू हैं। धन लूटने के लिए इन लोगों ने सिपाहियों पर आक्रमण किया है। ऐसा सोचकर महेन्द्र वहाँ से हटकर खड़ा हो गया था, जहाँ लड़ाई हो रही थी। उसने ऐसा इसलिए किया कि डाकुओं की सहायता करने पर उनके पापाचार का भागी बनना पड़ता। फिर वह तलवार फेंककर धीरे-धीरे वहाँ से जाने लगा। तभी भवानन्द उसके पास आकर खड़ा हो गया। महेन्द्र ने पूछा, "श्रीमान्, आप कौन हैं?"

भवानन्द ने कहा, "यह जानकर क्या करोगे?"

महेन्द्र : फिर भी जानना चाहता हूँ। आज आपने मेरा बड़ा उपकार किया है।

भवानन्द : तुम्हें ऐसी समझ है, ऐसा तो नहीं लगता। हथियार हाथ में लिये दूर खड़े रहे। जमींदार के बेटे हो, दूध-घी उड़ाने मैं बहादुर लेकिन काम के वक्त निकम्मा!

अपनी बात भवानन्द पूरी भी न कर सका कि महेन्द्र ने घृणा के साथ कहा, "यह तो बुरा काम है—डकैती करना।"

भवानन्द ने कहा, "भले ही डकैती हो, लेकिन हमने तुम्हारा कुछ उपकार किया है। आगे भी कुछ उपकार करने की इच्छा रखते हैं।"

महेन्द्र : आप लोगों ने मेरा कुछ तो उपकार किया है, लेकिन आगे कौन-सा उपकार करेंगे? फिर डाकुओं से उपकृत होने से अच्छा है उपकृत न होना।

भवानन्द : उपकार लेना न लेना तुम्हारी इच्छा पर है! यदि इच्छा हो तो मेरे साथ आओ। तुम्हारी पत्नी और पुत्री के मुलाकात कराऊँगा।

महेन्द्र पलटकर खड़ा हो गया। बोला, "क्या?"

भवानन्द किसी बात का जवाब दिये बिना चलता रहा। लाचार महेन्द्र भी उसके साथ चला। वह मन-ही-मन सोचने लगा, ये सब कैसे डाकू हैं?

10

उस चाँदनी रात में दोनों व्यक्ति चूपचाप उस मैदान को पार करने लगे। शोक से कातर महेन्द्र मौन था। फिर भी उसके मन में गर्व था। उसे कौतूहल भी हो रहा था।

अचानक भवानन्द ने दूसरा ही रूप धारण किया। अब वह शान्त मूर्त्ति और धीर प्रकृतिवाला संन्यासी नहीं था। सेनापति का सिर काटनेवाले रणनिपुण वीर का रूप भी उसका नहीं था। अभी जो वह गर्व के साथ महेन्द्र का तिरस्कार करने लगा था, वह रूप भी कहाँ था? मानो चाँदनी से धुली शान्तिमयी धरती की शोभा मैदान, वन, पहाड़ी और नदी में निहारकर भवानन्द के हृदय में विशेष स्फूर्ति आ गयी थी। मानो चन्द्रमा का उदय देखकर समुद्र हँस पड़ा था।

भवानन्द हँसमुख, वाचाल और प्रियभाषी बन गया। बातें करने के लिए वह बेचैन हो उठा। उसने बात करने की बड़ी कोशिश की, लेकिन महेन्द्र कुछ न बोला। तब निरूपाय होकर भवानन्द अपनी धुन में गाने लगा–

"वन्दे मातरम्
सुजलां सुफलां
मलयजशीतलां
शस्यश्यामलां
मातरम्।"

यह गीत सुनकर महेन्द्र को थोड़ा आश्चर्य हुआ। लेकिन वह समझ नहीं सका कि सुजला सुफला मलयजशीतला शस्यश्यामला माँ कौन है? उसने पूछा, "यह माँ कौन हैं?"

उत्तर न देकर भवानन्द गाता रहा–

“शुभ्र-ज्योत्स्ना-पुलकित-यामिनीम्–
फुल्ल-कुसुमितद्रुमदलशोभिनीम्
सुहासिनीं सुमधुरभाषिणीम्
सुखदां वरदां मातरम्।”

महेन्द्र बोला, “यह तो देश है, माँ नहीं।”

भवानन्द ने कहा, “हम दूसरी माँ नहीं मानते–जननी जन्म-भूमिश्च स्वर्गादपि गरीयसी। हम कहते हैं कि जन्मभूमि ही जननी है। हमारी माँ नहीं हैं, बाप नहीं हैं, भाई-बन्धु नहीं हैं, पत्नी नहीं है, घर-द्वार नहीं है, हमारे लिये बस वही सुजला सुफला मलयजशीतला शस्यश्यामला...”

अब महेन्द्र समझ गया। वह बोला, “तो फिर गाओ।”

भवानन्द फिर गाने लगा–

“वन्दे मातरम्
सुजलां सुफलां
मलयजशीतलां
शस्यश्यामलां
मातरम्।
शुभ्र-ज्योत्स्ना-पुलकित-यामिनीम्
फुल्ल-कुसुमितद्रु मदलशोभिनीम्
सुहासिनीं सुमधुरभाषिणीम्
सुखदां वरदां मातरम्।
सप्तकोटिकण्ठ-कलकल-निनादकराले,
द्विसप्तकोटीभुजैर्धुतखर-करवाले,
अबला केन मा एत बले।[1]
बहुबलधारिणीं
नमामि तारिणीं
रिपुदलवारिणीं
मातरम्।

1. अबला क्यों माँ इतना कहते।

तुमि विद्या तुमि धर्म्म
तुमि हृदि तुमि मर्म्म[1]
त्वं हि प्राणाः शरीरे।
बाहुते तुमि मा शक्ति
हृदये तुमि मा भक्ति
तोमारइ प्रतिमा गड़ि
मन्दिरे मन्दिरे।[2]
त्वं हि दुर्गा दशप्रहरणधारिणी
कमला कमल-दलविहारिणी
वाणी विद्यादायिनी
नमामि त्वां
नमामि कमलाम्
अमलां अंतुलाम्
सुजलां सुफलाम्
मातरम्
वन्दे मातरम्
श्यामलां सरलाम्
सुस्मितां भूषिताम्
धरणीं भरणीम्
मातरम्।"

महेन्द्र ने देखा कि डाकू गाते-गाते रोने लगा। तब महेन्द्र ने आश्चर्य से पूछा, "तुम लोग कौन हो?"

भवानन्द ने कहा, "हम सन्तान हैं।"

महेन्द्र : सन्तान का मतलब? किसकी सन्तान?

भवानन्द : माँ की सन्तान।

महेन्द्र : अच्छा! क्या चोरी-डकैती करके माँ की पूजा करना सन्तान का काम है? यह कैसी मातृभक्ति हुई?

1. तुम्हीं विद्या, तुम्ही धर्म, तुम्हीं हृदय, तुम्ही मर्म।
2. बाँहों में तुम्हीं माँ शक्ति, हृदय में तुम्हीं माँ भक्ति, तुम्हारी प्रतिमा गढ़ूँ मन्दिर-मन्दिर में।

भवानन्द : हम चोरी डकैती नहीं करते।

महेन्द्र : अभी जो गाड़ियाँ लूट लीं?

भवानन्द : क्या वह चोरी-डकैती है? किसका धन लूटा?

महेन्द्र : क्यों? राजा का।

भवानन्द : राजा का? वह जो धन लेगा, इसमें उसका क्या अधिकार है?

महेन्द्र : राजा का राजस्व।

भवानन्द : प्रजा का पालन जो राजा नहीं करता, वह कैसा राजा है?

महेन्द्र : मुझे तो लगता है कि किसी दिन तुम लोग सिपाहियों की तोपों से उड़ा दिये जाओगे।

भवानन्द : बहुत साले सिपाही देखे हैं—आज भी देखा।

महेन्द्र : ठीक से नहीं देखा, एक दिन देखोगे।

भवानन्द : ठीक है, देख लूँगा। एक ही बार तो मरना है, दो बार नहीं।

महेन्द्र : लेकिन जान-बूझकर मरने से क्या फायदा?

भवानन्द : महेन्द्र सिंह, मैं तो तुम्हें सही माने में एक आदमी समझ रहा था, लेकिन अब देख रहा हूँ कि सब जैसे हैं, तुम भी वैसे हो। सिर्फ दूध-घी के दुश्मन हो। देखो, साँप जमीन पर रेंगता हुआ चलता है। उससे नीच प्राणी तो मैं और किसी को नहीं समझता। लेकिन साँप की गरदन पर पाँव धर देने से वह भी फन काढ़ लेता है। क्या तुम्हारा धीरज किसी तरह नहीं टूटता? देखो, कितने देश हैं—मगध, मिथिना, काशी, काँची, दिल्ली और कश्मीर, लेकिन किस देश की ऐसी दुर्दशा है? किस देश के लोगों को खाना नहीं मिलता और वे घास खाते हैं? कँटीली झाड़ियाँ खातें हैं? दीमक खाते है? जंगली लतर खाते हैं? किस देश के लोग सियार-कुत्ते खाते हैं। मुर्दा खाते हैं? किस देश के लोगों को सन्दूक में रुपया रखकर चैन नही मिलता? सिंहासन पर शालग्राम रखकर शान्ति नहीं मिलती? घर में बहु-बेटी रखकर चैन नहीं मिलता? बहू-बेटी के पेट में बच्चा हो तो भी चैन नहीं मिलता। पेट चीरकर बच्चा निकाला जाता है। सभी देशों में राजा प्रजा की रक्षा करता है। हमारे मुसलमान राजा कहाँ हमारी रक्षा करते हैं? धर्म गया, जाति गयी, मान गया, कुल गया, अब तो प्राण भी जा रहे हैं। इन नशाखोर दढ़ियलों को भगाये बिना क्या हिन्दुओं का हिन्दुत्व बचा रहेगा?

महेन्द्र : लेकिन भगाओगे कैसे?

भवानन्द : मारकर।

महेन्द्र : क्या तुम अकेले भगोओगे? थप्पड़ मारकर?

डाकू गाने लगा—

"सप्तकोटीकण्ठ-कलकल-निनादकराले!
द्विसप्तकोटीभुजैर्धृतखर-करवाले
अबला केन मा एत बले।"

महेन्द्र : लेकिन मैं तो देख रहा हूँ कि तुम अकेले हो।

भवानन्द : क्यों? अभी तुमने दो सौ लोगों को देखा।

महेन्द्र : क्या वे सभी माँ की सन्तानें हैं?

भवानन्द : सभी सन्तानें हैं।

महेन्द्र : और कितनी हैं?

भवानन्द : ऐसे हजारों हैं। अभी और संख्या बढ़ेगी।

महेन्द्र : माल लो, तुम लोग दस-बीस हजार हो गये। क्या उससे मुसलमानों का राज्य छीन सकोगे?

भवानन्द : प्लासी में अंग्रेजों की कितनी बड़ी फौज थी?

महेन्द्र : अंग्रेजों और बंगालियों में क्या मुकाबला?

भवानन्द : क्यों नहीं? बदन की ताकत से क्या होता है? बदन में ज्यादा ताकत रहेगी तो क्या गोला ज्यादा दूर चलेगा?

महेन्द्र : फिर अंग्रेजों और मुसलमानों में इतना फर्क क्यों हैं?

भवानन्द : सुनो! प्राण निकल जाने पर भी एक अंग्रेज नहीं भागता, लेकिन पसीना निकल आने पर मुसलमान भागने लगता है, शरबत ढूँढ़ता फिरता है। फिर अंग्रेजों में जिद है। वे जिस काम को पकड़ते हैं, उसे पूरा करते हैं। मुसलमानों की हर बात में लापरवाही। रहा, रुपये के लिए जान देना तो सिपाहियों को तनख्वाह नहीं मिलती। उसके बाद अन्तिम बात है साहस। तोप का गोला एक ही जगह गिरता है, दस जगह नहीं। इसलिए एक गोला देखकर दो सौ लोगों के भागने की जरूरत नहीं है। लेकिन एक गोला देखकर मुसलमानों की पूरी जमात भाग खड़ी होती है तो गोलों की जमात देखकर एक भी अंग्रेज नहीं भागता।

महेन्द्र : तुम लोगों में ये सब गुण हैं?

भवानन्द : नहीं। लेकिन ये गुण पेड़ों से नहीं टपकते, इनके लिये अभ्यास करना पड़ता है।

महेन्द्र : क्या तुम लोग अभ्यास करते हो?

भवानन्द : देख नहीं रहे हो कि हम संन्यासी हैं। हमारा यह संन्यास इसी अभ्यास के लिए है। कार्य सफल होने, यानी अभ्यास पूरा होने पर हम फिर गृहस्थ बन जायेंगे। हमारी भी पत्नी है, हमारे भी बाल-बच्चे हैं।

महेन्द्र : तुम लोग तो उनको छोड़ चुके हो, क्या मोह का बन्धन भी तोड़ सके हो?

भवानन्द : सन्तान को झूठ नहीं बोलना चाहिए। इसलिये तुम्हारे सामने झूठी बड़ाई नहीं करूँगा। मोह का बन्धन कौन तोड़ सकता है? जो यह कहता है कि मैं मोह का बन्धन तोड़ चुका हूँ, उसका या तो वह बन्धन कभी था ही नहीं, नहीं तो वह झुठी बड़ाई करता है। हम मोह का बन्धन नहीं तोड़ते, व्रत का पालन करते हैं। क्या तुम सन्तान व्रतधारी बनोगी?

महेन्द्र : जब तक अपनी पत्नी और पुत्री का समाचार नहीं मिलता, मैं कुछ नहीं कह सकता।

भवानन्द : चलो, पहले अपनी पत्नी और पुत्री को देखोगे।

फिर दोनों व्यक्ति चलते रहे। भवानन्द ने फिर 'वन्दे मातरम्' गाना शुरू किया। महेन्द्र का स्वर मधुर था। उसे संगीत का अभ्यास था और उसके प्रति अनुराग भी, इसलिए वह भी गाने लगा। उसने देखा कि यह गीत गाते-गाते आँखों में आँसू भर आते हैं। तब उसने कहा, "यदि पत्नी और पुत्री को छोड़ना न पड़े तो मैं यह व्रत ग्रहण करूँगा।"

भवानन्द : यह व्रत जो ग्रहण करता है, उसे परिवार छोड़ना पड़ता है। यदि तुम् यह व्रत ग्रहण करोगे तो अपनी पत्नी और पुत्री से नहीं मिल सकोगे। उनकी सुरक्षा का उचित प्रबन्ध किया जायेगा, लेकिन व्रत की सफलता तक उनके मुख देखने की मनाही रहेगी।

महेन्द्र : फिर मैं यह व्रत ग्रहण नहीं करूँगा।

11

रात बीती। सवेरा हुआ। वह वन जो अभी तक अँधेरे में डूबा हुआ था, अब आलोकित हो उठा। अभी तक जहाँ मौन छाया हुआ था, अब वहाँ पक्षियों के कलरव से आनन्द भर गया। उस आनन्दमय प्रभात में आनन्दमय कानन के 'आनन्दमठ' में सव्यानन्द ठाकुर मृगछाले पर बैठकर संध्योपासना कर रहे थे। जीवानन्द उनके पास बैठा हुआ था।

उसी समय भवानन्द महेन्द्र सिंह को साथ लिये वहाँ पहुँचा। ब्रह्मचारी सत्यानन्द बिना कुछ बोले पूजापाठ करते रहे। वहाँ उपस्थित लोगों में से किसी ने कुछ कहने का साहस नहीं किया। ब्रह्मचारी सत्यानन्द की संध्यापूजा समाप्त होने पर भवानन्द और जीवानन्द ने उन्हें प्रणाम किया, उनकी चरणधूलि माथे से लगायी और उसके बाद वे विनम्रतापूर्वक बैठ गये।

तब सत्यानन्द भवानन्द को इशारा करके बाहर ले गये। वहाँ दोनों में क्या बातें हुईं, कहा नहीं जा सकता। उसके बाद दोनों मन्दिर में लौट आये। फिर ब्रह्मचारी ने करुण मुस्कराहट के साथ महेन्द्र से कहा, "बेटा तुम्हारे दुःख से मैं बहुत दुःखी हूँ। केवल उस दीनबन्धु की कृपा से कल रात मैं तुम्हारी पत्नी और पुत्री की रक्षा कर सका था।"

यह कहकर ब्रह्मचारी ने वह पूरी घटना बतायी कि कैसी कल्याणी की रक्षा सम्भव हुई थी। उसके बाद उन्होंने महेन्द्र से कहा, "चलो, वे जहाँ हैं वहाँ तुम्हें ले चलूँ।"

इतना कह कर ब्रह्मचारी आगे-आगे और महेन्द्र उनके पीछे-पीछे देवालय के अन्दर गये। वहाँ प्रवेश कर महेन्द्र ने देखा कि देवालय बहुत बड़ा और काफी ऊँचा है। नवारुण के कारण प्रफुल्लित उस प्रातःकाल में जब चारों तरफ उस वन के पेड़-पौधे हीरे जड़े जैसे लग रहे थे, तब भी उस देवालय के अन्दर प्रायः अन्धकार था। इसलिये देवालय के अन्दर क्या है, महेन्द्र पहले देख नहीं पाया। फिर देखते-देखते धीरे-धीरे उसने देखा कि सामने विशाल चतुर्भुज मूर्त्ति है। वह शंख-चक्र-गदा-पद्म लिये हुए हैं। उसके हृदय में कौस्तुभ शोभित है। सामने सुदर्शन चक्र ऐसे रखा है जैसे घूम रहा हो। मधु कैटभ के रूप में दो छिन्न मस्तक तथा रक्त से सनी मूर्तियाँ सामने रखी हैं। बायीं ओर लक्ष्मी आतंकित-सी खड़ी हैं। वे शतदल की माला से शोभित हैं। उनके बाल खुले हुए हैं। दायीं ओर सरस्वती पुस्तक और वीणा लिये राग-रागिनियों आदि से घिरी खड़ी हैं। विष्णु की गोद में एक मोहिनी-मूर्त्ति है। वह लक्ष्मी और सरस्वती से अधिक सुन्दरी और ऐश्वर्यशालिनी है। गन्धर्व, किन्नर, देव, यक्ष और राक्षस आदि उस देवी की पूजा कर रहे हैं।

ब्रह्मचारी ने बहुत ही गम्भीर और बहुत ही भीत स्वर में महेन्द्र से पूछा, "यह सब देख रहे हो न?"

महेन्द्र ने कहा, "देख रहा हूँ।"

ब्रह्मचारी : विष्णु की गोद में कौन हैं, देखा?

महेन्द्र : देखा। वे कौन हैं?

ब्रह्मचारी : माँ हैं।

महेन्द्र : कौन माँ?

ब्रह्मचारी : हम जिनकी सन्तान हैं।

महेन्द्र : वे कौन हैं?

ब्रह्मचारी : समय आने पर पहचानोगे। बोलो, वन्दे मातरम्। अब चला, अभी और देखोगे।

फिर ब्रह्मचारी महेन्द्र को दूसरे कमरे में ले गये। वहाँ महेन्द्र ने अपूर्व, सर्वागसुन्दरी और सभी आभूषणों से भूषिता जगद्धात्री मूर्त्ति देखी।

महेन्द्र ने पूछा, "ये कौन हैं?"

ब्रह्मचारी : माँ—जैसी थीं।

महेन्द्र : वह क्या?

ब्रह्मचारी : इन्होंने कुंजर केसरी आदि वन्य जन्तुओं को पैरों तले रौंदकर वन्य जन्तुओं के आवासस्थल पर अपना पद्मासन स्थापित किया था। ये सभी अलंकारों से भूषिता हास्यमयी सुन्दरी थीं। इनका वर्ण बालसूर्य के समान था। ये सभी ऐश्वर्यों की अधिकारिणी थीं। इन्हें प्रणाम करो।

महेन्द्र ने भक्तिभाव से जगद्धात्रीरूपा मातृभूमि को प्रणाम किया तो ब्रह्मचारी ने उसे एक अँधेरी सुरंग दिखाकर कहा, "इस रास्ते से आओ।"

फिर ब्रह्मचारी आगे-आगे चले। महेन्द्र डरता हुआ उनके पीछे-पीछे चला। भूगर्भ स्थित उस अँधेरे कमरे में न जाने कहाँ से थोड़ी-सी रोशनी आ रही थी। उस धुँधली रोशनी में महेन्द्र ने एक काली मूर्त्ति देखी।

ब्रह्मचारी बोले, "देखो, माँ कैसी हो गयी हैं।"

महेन्द्र ने डरते हुए कहा, "काली।"

ब्रह्मचारी : काली—अन्धकार से घिरी हुई कालिमामयी। सब सब-कुछ छिन चुका है, इसलिए विवस्त्रा हैं। आज देश में सर्वत्र श्मशान है, इसीलिए माँ कंकालमालिनी हैं। अपने शिव को अपने पैरों के नीचे रौन्द रही हैं—हाय माँ!

फिर ब्रह्मचारी की आँखों से झर-झर आँसू बह चले।

महेन्द्र ने पूछा, "हाथों में खेटक-खर्पर क्यों हैं?"

ब्रह्मचारी : हम सन्तानों ने माँ से हाथों में बस वही अस्त्र दिये हैं। बोलो, वन्दे मातरम्।

'वन्दे मातरम्' कहकर महेन्द्र ने काली को प्रणाम किया।

तब ब्रह्मचारी ने कहा, "इस रास्ते से आओ।"

यह कहकर ब्रह्मचारी दूसरी सुरंग से ऊपर चढ़ने लगे। महेन्द्र उनके पीछे-पीछे चला। अब उसकी आँखों के आगे प्रभातकालीन सूर्य की रश्मिराशि उद्भासित हुई। चारों तरफ से पंछी मधुर स्वर में चहक उठे। संगमरमर के बने विशाल मन्दिर में सोने की बनी दशभुजा मूर्त्ति दिखायी पड़ी। नवारुण की किरणों से ज्योतिर्मयी होकर वह प्रतिमा मानो हँस रही थी।

ब्रह्मचारी ने प्रणाम करके कहा, "यह देखो, माँ जैसी होंगी। दसों भुजाएँ दसों दिशाओं में फैली हैं। उनमें विभिन्न आयुधों के रूप में विभिन्न शक्तियाँ शोभित हैं। पैरों के नीचे शत्रु विमर्दित हो रहा है। चरणाश्रित वीर केसरी भी शत्रु का पीड़न कर रहा है। माँ दिग्भुजा हैं।"

इतना कहते-कहते ब्रह्मचारी सत्यानन्द का गला भर आया। वे रोने लगे। फिर वे बोले, "दिग्भुजा माँ विविध प्रहरणधारिणी, शत्रु-विमर्दिनी और वीरेन्द्रपृष्ठविहारिणी हैं। उनके दायें भाग्यरूपिणी लक्ष्मी, बायें विद्याविज्ञानदायिनी सरस्वती, साथ में बलरूपी कार्तिकेय और कार्यसिद्धिरूपी गणेश हैं। आओ, हम दोनों माँ को प्रणाम करें।"

फिर दोनों ऊर्ध्वमुख होकर हाथ जोड़े एक साथ बोले–

"सर्व्वमङ्गलमङ्गल्ये शिवे सव्वार्थसाधिके।

शरण्ये त्र्यम्बके गौरी नारायणि नमोऽस्तु ते।"

दोनों व्यक्ति भक्तिभाव से माँ दुर्गा को प्रणाम करके उठे तो महेन्द्र ने गद्गद स्वर में पूछा, "माँ की यह मूर्त्ति कब देख सकूँगा?"

ब्रह्मचारी बोले, "जब माँ की सभी सन्तानें माँ को माँ कहकर पुकारेंगी, तभी माँ प्रसन्न होंगी।"

अचानक महेन्द्र ने पूछा, "मेरी पत्नी और पुत्री कहाँ हैं?"

ब्रह्मचारी : एक चलो, देखोगे।

महेन्द्र : एक बार उनको देखकर मैं विदा करूँगा।

ब्रह्मचारी : क्यों विदा करोगे?

महेन्द्र : मैं यह महामन्त्र ग्रहण करूँगा।

ब्रह्मचारी : उनको कहाँ विदा करोगे?

महेन्द्र ने थोड़ी देर सोचकर कहा, "मेरे घर में कोई नहीं है। और कोई जगह भी नहीं हैं। फिर इस अकाल में कहाँ जगह मिलेगी?"

ब्रह्मचारी : जिस रास्ते से यहाँ आये हो, उसी रास्ते से मन्दिर के बाहर जाओ। मन्दिर के द्वार पर तुम्हें अपनी पत्नी और पुत्री मिल जायेंगी। कल्याणी अभी भूखी है। जहाँ वह बैठी है, खाद्य वस्तुएँ भी वहीं मिल जायेंगी। उसे खिलाकर तुम्हारी जैसी इच्छा हो, वैसा करना। अब हम लोगों में से किसी से मुलाकात नहीं होगी। यदि तुम्हारा विचार महामन्त्र ग्रहण करने का होगा तो सही समय पर तुमसे मिलूँगा।

उसके बाद अचानक ब्रह्मचारी न जाने किस रास्ते से चले गये। महेन्द्र ने पहले के बतलाये रास्ते से निकलकर देखा कि मन्दिर के सामनेवाले चत्वर में कल्याणी बेटी को लिये बैठी है।

इधर ब्रह्मचारी सत्यानन्द दूसरी सुरंग से नीचे उतरकर एक एकान्त तहखाने में चले गये। वहाँ जीवानन्द और भवानन्द बैठे रुपये गिन-गिनकर ढेरी लगा रहे थे। पिछली रात को लूटे गये धन को वे सजाकर रख रहे थे। उन तहखाने में सोने, चाँदी, ताँबे, हीरों, मूँगों और मोतियों के अलग-अलग ढेर लगे हुए थे।

सत्यानन्द ने उस तहखाने में पहुँचकर कहा, "जीवानन्द! महेन्द्र आयेगा। उसके आने पर सन्तानों का विशेष उपकार होगा। उससे उसके पूर्वजों का सन्चित धन माँ की सेवा में अर्पित होगा। लेकिन जब तक वह शरीर, मन और वचन से मातृभक्त नहीं बनता, तब तक उसे स्वीकार मत करना। जो काम कर रहे हो, वह पूरा हो जाने पर तुम लोग अलग-अलग समय उसके पीछे लगे रहना और उचित समय पर उसे श्री विष्णुमण्डप में ले आना। फिर समय-असमय उसकी और उसके परिवार की प्राणरक्षा करते रहना। वह इसलिए कि दुष्टों का दमन जैसे सन्तानों का धर्म है, वैसे शिष्टों का पालन भी।"

12

बड़ी मुसीबत के बाद महेन्द्र और कल्याणी एक दूसरे से मिले। रोते-रोते कल्याणी धरती पर लोट गयी। महेन्द्र और ज्यादा रोया। रोने-धोने के बाद आँसू पोंछने की बारी आयी। जितनी बार आँखें पोंछी गयीं, उतनी बार आँसू

बह चले। आँसू रोकने के लिए कल्याणी ने खाने की बात चलायी। ब्रह्मचारी के अनुचर जो खाद्य वस्तुएँ रख गये थे, कल्याणी ने वह सब महेन्द्र से खाने के लिए कहा।

अकाल के दिनों में अन्न-व्यंजन मिलने की कोई सम्भावना नहीं थी। लेकिन देश में जो कुछ था, वह सन्तानों के लिए सुलभ था। जहाँ जिस पेड़ में जो फल लगते थे, भूखे लोग उनको तोड़कर खा जाते थे। लेकिन इस वन में सामान्य लोग आ नहीं सकते थे। इसलिये इस दुर्गम वन के पेड़ों के फल दूसरे लोग पा नहीं सकते थे। इसीलिए ब्रह्मचारी के अनुचर कई तरह के जंगली फल और कुछ दूध लाकर रख गये थे। संन्यासियों की सम्पत्ति में बहुत सी गायें भी थीं।

कल्याणी के अनुरोध पर महेन्द्र ने पहले भोजन किया। उसके बाद जो बचा, कल्याणी ने एकान्त में बैठकर खाया। उसने कुछ दूध बच्ची को पिलाया और कुछ बाद में पिलाने के लिए अलग रख लिया। उसके बाद महेन्द्र और कल्याणी को बहुत तेज नींद आयी। दोनों सो गये। इससे उनकी थकान दूर हुई।

नींद खुलने पर महेन्द्र और कल्याणी विचार करने लगे कि अब कहाँ चला जाय।

कल्याणी बोली, "घर में रहना मुश्किल देखकर हम घर छोड़कर चले थे, लेकिन अब देख रही हूँ कि घर से ज्यादा मुसीबत बाहर है। इसलिये चलिये, घर लौट चलें।"

महेन्द्र की भी यही इच्छा थी। महेन्द्र चाहता था कि कल्याणी को घर पर छोड़कर किसी तरह उसकी देखभाल के लिए किसी संरक्षक का प्रबन्ध कर दिया जाय। फिर तो वह स्वयं परम रमणीय और अलौकिक पवित्रता से युक्त इस मातृसेवाव्रत को ग्रहण कर सकता है। इसलिये महेन्द्र इस प्रस्ताव पर आसानी से सहमत हो गया। तब महेन्द्र और कल्याणी दोनों नये उत्साह से पदचिह्न चलने के लिए रवाना हुए। बेटी कल्याणी की गोद में थी।

लेकिन किस रास्ते से पदचिह्न जाना पड़ेगा, उस दुर्गम वन में महेन्द्र और कल्याणी कुछ भी निश्चित न कर सके। उन्होंने सोचा था कि किसी तरह वन से निकलते ही रास्ता मिल जायेगा। लेकिन वन से निकलने का रास्ता ही नहीं मिला। बहुत देर तक वे जंगल में चक्कर काटते रहे और घूम-फिर

कर उसी मठ में लौटकर आने लगे। जंगल से निकलने का रास्ता नहीं मिला। उसके बाद उन्होंने देखा कि वैष्णव की वेशभूषा में एक अपरिचित ब्रह्मचारी सामने खड़ा हँस रहा है। यह देखकर महेन्द्र चिढ़ गया। उसने पूछा, "कहो गोसाईं, हँस क्यों रहे हो?"

गोसाईं ने पूछा, "तुम लोग इस वन में कैसे आये?"

महेन्द्र : जैसे भी हो, आ गये हैं

गोसाईं : आ तो गये, फिर क्यों नहीं निकल पा रहे हो?

यह कहकर गोसाईं हँसने लगा।

बिगड़कर महेन्द्र ने कहा, "तुम हँस रहे हो? क्या तुम बाहर निकल सकते हो?"

वैष्णव ने कहा, "मेरे साथ आओ, मैं रास्ता बता रहा हूँ। तुम लोग जरूर किसी संन्यासी के साथ इस जंगल में आये होगे। नहीं तो इस मठ में आने का या यहाँ से बाहर निकलने का रास्ता कोई नहीं जानता।"

यह सुनकर महेन्द्र ने पूछा, "क्या आप सन्तान हैं?"

वैष्णव बोला, "हाँ मैं सन्तान हूँ। मेरे साथ आओ। तुम लोगों को रास्ता बताने के लिए ही मैं यहाँ खड़ा हूँ।"

महेन्द्र ने पूछा, "आपका क्या नाम है?"

वैष्णव ने कहा, "मेरा नाम है धीरानन्द गोस्वामी।"

यह कहकर धीरानन्द आगे-आगे चलने लगा। महेन्द्र और कल्याणी उसके पीछे चले। बड़े ही दुर्गम रास्ते से धीरानन्द उन लोगों को जंगल के बाहर छोड़कर स्वयं जंगल में लौट गया।

आनन्दारण्य से महेन्द्र और कल्याणी बाहर निकले तो उसके सामने मैदान था। उस मैदान में भी अनेक पेड़ थे। वह मैदान तो एक तरफ था, जंगल के किनारे-किनारे सड़क थी। एक जगह उस जंगल में से एक छोटी नदी निकली थी। उस नदी में कल-कल करता पानी बह रहा था। पानी बड़ा साफ और घने बादल जैसा काला था। नदी के दोनों किनारे अनेक प्रकार के हरे-हरे पेड़ थे जिनकी छाया नदी के जल पर पड़ रही थी। उन पेड़ों पर तरह-तरह की चिड़ियाँ बैठी तरह-तरह से चहक रही थीं। उनकी चहक बहुत मधुर लग रही थी। उनकी यह मधुर चहक नदी की मधुर कल-कल ध्वनि के साथ घुलने-मिलने लगी थी। उसी तरह तटवर्ती वृक्षों की शीतल छाया नदी के शीतल जल के रंग से एक रूप हो चली थी।

कल्याणी का मन भी शायद उस शीतल छाँह से घुल-मिल गया। कल्याणी नदी के किनारे एक पेड़ के नीचे बैठी। फिर उसने पति से भी बैठने के लिए कहा। पति महेन्द्र भी बैठा। कल्याणी ने महेन्द्र की गोद से बेटी को अपनी गोद में ले लिया। फिर वह महेन्द्र का हाथ अपने हाथ में लेकर थोड़ी देर चुपचाप बैठी रही। तब उसने महेन्द्र से पूछा, "आज आप उदास क्यों लग रहे हैं? जो विपत्ति आयी थी, उससे तो मुक्ति मिल गयी है—फिर इतनी उदासी क्यों?"

महेन्द्र ने लम्बी सांस छोड़कर कहा, "अब मेरा अपने पर काबू नहीं है। मैं क्या करूँ, समझ नहीं पा नहीं रहा हूँ।"

कल्याणी ने पूछा, "क्यों?"

महेन्द्र बोला, "जब तुम खो गयी, तब मेरे साथ क्या-क्या हुआ वही सुनो।"

इतना कहकर महेन्द्र ने उन सभी घटनाओं का विस्तार से वर्णन किया जो उसके साथ घटी थीं।

कल्याणी ने कहा, "मुझे भी बड़े कष्ट भोगने पड़े। मुझ पर भी अनेक विपत्तियाँ आयीं। वह सब सुनकर आप क्या करेंगे? उस घोर संकट में भी मुझे कैसे नींद आयी, बता नहीं सकती। लेकिन मैं कल रात के अन्तिम प्रहर में सो गयी थी। सोये-सोये सपना भी देखा था। किस पुण्यकाल में वैसा सपना देखा, कह नहीं सकती। देखा कि मैं एक अपूर्व स्थान पर पहुँच गयी हूँ। वहाँ धरती नहीं है। केवल प्रकाश है, बहुत ही शीतल और बादलों से छनकर निकलनेवाले आलोक की तरह बहुत ही मधुर। वहाँ मनुष्य नहीं, सिर्फ प्रकाशमय मूर्त्तियाँ हैं। वहाँ शब्द नहीं है। लेकिन न जाने कैसी ध्वनि गूँज रही है। लगा कि कहीं दूर मधुर संगीत हो रहा है। चारों तरफ अजस्त्र फूल हैं। मल्लिका, मालती और गंधराज के लाखों फूल मानो अभी-अभी खिले हैं और उन्हीं की सुगन्ध है। वहीं मानो सबसे ऊपर, सबके देखने योग्य स्थान पर कोई बैठे हुए हैं। उनको देखकर ऐसा लगा कि नीला पर्वत अग्निप्रभ होकर अन्दर-ही-अन्दर जल रहा है। उनके मस्तक पर अग्निमय वृहत किरीट है। लगा कि उनकी चार भुजाएँ हैं। उनके दोनों तरफ क्या है, मैं पहचान न सकी। सम्भवतः स्त्री मूर्त्तियाँ रही हों। लेकिन कितना रूप था, कितनी ज्योति थी और कितना सौरभ था कि उधर देखते ही मैं विह्वल होने लगी। फिर उधर मैं ताक न सकी, देख न सकी कि वे कौन हैं। लगा कि उस चतुर्भुज के सामने और एक स्त्री मूर्त्ति खड़ी है। वे भी ज्योतिर्मयी थीं।

लेकिन उनके चारों तरफ बादल थे, इसलिये छटा ठीक से नहीं निकल रही थी। फिर भी आभास हुआ कि वे दुबली-पतली, लेकिन बड़ी ही रूपवती हैं। लगा कि वे मर्मपीड़ा से रो रही हैं। मन्द-मन्द बहती सुगन्धित वायु ने मानो अपनी तरंगों से बहाकर मुझे उस चतुर्भुज के सिंहासन के समीप डाल दिया। फिर बादलों से घिरी उस दुबली-पतली स्त्री ने मानो मेरी तरफ संकेत करते हुए कहा—'यही वह है। इसी के कारण महेन्द्र मेरी गोद में नहीं आता।' तभी मानो बाँसुरी बजने की तरह बहुत ही स्पष्ट सुमधुर स्वर सुनायी पड़ा। उस चतुर्भुज ने मानो मुझसे कहा—'तुम अपने पति को छोड़कर मेरे पास आ जाओ। यही तुम लोगों की माँ हैं, तुम्हारा पति इनकी सेवा करेगा। तुम अपने पति के पास रहोगी तो इनकी सेवा नहीं हो पायेगी। इसलिये तुम चली आओ।' फिर मानो मैंने रोकर कहा—'पति को छोड़कर मैं कैसे आऊँगी?' तब फिर वंशीध्वनि की तरह वह स्वर गूँजा—'मैं ही पति, माता, पिता, पुत्र और कन्या हूँ। तुम मेरे पास आ जाओ।' मैंने क्या उत्तर दिया, याद नहीं है। मेरी नीन्द खुल गयी।"

इतना कहकर कल्याणी चुप हो गयी।

महेन्द्र भी विस्मित, स्तम्भित और भयभीत होकर चुप रहा।

सिर के ऊपर अबाबील चहकने लगी। पपीहा कहा स्वर मानो आकाश में उमड़ने लगा। कोयल दिशाओं को गुँजाने लगी। भृंगराज पक्षी का कलरव वन को कँपाने लगा। पाँवों के पास वह छोटी सी नदी कल-कल बह रही थी। पवन अपने संग जंगली फूलों की भीनी सुगन्ध ला रहा था। नदी के जल में कहीं-कहीं धूप झिलमिलाने लगी थी। धीरे-धीरे वायु चल रही थी, जिससे ताड़ के पत्तों से मर्मरध्वनि निकल रही थी। दूर से पहाड़ों की पंक्ति नीली दिखायी पड़ने लगी थी। महेन्द्र और कल्याणी दोनों देर तक मुग्ध होकर चुप रहे।

फिर बहुत देर बाद कल्याणी ने पूछा, "क्या सोच रहे हैं?"

महेन्द्र बोला, "क्या करूँ, यही सोच रहा हूँ। स्वप्न विभीषिका मात्र है। वह अपने आप जन्म लेकर लुप्त हो जाता है। वह इस जीवन के बुलबुले के समान है। चलो, अब घर चलें।"

कल्याणी बोली, "देवता आपसे जहाँ जाने के लिए कहते हैं, आप वहीं जाइये।"

इतना कहकर कल्याणी ने बेटी को महेन्द्र की गोद में दिया।

बेटी को गोद में लेकर महेन्द्र ने पूछा, "और तुम—तुम कहाँ जाओगी?"

कल्याणी ने दोनों हाथों से अपनी दोनों आँखों को ढाँकते हुए सिर को दबाकर कहा, "मुझसे भी देवता ने जहाँ जाने के लिए कहा है, मैं वहीं जाऊँगी।"

महेन्द्र चौंक पड़ा। उसने पूछा, "कहाँ जाओगी? कैसे जाओगी?"

कल्याणी ने जहर की डिबिया दिखायी।

महेन्द्र ने हैरान होकर पूँछा, "वह क्या? जहर खाओगी?"

कल्याणी ने कहा, "सोच रही थी कि खाऊँगी, लेकिन..."

फिर चुपचाप कल्याणी न जाने क्या सोचने लगी।

महेन्द्र कल्याणी का मुँह देखता रहा। महेन्द्र को एक-एक पल एक-एक वर्ष के समान लगने लगा। कल्याणी को अपनी बात पूरी न करते देखकर महेन्द्र ने पूछा, "लेकिन कहकर क्या कहना चाह रही थी?"

कल्याणी बोली, "सोचा था जहर खा लूँगी, लेकिन आपको और सुकुमारी को छोड़कर मुझे बैकुण्ठ भी जाने की इच्छा नहीं होती। मैं नहीं मरूँगी।"

यह कहकर कल्याणी ने जहर की डिबिया जमीन पर रख दी।

फिर कल्याणी और महेन्द्र अतीत और भविष्य के बारे में बातचीत करने लगे। बात करते-करते दोनों अन्यमनस्क हो गये। तभी उस बच्ची ने खेलते-खेलते जहर की डिबिया उठा ली। किसी ने वह नहीं देखा।

डिबिया पाकर सुकुमारी ने सोचा कि यह तो खेलने की बढ़िया चीज है। उसने डिबिया को बायें हाथ से पकड़कर दायें हाथ से उसे खूब थपथपाया। फिर उसने उसे दायें हाथ से पकड़कर बायें हाथ से थपथपाया। उसके बाद वह उसे दोनों हाथों से पकड़कर खींचने लगी। इससे डिबिया खुल गयी और जहर की गोली नीचे गिर पड़ी।

बाप के कपड़े पर वह छोटी सी गोली गिरी तो सुकुमारी ने उसे देख लिया और सोचा कि यह भी खेलने की कोई चीज होगी। उसने डिबिया फेंक दी और हाथ लपकाकर वह गोली उठा ली।

सुकुमारी ने उस डिबिया को क्यों नहीं मुँह में डाला कहा नहीं जा सकता, लेकिन उसने उस गोली के बारे में जरा भी देर नहीं की। 'प्राप्तिमात्रेण भोक्तव्य'—सुकुमारी ने वह गोली मुँह में डाल ली। तभी उस पर उसकी माँ की निगाह पड़ी।

"अरी, क्या खा ली! क्या खा ली! सर्वनाश हो गया!"

यह कहकर कल्याणी ने बेटी के मुँह में उँगली डाली। तभी कल्याणी ने और महेन्द्र ने भी देखा कि जहर की डिबिया खाली पड़ी हुई है। तब सुकुमारी भी समझ गयी कि यह तो और अच्छा खेल मिल गया है। उसके मुँह में दो-चार दाँत निकले थे। वह उन्हीं दाँतों को दबाये माँ के मुँह की तरफ देखकर हँसती रही। शायद मुँह में रखी जहर की गोली का स्वाद तब तक उस बच्ची को बुरा लगा, क्योंकि थोड़ी देर बाद उसने अपने आप दाँतों की पकड़ ढीली कर दी और कल्याणी ने उसके मुँह से गोली निकालकर बाहर फेंक दी। बच्ची रोने लगी।

जहर की गोली जमीन पर पड़ी रही। कल्याणी ने जाकर नदी में आँचल भिगोया और वही पानी लाकर बेटी के मुँह में डाँल दिया। फिर उसने कातर होकर महेन्द्र से पूछा, "कुछ तो पेट में गया ही होगा?"

माँ-बाप के मन में बुरी बात पहले आती है। जहाँ प्यार अधिक होता है, भय की भावना भी वहीं प्रबल होती है। महेन्द्र ने कभी पहले नहीं देखा था कि वह गोली कितनी बड़ी है। अब गोली को हाथ में लेकर काफी देर तक देखने के बाद उसने कहा, "शायद ज्यादा ही पेट में गया हो।"

महेन्द्र ने ऐसा कहा तो कल्याणी ने उस पर विश्वास कर लिया।

वह भी उस गोली को हाथ में लेकर देर तक देखती रही। उधर उस गोली को मुँह में लेकर बच्ची ने एक-दो बार थूक निगला ही था कि उसके प्रभाव से उसमें कुछ विकार दिखायी पड़ा। वह छटपटाने लगी, रोने लगी और अन्त में कुछ निढाल सी हो गयी।

फिर कल्याणी ने महेन्द्र से कहा, "अब क्या देखते हैं? भगवान् ने जिस रास्ते पर चलने के लिए कहा है, सुकुमारी तो उस रास्ते पर चल पड़ी—अब मुझे भी चलना पड़ेगा।"

यह कहकर कल्याणी जहर की गोली मुँह में लेकर निगल गयी। महेन्द्र ने रोकर कहा, "यह क्या किया कल्याणी, यह तुमने क्या किया?"

कल्याणी ने इसका कोई उत्तर न देकर पति की चरणधूलि माथे से लगायी और तब कहा, "स्वामी, बात करने पर बात बढ़ेगी, मैं तो चली।"

"यह तुमने क्या किया कल्याणी?"

महेन्द्र यह कहकर जोर-जोर से रोने लगा।

कल्याणी ने बहुत धीरे-धीरे कहा, "मैंने ठीक किया है, नहीं तो आप एक मामूली स्त्री के लिए देवता के काम में यत्न न लेते। देखिये, मैं देवता के

आदेश का उल्लंघन करने लगी तो मेरी बेटी चल बसी। आगे भी वैसा करती तो शायद आप भी चल देते।"

महेन्द्र ने रोकर कहा, "तुम्हें कहीं रख आता। फिर हमारा कार्य सिद्ध होने पर तुम्हें लेकर सुखी होता। कल्याणी, तुम मेरे लिये सब कुछ हो! क्यों तुमने ऐसा काम किया? जिस हाथ की ताकत से मैं तलवार उठाता, उसी हाथ को तो तुमने काट दिया। तुम्हारे बिना मैं कुछ नहीं कर सकता।"

कल्याणी बोली, "आप मुझे कहाँ ले जाते? कहाँ जगह है? इस घोर संकट के समय माँ-बाप और इष्टमित्र सभी तो मर चुके हैं। किसने घर में जगह है? कहाँ जाने का रास्ता है? आप मुझे कहाँ ले जाते? मैं तो आपके लिये बोझ बन गयी थी। इसलिए मैंने अच्छा ही किया। अब मैं मर रही हूँ। आप मुझे आशीर्वाद दीजिये कि मैं उस आलोकमय लोक में जाकर फिर आपके दर्शन कर सकूँ।"

इतना कहकर कल्याणी ने फिर पति की पदरज लेकर माथे से लगायी।

महेन्द्र कोई उत्तर न दे सका तो रोने लगा।

कल्याणी ने अति-मृदु, अति-मधुर और अतिशय स्नेहभरे स्वर में फिर कहा, देखिये, देवता की इच्छा का उल्लंघन कर सके, इतनी क्षमता किसमें है? देवता ने मुझे जाने की आज्ञा दी है, चाहने पर भी क्या मैं रह सकती हूँ? यदि मैं खुद न मरती तो जरूर कोई और मुझे मारता। इसलिए स्वयं मरना चाह कर मैंने अच्छा किया। आपने जो व्रत ग्रहण किया है, मन-वचन-कर्म से उसी को सिद्ध कीजिये, पुण्य होगा। उसी से मुझे स्वर्ग मिलेगा। हम दोनों एक साथ अनन्त स्वर्गसुख भोगेंगे।"

इधर बच्ची एक बार दूध की उलटीकर सँभल गयी। उसके पेट में जो थोड़ा सा विष गया था वह सांघातिक नहीं था। लेकिन उस समय महेन्द्र का उधर ध्यान नहीं था। उसने बेटी को कल्याणी की गोद में दिया। फिर वह दोनों से लिपटकर अविरल आँसू बहाने लगे।

तभी जंगल के बीच से मृदु लेकिन जलद गम्भीर स्वर सुनायी पड़ा–

"हरे मुरारे मधुकैटभारे।
गोपाल गोविन्द मुकुन्द शौरे।"

कल्याणी पर उस समय विष का प्रभाव होने लगा था। उसकी चेतना धीरे-धीरे लुप्त होने लगी थी। वह उस मोहाविष्ट स्थिति में मानो वही वंशीध्वनि सुनती रही जो उसने स्वप्न देखते हुए बैकुण्ठ में सुनी थी–

"हरे मुरारे मधुकैटभारे।
गोपाल गोविन्द मुकुन्द शौरे।"

तब कल्याणी भी उस मोहावेश में अप्सरा से अधिक मधुर स्वर में गाने लगी–

"हरे मुरारे मधुकैटभारे।"

कल्याणी ने महेन्द्र से भी कहा, "बोलिये,

"हरे मुरारे मधुकैटभारे।"

वन में से मधुर स्वर आ रहा था। कल्याणी भी मधुर स्वर में गाने लगी थी। अब ईश्वर को ही एकमात्र सहायक समझकर महेन्द्र भी कातर मन से गाने लगा–

"हरे मुरारे मधुकैटभारे।"

फिर चारो तरफ से ध्वनि आने लगी–

"हरे मुरारे मधुकैटभारे।"

मानो पेड़ों पर पक्षी भी गाने लगे–

"हरे मुरारे मधुकैटभारे।"

नदी की कल-कल ध्वनि से भी मानो गूँजने लगा–

"हरे मुरारे मधुकैटभारे।"

फिर महेन्द्र शोकताप भूल गया और उन्मत्त होकर कल्याणी के साथ एक स्वर से पुकारने लगा–

"हरे मुरारे मधुकैटभारे।"

मानो महेन्द्र और कल्याणी के समवेत स्वर से मिलकर ही वन से ध्वनित होना लगा–

"हरे मुरारे मधुकैटभारे।"

कल्याणी का स्वर धीरे-धीरे क्षीण होता गया, फिर भी वह पुकारती रही–

"हरे मुरारे मधुकैटभारे।"

फिर धीरे-धीरे कल्याणी का स्वर निस्तब्ध हो गया। उसके मुँह से कोई शब्द सुनायी नहीं पड़ा। उसकी आँखें मुँद आयीं। उसका अंग शीतल हो चला। महेन्द्र समझ गया कि कल्याणी 'हरे मुरारे' पुकारती हुई बैकुण्ठधाम को सिधार गयी है। तब महेन्द्र पागल के समान चिल्लाकर पुकारने लगा–

"हरे मुरारे मधुकैटभारे।"

महेन्द्र के उस उच्च स्वर से जंगल मानो थर्राने लगा और पशु-पक्षी चौंक पड़े। उसी समय किसी ने आकर महेन्द्र को निविड़ आलिंगन में भर लिया। वह भी महेन्द्र की तरह जोर-जोर से गाने लगा–

"हरे मुरारे मधुकैटभारे।"

फिर तो दोनों उस अनन्त की महिमा से उस अनन्त अरण्य में अनन्त-पथगामिनी के पड़े हुए शरीर के सामने अनन्त का नाम-कीर्तन करने लगे। पशु-पक्षी नीरव थे। धरती अपूर्व शोभामयी थी, उस परम कीर्तन का वही उपयुक्त परिवेश था। महेन्द्र को गोद में लिये सत्यानन्द बैठ गये।

13

इधर राजधानी की सड़कों पर बड़ा तहलका मच गया। हल्ला हुआ कि सरकार से जो मालगुजारी कलकत्ते भेजी जा रही थी, वह संन्यासियों ने लूट ली है। तब सरकारी हुक्म से सिपाही और बरकन्दाज संन्यासी पकड़ने के लिए दौड़ने लगे। उस समय उस अकालपीड़ित प्रदेश में असली संन्यासी नहीं के बराबर थे। इसका कारण यह था कि वे भिक्षाटन से अपना पेट भरते थे। जब जन-साधारण को खाना नहीं मिल रहा था, तब संन्यासियों को कौन भिक्षा देता? इसलिए जो सच्चे संन्यासी थे, वे सब पेट के लिए वाराणसी और प्रयाग आदि अँचलों में भाग गये थे। केवल सन्तान लोग थे जो अपनी इच्छा से संन्यासी का वेश धारण करते थे और आवश्यकता पड़ने पर उसे उतार फेंकते थे। उस दिन हंगामा देखकर बहुतों ने संन्यासी का वेष त्याग दिया। इसलिए नवाब के भूखे सन्तरी-सिपाहियों को कहीं संन्यासी नहीं मिला तो वे सिर्फ ग्रहस्थों के बरतन-भाँड़े तोड़कर पेट भरने के बाद निरस्त हो गये। केवल सत्यानन्द कभी गेरुआ वसन नहीं छोड़ते थे।

उस काले जलवाली छोटी नदी के तट पर सड़क के किनारे कल्याणी पड़ी थी। महेन्द्र और सत्यानन्द एक दूसरे के गले लगकर आँखों में आँसू लिये भगवान् को पुकार रहे थे। तभी नजरुद्दीन जमादार सिपाही लेकर वहाँ पहुँच गया। उसने सीधे सत्यानन्द की गरदन पकड़कर कहा, "यह साला संन्यासी है।"

एक सिपाही ने उसी तरह महेन्द्र को पकड़ा, क्योंकि संन्यासी का साथी जरूर संन्यासी था। दूसरा सिपाही घास पर पड़ी कल्याणी को भी पकड़ने

जा रहा था। लेकिन उसने देखा कि वह तो एक स्त्री का शव है। वह शव भला कैसे संन्यासी हो सकता है? यह सोचकर फिर उसने उसे नहीं पकड़ा; यही सोचकर उसने उस बच्ची को भी छोड़ दिया।

फिर वे लोग बिना कुछ कहे-सुने महेन्द्र और सत्यानन्द को बाँधकर ले चले। कल्याणी और उसकी बेटी वहीं पेड़ के नीचे पड़ी रहीं। उनको देखने वाला वहाँ कोई न रहा।

महेन्द्र शौक से विह्वल और भगवत्प्रेम से उन्मत्त होकर मानो होश-हवाश ही खो चुका था। इसलिए वह पहले समझ ही नहीं पाया कि क्या हो रहा है। जब उसे बाँधा गया तब भी उसने आपत्ति नहीं की। लेकिन दो-चार कदम चलने के बाद वह समझ गया कि ये लोग तो हमें बाँधकर लिये जा रहे हैं। कल्याणी का शव पड़ा रहा और उसका अन्तिम संस्कार भी नहीं हुआ। बच्ची भी पड़ी रही। अब जंगली जानवर उनको खा जायेंगे। ये सब बातें उनके मन में आते ही उसने दोनों हाथों को एक दूसरे से अलग करने के लिए जोर लगाया तो बन्धन टूट गया। बन्धन टूटते ही उसने एक लात झाड़कर जमादार साहब को धरती पर लिटा दिया। फिर वह एक सिपाही की तरफ लपका। तब अन्य तीन सिपाहियों ने तीन तरफ से उसे पकड़कर काबू में कर लिया। इस पर महेन्द्र को निरस्त होना पड़ा। लेकिन उसने दुःखी होकर सत्यानन्द ब्रह्मचारी से कहा, "आप थोड़ी सी सहायता करते तो मैं इन पाँचों दुष्टों को मार डालता।"

सत्यानन्द बोले, "मेरे इस बूढ़े शरीर में बल ही कितना है? मैं जिनको पुकार रहा था, उनके अतिरिक्त मेरा दूसरा बल नहीं है। फिर जो अवश्यम्भावी है, तुम उसका प्रतिरोध मत करो। हम इन पाँच जनों को हरा नहीं सकेंगे। चलो, देखा जाय कि ये हमें कहाँ ले चलते हैं। जगदीश्वर हर तरह से हमारी रक्षा करेंगे।"

फिर मुक्त होने का प्रयास किये बिना महेन्द्र और सत्यानन्द सिपाहियों के पीछे-पीछे चले।

थोड़ी दूर जाने के बाद सत्यानन्द ने सिपाहियों से कहा, "भैया, मैं हरि का नाम लेता हूँ। क्या हरि का नाम लेने में कोई बाधा है?"

सत्यानन्द को देखकर जमादार को लगा था कि यह आदमी भला है इसलिए उसने सत्यानन्द से कहा, "तुम हरी का नाम लो। मैं तुम्हें मना नहीं करूँगा। तुम बूढ़े बरमचारी हो। शायद तुम्हारी रिहाई का हुक्म हो जायेगा। लेकिन यह बदमाश फाँसी पर चढ़ेगा।"

फिर सत्यानन्द ब्रह्मचारी धीरे-धीरे गाने लगे—

"धीरसमीरे तटनीतीरे
वसति वने नरनारी।
मा कुरु धनुर्द्धर गमनविलम्बन
अति विधुरा सुकुमारी।।"

आदि।

नगर में पहुँचने पर सत्यानन्द और महेन्द्र को कोतवाल के सामने हाजिर किया गया। कोतवाल ने सरकार को इत्तिला भेजकर दोनों को उस समय के लिए कारागार में बन्द करवा दिया। वह कारागार बड़ा भयानक था। वहाँ जो जाता था, वह मुश्किल से बाहर निकल पाता था। इसका कारण यह था कि न्याय करनेवाला कोई न था। वह अंग्रेजों का जेलखाना नहीं था। उस समय अंग्रेजों की न्याय-व्यवस्था नहीं थी। यह समय नियम का है और वह समय अनियम का था। नियम और अनियम के इन दो समयों के बीच तुलना की जा सकती है।

14

रात हो गयी। कारागार के अन्दर सत्यानन्द ने महेन्द्र से कहा, "आज बड़े आनन्द का दिन है, क्योंकि हम कारागार में बन्द हुए हैं। बोलो, हरे मुरारे!"

महेन्द्र ने दुःख भरे स्वर में कहा, "हरे मुरारे!"

सत्यानन्द : भैया, दुःखी क्यों हो? तुम यह महाव्रत ग्रहण करते तो पत्नी और कन्या को अवश्य छोड़ना पड़ता। फिर तो उनसे कोई सम्बन्ध नहीं रहता।

महेन्द्र : छोड़ना कुछ है और यमराज का दिया हुआ दण्ड कुछ और। जिस शक्ति से मैं यह व्रत ग्रहण करता, वह शक्ति मेरी पत्नी और पुत्रों के साथ जा चुकी है।

सत्यानन्द : शक्ति मिलेगी। मैं शक्ति दूँगा। महामन्त्र की दीक्षा लो और महाव्रत ग्रहण करो।

महेन्द्र ने खिन्न होकर कहा, "मेरी पत्नी और पुत्री को सियार-कुत्ते खा रहे हैं, इसलिए मुझसे किसी व्रत की बात मत कीजिये।"

सत्यानन्द बोले, "उसके बारे में तुम निश्चिन्त रहो। सन्तानों ने तुम्हारी पत्नी का अन्तिम संस्कार किया है और पुत्री को सही जगह रखा है।"

यह सुनकर महेन्द्र को बड़ा आश्चर्य हुआ। लेकिन वह इस पर पूरी तरह विश्वास नहीं कर सका। उसने पूछा, "आपको यह कैसे पता चला? आप तो बराबर मेरे साथ हैं!"

सत्यानन्द ने कहा, "हमने महाव्रत की दीक्षा ली है। भगवान् हम पर दया करते हैं। आज ही रात को तुम्हें यह समाचार मिलेगा और आज ही रात को तुम कारागार से मुक्त होंगे।"

महेन्द्र ने इस पर कुछ नहीं कहा।

सत्यानन्द समझ गये कि महेन्द्र को इस बात पर विश्वास नहीं हो रहा है। तब सत्यानन्द ने कहा, "विश्वास नहीं हो रहा है तो परीक्षा करके देखो!"

इतना कहकर सत्यानन्द कारागार के द्वार तक गये। वहाँ वहाँ उन्होंने क्या किया, महेन्द्र उस अँधेरे में नहीं देख सका। लेकिन वह समझ गया कि सत्यानन्द ने किसी से बात की। फिर सत्यानन्द लौट आये तो महेन्द्र ने पूछा, "कैसी परीक्षा?"

सत्यानन्द बोले, "तुम कभी कारागार से मुक्त होगे।"

अपनी बात सत्यानन्द पूरी न कर सके थे कि कारागार का द्वार खुल गया।

एक व्यक्ति ने अन्दर आकर पूछा, "महेन्द्र सिंह किसका नाम है?"

महेन्द्र बोला, "मेरा नाम है।"

आगन्तुक ने कहा, "तुम्हें छोड़ देने का हुक्म हुआ है। जा सकते हो।"

महेन्द्र को पहले तो आश्चर्य हुआ, फिर अपने मन में सोचा कि यह झूठ है। लेकिन परीक्षा करने के लिए वह बाहर निकला। उसे किसी ने नहीं रोका। वह सड़क तक चला गया।

इस बीच आगन्तुक ने सत्यानन्द से कहा, "महाराज, आप भी क्यों नहीं आते? मैं तो आपके लिए आया हूँ।"

सत्यानन्द : तुम कौन हो? धीरानन्द गोसाईं?

धीरानन्द : जी हाँ।

सत्यानन्द : पहरेदार कैसे बन गये?

धीरानन्द : भवानन्द ने मुझे भेजा है। नगर में आने के बाद मैंने सुना कि आप लोग इस कारागार में हैं। फिर मैं भाँग में धतूरा मिलाकर अपने साथ ले आया। यहाँ जो मियाँ पहरा दे रहा था, वह उस भाँग को पीकर जमीन पर सो रहा है। ये जो कपड़े और पगड़ी मैं पहना हुआ हूँ, उसी के हैं। यह भाला भी उसी का है।

सत्यानन्द : तुम यही कपड़े पहनकर शहर के बाहर चले जाओ। मैं इस तरह नहीं जाऊँगा।

धीरानन्द : ऐसा क्यों?

सत्यानन्द : आज सन्तानों की परीक्षा है।

इतने में महेन्द्र लौट आया।

सत्यानन्द ने महेन्द्र से पूछा, "लौट आये?"

महेन्द्र ने कहा, "आप निश्चित रूप से सिद्ध पुरुष हैं। इसलिए मैं आपका साथ छोड़कर नहीं जाऊँगा।"

सत्यानन्द बोले, "फिर रहो। लेकिन आज ही रात हम दूसरी तरह से मुक्त होंगे।"

धीरानन्द बाहर निकल गया। सत्यानन्द और महेन्द्र कारागार के अन्दर ही रहे।

15

ब्रह्मचारी सत्यानन्द का गाना बहुतों ने सुना था। उन बहुतों में जीवानन्द भी था। महेन्द्र के पीछे लगे रहने का उसे आदेश मिला था। वह आदेश सत्यानन्द का था। लेकिन रास्ते में जीवानन्द को एक स्त्री मिल गयी थी। उन स्त्री को सात दिनों से कुछ खाने को नहीं मिला था। वह सड़क के किनारे पड़ी थी। उसके प्राण बचाने में जीवानन्द से घड़ी-दो-घड़ी की देर हो गयी। जीवानन्द ने उसके प्राण तो बचाये, लेकिन यहाँ आते समय वह उस औरत को चुन-चुनकर गाली देता रहा। मानो उससे जो देर हो गयी तो उसके लिए वही स्त्री जिम्मेदार है।

यहाँ आकर जीवानन्द ने देखा कि प्रभु सत्यानन्द को मुसलमान सिपाही ही पकड़कर ले जा रहे हैं और प्रभु गाना गाते हुए चल रहे हैं।

जीवानन्द महाप्रभु सत्यानन्द के सभी संकेत समझ जाता था। उसने सुना कि सत्यानन्द गा रहे हैं–

"धीरसमीरे तटिनीतीरे
वसति वने वरनारी।"

पता नहीं, नदी के किनारे फिर कौन भूखी औरत पड़ी हुई है? यही सोचता हुआ जीवानन्द नदी के किनारे-किनारे चलने लगा। इसके पहले उसने देखा कि मसलमान सिपाही ब्रह्मचारी सत्यानन्द को ही पकड़कर ले जा

रहे हैं। उस स्थिति में ब्रह्मचारी जी को मुक्त कराना ही जीवानन्द का प्रथम कर्त्तव्य था। लेकिन जीवानन्द ने सोचा कि ब्रह्मचारी जी के संकेत का यह अभिप्राय नहीं है। इसलिए उनकी प्राणरक्षा से बढ़कर उनके आदेश का पालन करना आवश्यक है। उनसे मुझे यही पहली शिक्षा मिली है। इसलिए उनकी आज्ञा का पालन ही होना चाहिए।

नदी के किनारे-किनारे जीवानन्द चलता रहा। फिर उसने नदी के किनारे उसी पेड़ के नीचे पहुँचकर देखा कि एक स्त्री का शव पड़ा हुआ है और उसके पास शिशु कन्या है। महेन्द्र की पत्नी और पुत्री को उसने कभी नहीं देखा था। उसने सोचा कि शायद यही महेन्द्र की पत्नी और पुत्री हैं, क्योंकि अभी महेन्द्र को प्रभु के साथ जाते देखा था। कुछ भी हो, माँ मर चुकी है और बेटी जीवित है। पहले बेटी की सुरक्षा का प्रबन्ध करना चाहिए, नहीं तो बाघ या भालू उसे खा लेगा। रहा उसकी माँ का शव। भवानन्द ठाकुर यहीं कहीं होगा। वही उस स्त्री का अन्तिम संस्कार करेगा। यही सब सोचकर जीवानन्द ने उस बच्ची को उठा लिया और गोद में लेकर चल दिया।

बच्ची को गोद में लिये जीवानन्द गोसाईं ने उसी घने जंगल में प्रवेश किया। जंगल को पार करने के बाद वह एक छोटे से गाँव में पहुँचा। उस गाँव का नाम था भैरवीपुर, लेकिन लोग उसे भरुईपुर कहते थे।

भरुईपुर में थोड़े से मामूली लोग रहते थे। आसपास कोई बड़ा गाँव नहीं था। गाँव के बाद फिर जंगल शुरू होता था। इसलिए चारों तरफ जंगल था और उस जंगल के बीच वह छोटा सा गाँव था। लेकिन वह छोटा-सा गाँव बड़ा सुन्दर था। वहाँ मुलायम घास से भरा चरागाह था। हरे-हरे कोमल पत्तों से भरे आम, कटहल, जामुन और ताड़ के पेड़ों का बाग था। उसके बीच नीले जल से भरी स्वच्छ दीघी थी। उस जल में बगुले, बतख और डाहुक थे तो किनारे कोयल और चकवे। कुछ दूर मोर जोर-जोर से बोल रहे थे।

गाँव के हर घर के आँगन में गाय और अन्दर की तरफ बखार थे। लेकिन उस अकाल में वे बखार धान से खाली थे। किसी घर के छप्पर से मैंने का पिंजड़ा लटक रहा था तो किसी की दीवारों पर अल्पना बनायी गयी थी। किसी घर के आँगन में साग उगाये गये थे।

सभी लोग अकाल से पीड़ित, दुबले-पतले और दुःखी थे। फिर भी उस गाँव के लोगों में कुछ रौनक थी। वहाँ जंगल में मनुष्य के खाने के योग्य

अनेक वस्तुएँ पैदा होती थीं। उस गाँव के लोग जंगल से वही सब ले आते थे। वही सब खाकर वे अपने प्राणों की और किसी हद तक स्वास्थ्य की रक्षा कर सके थे।

उसी गाँव में आम के बाग के बीच एक छोटा सा मकान था। उस मकान के चारों तरफ मिट्टी की दीवार थी। अन्दर चारों तरफ चार कमरे थे। गृहस्थ के पास गायें और बकरियाँ थीं। एक मोर था, एक मैना थी और एक तोता था। पहले एक बन्दर भी था, लेकिन उसके लिये खाना जुटाना मुश्किल होने लगा तो उसे छोड़ दिया गया। एक ढेंकी थी और वहीं बाहर खलिहान था। आँगन में नींबू का पेड़ा था। वहीं मल्लिका और जूही के कुछ पेड़ थे, लेकिन उस बार उनमें फूल नहीं लगे थे। हर कमरे के आगे बरामदे में एक-एक चरखा रखा था। लेकिन मकान में कोई आदमी नहीं दिखायी पड़ा। जीवानन्द बच्ची की गोद में लिये उसी मकान के अन्दर गया।

मकान के अन्दर जाकर जीवानन्द एक कमरे के बरामदे में चढ़ गया। वहाँ बैठकर उसने चरखा खींच लिया। फिर वह उस चरखे को घर्र-घर्र चलाने लगा। उस छोटी बच्ची ने कभी चरखे की आवाज नहीं सुनी थी। फिर माँ से अलग होने क़े बाद से वह बराबर रोती जा रही थी। अब चरखे की आवाज सुनकर वह डर गयी और धाड़ मारकर रोने लगी। तक कमरे के अन्दर से सत्रह-अट्ठारह वर्ष की एक युवती बाहर निकली। बाहर निकलते ही उसने दाहिने गाल पर दाहिने हाथ की एक उँगली रखकर गरदन टेढ़ीकर ली। उसी मुद्रा में खड़ी होकर वह बोली, "अरे, यह कौन है? भैया चरखा क्यों चला रहे हैं? वह लड़की कहाँ मिल गयी? क्या यह आपकी लड़की है भैया? क्या आपने दूसरी शादी कर ली है?"

जीवानन्द ने उस लड़की को उस युवती की गोद में देकर उस युवती को मारने के लिए मुक्का तान लिया और कहा, "बन्दरी, मेरी लड़की क्यों होगी? तूने मुझे ऐरा-गैरा समझ लिया है? घर में दूध है?"

तब उस युवती ने कहा, "दूध क्यों नहीं है? पियेंगे?"

जीवानन्द बोला, "हाँ, पियूँगा।"

फिर वह युवती जल्दी-जल्दी दूध गरम करने चली गयी। जीवानन्द उतनी देर घर्र-घर्र चरखा चलाता रहा।

वह लड़की उस युवती को गोद में जाकर नहीं रोयी। उस लड़की ने क्या समझ लिया था, कहा नहीं जा सकता। वह युवती भी खिले हुए फूल जैसी सुन्दरी थी। शायद वही देखकर उस लड़की ने उसे अपनी माँ समझ लिया

था। इस बीच वह लड़की सिर्फ एक बार रोयी। शायद उसे चूल्हे की आँच लगी थी, इसलिए वह रोयी। ज्यों ही वह रोयी, जीवानन्द ने इधर से आवाज लगायी, "ओ निमी, ओ कलमुँही! ओ बन्दरी! क्या अभी तक तेरा दूध गरम नहीं हुआ?"

उधर से निमी बोली, "हो गया है।"

यह कहकर निमी ने पथरौटी में दूध उँड़ेला और जीवानन्द के पास लाकर रखा।

जीवानन्द ने कृत्रिम क्रोध प्रकट करते हुए कहा, "मन कर रहा है कि कटोरी का यही गरम दूध तेरे बदन पर उँड़ेल दूँ। तूने सोच लिया कि मैं दूध पियूँगा?"

निमी ने पूछा, "फिर कौन पियेगा?"

जीवानन्द ने कहा, "देख नहीं रही है, वह बच्ची पियेगी। ले, उसे दूध पिला।"

तब निमी ने पलथी मारकर बैठने के बाद उस बच्ची को गोद में लिटा लिया। फिर वह सुतही से उस बच्ची को दूध पिलाने लगी। सहसा निमी की आँखों से आँसू की कुछ बूँदे गिरीं। उसका एक लड़का होकर मर गया था। वह इसी सुतही से दूध पीता था। निमी ने उसी वक्त हाथ से आँसू पोंछकर हँसते हुए जीवानन्द से पूछा, "भैया, यह किसकी लड़की है?"

जीवानन्द ने कहा, "यह जानकर तू क्या करेगी कलमुँही?"

निमी ने कहा, "मुझे यह लड़की देंगे?"

जीवानन्द बोला, "तू लड़की लेकर क्या करेगी?"

निमी बोली, "मैं इसे दूध पिलाऊँगी, गोद में लूँगी और पाल-पोसकर बड़ी करूँगी।"

यह कहते-कहते निगोड़ी आँखों में फिर आँसू आ गये। निमी ने फिर हाथ से उनको पोंछा और मुस्करा दिया।

जीवानन्द बोला, "तू उसे लेकर क्या करेगी? तेरे तो कितने बाल-बच्चे होंगे।"

निमी : होंगे तो क्या हुआ? अभी इस लड़की को दीजिये, बाद में न हो ले जाइयेगा।

जीवानन्द : फिर ले, लेकर मर! मै बीच-बीच में आकर देख जाऊँगा। वह कायस्थ की बेटी है। अच्छा, अब मैं चलूँ।

निमी : यह कैसे हो सकता है भैया, खाना नहीं खायेंगे? दोपहर हो गयी है। सिर की कसम, थोड़ा सा खा लीजिये।

जीवानन्द : तेरा सिर भी खाऊँगा और ऊपर से थोड़ा सा और? दोनों तो खा नहीं पाऊँगा बहन, सिर को रहने दे, थोड़ा सा भात दे।

फिर निमी बच्ची की गोद में लिये जल्दी-जल्दी खाना परोसने लगी। उसने पीढ़ा रखा और पानी छिड़ककर उस जगह को पोंछा। फिर उसने मल्लिका के फूल जैसे सफेद भात, कच्चे उरद की दाल, जंगली गूलर की रसेदार सब्जी, तालाब की रोहू मछली का शोरबा और दूध लाकर रखा।

खाने के लिए बैठकर जीवानन्द ने कहा, "निमाई बहन, कौन कहता है कि अकाल पड़ा है? क्या तेरे गाँव में अकाल नहीं पड़ा?"

निमी बोली, "अकाल क्यों नहीं पड़ा? भयानक अकाल पड़ा है। लेकिन हम दो प्राणी हैं, इसलिए घर में जो कुछ है, लोगों को थोड़ा-बहुत देकर खुद खाते हैं। फिर हमारे गाँव में पानी बरसा था। याद है न, आपने कहा था कि जंगल हो तो पानी बरसता है। पानी बरसने से हमारे गाँव में थोड़ा-बहुत धान पैदा हुआ था। सभी लोग वह धान शहर में बेच आये, लेकिन हमने नहीं बेचा।"

जीवानन्द ने पूछा, "बहनोई कहाँ है?"

निमी ने सिर झुकाकर धीरे से कहा, "दो-तीन सेर चावल लेकर कहीं गये हुए हैं। किसी ने माँगा था।"

इधर बहुत दिनों से जीवानन्द को ऐसा भोजन नसीब नहीं हुआ था। इसलिए बेकार की बातों में समय नष्ट न कर उसने गपागप-टपा-टप-सपासप आदि नाना प्रकार के शब्द करते हुए बहुत थोड़े समय में अन्न-व्यंजन आदि समाप्त कर दिया।

श्रीमती निमाईमणि ने केवल अपने पति के लिए भोजन बनाया था। उससे अपना भात भैया को परोस दिया था। अब भैया का पथरौटा खाली देखकर वह शरमा गयी। उसने पति के हिस्से का भी अन्न-व्यंजन लाकर भैया को दिया।

जीवानन्द ने किसी तरह का संकोच किये बिना वह सब भी उदर नामक वृहत् गर्त में डाल दिया।

तब निमाईमणि ने पूछा, "भैया, और कुछ लेंगे?"

जीवानन्द ने पूछा, "और क्या है?"

निमाईमणि बोली, "पका कटहल है।"

फिर निमाईमणि ने वही पका कहटल लाकर जीवानन्द को दिया। जीवानन्द गोस्वामी ने कोई विशेष आपत्ति किये जाने बिना उस कटहल को भी उदर नामक 'ध्वंसपुर' में भेज दिया।

तब निमाईमणि ने हँसकर कहा, "भैया, और कुछ नहीं है।"

भैया जीवानन्द बोला, "तब जाने दे और किसी दिन आकर खाऊँगा।"

निरुपाय होकर निमाईमणि जीवानन्द के लिए मुँह धोने का पानी गाड़ू[1] में ले आयी। पानी देती हुई निमाईमणि बोली, "भैया, मेरी एक बात रखेंगे?'

जीवानन्द : क्या?

निमाईमणि : मेरे सिर की कसम।

जीवानन्द : क्या है, बता न मुँहझौंसी।

निमाईमणि : बात रखेंगे न?

जीवानन्द : पहले यह तो बता कि बात क्या है।

निमाईमणि : पाँवों पड़ती हूँ, मेरे सिर की कसम।

जीवानन्द : तेरा सिर भी खाऊँ और तू मेरे पाँवों भी पड़, लेकिन बात क्या है? बता न?

निमाईमणि ने तब एक हाथ से दूसरे हाथ की उँगलियाँ दबायीं, गरदन टेढ़ी करके उन उँगलियों को देखा, एक बार जीवानन्द के मुख की तरफ देखकर धरती की तरफ देखा और अन्त में जबान खोली,

"एक बार बहू को बुलाऊँ?"

जीवानन्द ने निमाईमणि के सिर पर मारने के लिए झाड़ू उठा लिया और कहा, "मेरी लड़की तू मुझे लौटा दे, मैं भी किसी दिन आकर तेरे दाल-चावल लौटा दूँगा। तू बदरी, मुँहझौंसी मुझसे वही बात कह रही है जो नहीं कहनी चाहिए।"

निमाईमणि बोली, "ठीक है मैं बन्दरी हूँ, मुँहझौसी हूँ। बहू को एक बार बुला दूँ?"

'मैं चला।"

यह कहकर जीवानन्द तेजी से बाहर जाने लगा तो निमाईमणि दरवाजे पर जाकर खड़ी हो गयी। दरवाजा बन्द करने के बाद उस पर पीठ टिकाकर उसने कहा, "पहले मुझे मार डालिये, फिर जाइये। बहू से बिना मिले आप नहीं जा सकते।"

1. टोंटीदार लंबोतरा लोटा।

जीवानन्द बोला, "मैंने कितने लोगों को मार डाला है, तुझे पता है?"

अब निमाईमणि नाराज होकर बोली, "बहुत बड़ा काम किया है। पत्नी को त्याग देंगे, लोगों को मारेंगे और मैं आपसे डरूँगी! आप जिस बाप के बेटे हैं, मैं भी उस बाप की बेटी हूँ। यदि लोगों को मारना बड़ाई की बात हो तो मुझे मारकर बड़ाई कीजिये।"

जीवानन्द मुस्कराकर बोला, "बुला ला–किस पापिष्ठा को बुलाना चाहती है, बुला ला! लेकिन फिर कभी ऐसी बात करेगी तो तुझसे कुछ नहीं कहूँगा, उस साले के भाई साले का सिर मुड़ाकर ऊपर से मट्ठा उड़ेल दूँगा और तब उसे गधे पर उलटा बिठाकर गाँव से निकाल बाहर करूँगा।"

निमाईमणि मन ही मन बोली, "तब तो मैं भी बच जाऊँ!"

यह कहकर निमाईमणि हँसती हुई बाहर निकली और पास की एक कुटिया में गयी।

उस कुटिया में बैठी एक स्त्री चरखा कात रही रही थी। उसके बाल रूखे थे और उसकी धोती इतनी फटी थी कि उसमें सैकड़ों गाँठें लगी हुई थीं।

निमाईमणि उस स्त्री के पास जाकर बोली, "बहू, लल्दी करो, जल्दी!"

बहू बोली, "किस बात की जल्दी री? ननदोई ने तुझे पीटा है क्या? बदन में तेल लगाना पड़ेगा?"

निमाईमाणि ने कहा, "बात कुछ ऐसी ही है। घर में तेल है?"

उस स्त्री ने तेलहँडा निकालकर दिया। निमाईमणि ने उस हाँड़ी में हाथ डालकर ढेर-ढेर-सा तेल निकालकर उस स्त्री के बालों में लगाया और जल्दी-जल्दीं कामचलाऊ जूड़ा बाँध दिया। उसके बाद उस स्त्री को एक मुक्का जमाकर निमाईमणि बोली, "तुम्हारी वह ढाके की साड़ी कहाँ है बताओ।"

अब वह स्त्री कुछ विस्मित होकर बोली, "क्या बात है री? तू पागल हो गयी है?"

निमाईमणि ने धम से उस स्त्री की पीठ पर मुक्का जमाकर कहा, "साड़ी निकालो।"

तमाशा देखने के लिए उस स्त्री ने साड़ी निकाली। सिर्फ तमाशा देखने के लिए ही, क्योंकि इतने दुःख में भी उसके हृदय की सरस वृत्ति लुप्त न हुई थी। उसमें नवीन यौवन था। खिले कमल की तरह उसकी नयी उम्र का अलग सौन्दर्य था। उसके बालों में तेल नहीं था, तन पर बढ़िया कपड़ा नहीं

था, उसे अच्छा भोजन भी नहीं मिलता था, फिर भी वह प्रदत्त अतुलनीय सौन्दर्य उसके सैकड़ों गाँठवाले चिथड़े जैसे वस्त्र में भी प्रस्फुटित था। उसके रंग में छायालोक की चंचलता थी, नयनों में कटाक्ष था, होंठों पर हँसी थी और हृदय में धैर्य था। उसे ठीक से भोजन नहीं मिलता था, फिर भी उसका शरीर लावण्यमय था। अच्छी वेशभूषा नहीं थी, फिर भी उसमें सौन्दर्य पूर तरह से अभिव्यक्त था। जैसे बादल में बिजली होती है और मन में प्रतिभा, जैसे संसार के शब्दों में संगीत होती है और मरण में सुख, वैसे उस रूपराशि में न जाने क्या अनिर्वचनीय था! वह अनिर्वचनीय माधुर्य, अनिर्वचनीय उन्नत भाव, अनिर्वचनीय प्रेम और अनिर्वचनीय भक्ति का समावेश था।

हालाँकि उस स्त्री की हँसी कोई देख न सका, फिर भी उसने हँसते हुए ढाके की साड़ी निकालकर दी और पूछा, "क्यों री निमी, इससे क्या होगा?"

निमी बोली, "तुम पहनोगी।"

उस स्त्री ने कहा, "मेरे पहनने से क्या होगा?"

तब निमाईमणि ने उस स्त्री के कोमल गले में अपनी कोमल बाँह डालकर कहा, "भैया आये हैं। तुझे चलने के लिए कहा है।"

वह स्त्री बोली, "मुझे चलने के लिए कहा है! फिर यह ढाके की साड़ी क्यों? चल, यों ही चलती हूँ।"

निमाईमणि ने उस स्त्री के गालपर हलकी चपत लगायी। वह स्त्री निमाईमणि के कन्धे पर हाथ रखकर उसे कुटिया के बाहर ले जाने लगी। फिर बोली, "चल, यही चिथड़ा पहनकर उन्हें देख आऊँ।"

उस स्त्री ने किसी तरह धोती नहीं बदली तो हारकर निमाईमणि उसे उसी हालत में ले चलने के लिये तैयार हो गयी। निमाईमणि उसे साथ लेकर अपने घर के दरवाजे तक गयी। फिर उसे घर के अन्दर भेजने के बाद निमाईमणि दरवाजा बन्द कर वहीं बाहर खड़ी रही।

16

वह स्त्री लगभग पच्चीस वर्ष की थी, लेकिन देखने में निमाईमणि से अधिक उम्र की नहीं लगती। गाँठ लगी मैली धोती पहनकर वह कमरे में गयी तो मानो कमरे में उजाला हो गया। मानो फूल के किसी पेड़ में पत्तियों में छिपी कितनी ही कलियाँ थीं जो एकाएक खिल गयीं। मानो कही

गुलाबजल का मुँहबन्द कराबा रखा था और किसी ने उसे तोड़ दिया। मानो किसी ने बुझ चली आग में धून-धूना-गुग्गुल डाल दिया।

कमरे में जाकर वह रूपवती स्त्री इधर-उधर अपने पति को ढूँढ़ने लगी, लेकिन पहले तो वह दिखायी नहीं पड़ा। बाद में उस स्त्री ने देखा कि घर के आँगन में आम का जो छोटा सा पेड़ है, जीवानन्द उसी की डालपर सिर टिकाये रो रहा है। उस स्त्री ने उसके पास जाकर धीरे से उसका हाथ पकड़ लिया।

यह तो नहीं कहा जा सकता कि उस स्त्री की आँखों में आँसू नहीं आये। जगदीश्वर ही जानते हैं कि उसकी आँखों मे जो आँसू आये थे, यदि वे बहते तो जीवानन्द को बहा ले जाते। लेकिन उस स्त्री ने अपने आँसुओं को बहने नहीं दिया। उसने जीवानन्द का हाथ अपने हाथ में लेकर कहा, "छी, रोइये मत! मैं जानती हूँ कि आप मेरे लिये रो रहे हैं, लेकिन आप मेरे लिये मत रोइये। आपने मुझे जैसा रखा है, उसी से मैं सुखी हूँ।"

जीवानन्द ने सिर उठाकर आँखें पोंछीं और अपनी पत्नी से पूछा, "शान्ति! तुमने यह फटी गाँठ लगी मैली धोती क्यों पहन रखी है?" तुम्हारे पहनने-खाने में तो किसी बातें की कमी नहीं है।"

शान्ति बोली, "आपका धन आपके लिये रखा है। रूपया लेकर क्या करना होता है, मैं नहीं जानती। जब आप लौट आयेंगे, जब आप मुझे ग्रहण करेंगे..."

जीवानन्द : ग्रहण करूँगा? शान्ति! क्या मैंने तुम्हें त्याग दिया है?

शान्ति : त्याग नहीं दिया–जब आपका व्रत पूरा होगा, जब आप फिर मुझसे प्यार करेंगे...

बात समाप्त होने से पहले ही जीवानन्द ने शान्ति को निविड़ आलिंगन में बाँध लिया। फिर वह देर तक शान्ति के कन्धे पर सिर टिकाकर चुपचाप खड़ा रहा। अन्त में दीर्घ श्वास छोड़कर उसने कहा, "क्यों तुमसे मिला?"

शान्ति : क्यों मिले? आपने तो अपना व्रत तोड़ा?

जीवानन्द : व्रत टूटे–प्रायश्चित्त है। उसके लिये मैं नहीं सोचता, लेकिन तुम्हें देख लेने के बाद अब मैं लौट नहीं पा रहा हूँ। इसीलिए मैंने निमाई से कहा कि तुम्हें देखने की जरूरत नहीं है। तुम्हें देख लेने पर मैं लौट नहीं सकता। एक तरफ धर्म, अर्थ, काम, मोक्ष और विश्व-संसार है तो दूसरी तरफ व्रत, और याग-यज्ञ; लेकिन सब कुछ एक तरफ है और तुम दूसरी

तरफ हो। केवल तुम। कभी-कभी मैं समझ नहीं पाता कि कौन-सा पलड़ा भारी है। अगर देश है तो शान्ति, देश लेकर मैं क्या करूँगा? देश में अगर एक कट्ठा जमीन मिल जाय तो तुमसे मिलकर उसी पर मैं स्वर्ग बना सकता हूँ, पूरा देश मेरे लिये किस काम का रहा? देश के लोगों का दुःख, जिसने तुम जैसी पत्नी को पाकर त्याग दिया, उससे अधिक दुःखी इस देश में और कौन होगा? जिसने तुम्हारे तन पर सैकड़ों गाँठ लगी धोती देखी, उससे अधिक दरिद्र इस देश में और कौन होगा? मेरे सभी धर्म-कर्मों में तुम्हीं सहायक हो। जिसने उस सहायक का त्याग किया, उसके लिये सनातन धर्म भी क्या है? फिर मैं किस धर्म के लिए जगह-जगह और जंगल-जंगल बन्दूक कन्धे पर रखे नरहत्या करता फिरूँ और पाप का भागी बनूँ? यह देश सन्तानों के अधिकार में आयेगा या नहीं, मैं नहीं जानता। लेकिन तुम तो मेरे अधिकार में हो। तुम इस दुनिया से बड़ी हो, मेरे लिये स्वर्ग हो। चलो, घर में चले—अब मैं नहीं लौटूँगा।

थोड़ी देर शान्ति कुछ न बोल सकी। उसके बाद वह बोली, "छी, आप वीर हैं। मेरे लिये संसार में सबसे बड़ा सुख यही है कि मैं वीर पत्नी हूँ। आप एक मामूली स्त्री के लिए वीर का धर्म त्याग देंगे? आप मुझसे प्यार मत कीजिये—मैं वह सुख नहीं चाहती—लेकिन आप अपना वीरधर्म कभी मत छोड़िये। हाँ, मुझे एक बात बताइये, इस व्रतभंग का क्या प्रायश्चित्त है?"

जीवानन्द बोला, "प्रायश्चित्त—उपवास और 22 काहण, यानी 28160 कौड़ियों का दान।"

शान्ति मुस्करायी, फिर बोली, "प्रायश्चित्त क्या है, यह मैं जानती हूँ। एक अपराध में जो प्रायश्चित्त है, क्या सौ अपराधों में भी वही है?"

जीवानन्द ने विस्मित और विषादयुक्त होकर कहा, "यह सब क्यों पूछ रही हो?"

शान्ति : एक प्रार्थना है। जब तक मुझसे फिर मुलाकात नहीं होगी, आप प्रायश्चित्त नहीं करेंगे।

इस पर जीवानन्द ने हँसकर कहा, "इस सम्बन्ध में निश्चित्त रहो। तुम्हें देखे बिना मैं नहीं मरूँगा। मरने की कोई जल्दी भी नहीं है। अब मैं यहाँ नहीं रहूँगा, लेकिन तुम्हें आँख भर नहीं देख सका। खैर, एक दिन तुम्हें उस तरह से देखूँगा। एक दिन हमारी मनोकामना पूरी होगी। अब मैं चला। लेकिन तुम मेरा एक अनुरोध रखना। यह बाना छोड़ो। मेरे पैतृक निवास में जाकर रहो।"

शान्ति ने पूछा, "अभी आप कहाँ जायेंगे?"

जीवानन्द बोला, "अभी मठ में ब्रह्मचारी सत्यानन्द का पता लगाने जाऊँगा। वे जिस तरह से नगर गये हैं, उससे मैं कुछ चिन्तित हूँ। यदि मठ में उनका पता न चले तो नगर जाऊँगा।"

17

भवानन्द मठ में बैठकर हरि-गुण-गानकर रहा था। तभी अतीव तेजस्वी सन्तान-व्रतधारी ज्ञानानन्द उसके पास आया। ज्ञानानन्द का मुखमण्डल विषादयुक्त था।

यह देखकर भवानन्द ने पूछा, "गोसाईं, इतने उदास क्यों हो?"

ज्ञानानन्द बोला, "लगता है कि कुछ गड़बड़ है। कल की घटना के बाद मुसलमान गेरुआ कपड़ा देखते ही लोगों को पकड़ रहे हैं। यों तो सभी सन्तान-व्रतधारियों ने आज गेरुआ कपड़ा छोड़ दिया है, लेकिन प्रभु सत्यानन्द गेरुआ वसन पहनकर अकेले नगर की तरफ गये हैं। क्या पता, कहीं वे मुसलमानों के हाथ पड़ गये तो?"

भवानन्द बोला, "उनको बन्द रखे, ऐसा मुसलमान बंगाल में नहीं है। धीरानन्द उनके पीछे-पीछे गया है, यह तो मैं जानता हूँ। फिर भी मैं एक बार शहर घूम आता हूँ। तुम मठ की रखवाली करना।"

यह कहकर भवानन्द एक अलग कमरे में गया। वहाँ उसने एक बड़े सन्दूक से कुछ कपड़े निकाले। फिर देखते-देखते उसका वेश बदलने लगा। अब गेरुआ वसन की जगह उसने चूड़ीदार पाजामा, मिरजई, कबा, सिर पर अम्मामा और पाँवों में सलीमशाही पहन ली। माथे से त्रिपुण्ड्र आदि सभी चन्दन-चिह्न गायब हो गये। भौंरों जैसी काली दाढ़ी-मूँछों से शोभित उसके सुन्दर मुखमण्डल पर अपूर्व चमक दिखायी पड़ी। उस समय वह सुदर्शन मुगल युवक लगने लगा।

इस तरह मुगल के वेश में भवानन्द हथियारबन्द होकर मठ से निकला।

मठ से लगभग दो कोस पर छोटे-छोटे पहाड़ थे। उन पहाड़ों पर घना जंगल था। उन दोनों पहाड़ों के बीच में एक गुप्त स्थान था। वहाँ बहुत से घोड़े रखे गये थे। मठवासियों की घुड़साल थी।

भवानन्द ने उस घुड़साल से एक घोड़ा खोला और उनकी पीठ पर बैठकर उसे शहर की तरफ भगाया।

घोड़ा भगाकर जाते-जाते अचानक एक जगह भवानन्द को रुकना पड़ा। उस सड़क के किनारे कल-कल बहती उस छोटी-सी नदी के तट पर कोई स्त्री पड़ी थी। वह स्त्री आकाश से टूटे तारे या बादल से अलग हुई बिजली की तरह दीप्त और शोभामयी लगी।

भवानन्द ने देखा कि उस स्त्री में जीवन का कोई लक्षण नहीं है। पास में जहर की खाली डिबिया भी पड़ी है। भवानन्द विस्मित, क्षुब्ध और किसी हद तक भयभीत भी हुआ। जीवानन्द की तरह भवानन्द ने भी महेन्द्र पत्नी और पुत्री को नहीं देखा था। जीवानन्द को जिन कारणों से यह सन्देह हुआ था कि कहीं ये महेन्द्र की पत्नी और पुत्री न हों, वे कारण भी भवानन्द के लिए नहीं थे। भवानन्द ने ब्रह्मचारी सत्यानन्द और महेन्द्र को पकड़कर ले जाते हुए भी नहीं देखा था। फिर महेन्द्र की वह छोटी बच्ची भी वहाँ नहीं थी।

फिर भी जहर की डिबिया देखकर भवानन्द समझ गया कि उस स्त्री ने जहर खा लिया है। भवानन्द उस स्त्री के पास बैठ गया और गाल पर हाथ रखकर देर तक सोचता रहा। फिर उसने उस स्त्री के माथे पर, आँखों में, हाथों और पाँवों पर हाथ रखकर देखा। उसने कुछ इस तरह से उस स्त्री का परीक्षण किया, जिस तरह से सामान्य लोग नहीं करते। तब उसने मन-ही-मन कहा कि अब भी समय है, लेकिन इसे बचाकर क्या करूँगा?

इस तरह भवानन्द देर तक सोचता रहा। उसके बाद वह जंगल में जाकर किसी पेड़ से कुछ पत्तियाँ तोड़ा लाया। उसने उन पत्तियों को हथेलियों में मसलकर उनका रस निकाला। फिर उसने उँगलियों की सहायता से उस स्त्री के होंठों और दाँतों को खोलकर वह रस उसके गले के भीतर पहुँचा दिया। इसी तरह उसने थोड़ा-सा रस उस स्त्री की नाक के छेदों में डाला। फिर वह वहीं रस उस स्त्री के शरीर में मलने लगा।

भवानन्द बार-बार वैसा करने और उस स्त्री की नाक के पास हाथ ले जाकर देखने लगा कि साँस चल रही है या नहीं। एक बार तो उसे ऐसा लगा कि सारा प्रयास विफल हुआ। लेकिन वह अपने प्रयास में जुटा रहा और बहुत देर बाद उसके मुख पर कुछ प्रसन्नता दिखायी पड़ी। उसे अपनी उँगलियों पर उस स्त्री के हलके साँस चलने का अनुभव हुआ। फिर तो वह पत्तियों का रस गार-गार कर देता गया।

धीरे-धीरे उस स्त्री का साँस चलना तेज हो गया। तब भवानन्द ने उसकी नब्ज पर उँगलियाँ रखकर देखा कि उसमें गति आ गयी है। उसके बाद पूर्व

दिशा में उषा की अरुणिमा के प्रथम विकास, प्रभातकाल में कमल के प्रथम उन्मेष और प्रेम के प्रथम अनुभव की तरह कल्याणी आँखें खोलने लगी। उस समय भी उसकी चेतना पूरी तरह से नहीं लौटी थी। यह देखकर भवानन्द ने उसे घोड़े की पीठ पर रख लिया और घोड़े को नगर की तरफ भगाया।

शाम होते न होते सन्तान-सम्प्रदाय के सभी लोगों का पता चल गया कि सत्यानन्द ब्रह्मचारी और महेन्द्र, दोनों को बन्दी बनाकर नगर के कारागार में रखा गया है। तब एक-एक, दो-दो, दस-दस और सौ-सौ की संख्या में सन्तान-सम्प्रदाय के लोग आकर उस मठ के चारों तरफ घने जंगल में एकत्र होने लगे।

वे सभी लोग सशस्त्र थे। उनके नेत्रों में क्रोधाग्नि थी, मुख पर दम्भ था और भिंचे हुए होठों पर प्रतिज्ञा थी। पहले सौ, फिर हजार और उसके बाद दो हजार—इस तरह सन्तानों की संख्या बढ़ती गयी।

तब मठ के द्वार पर खड़े होकर हाथ में तलवार लिये चिल्ला-चिल्लाकर ज्ञानानन्द कहने लगा, "हमने बहुत दिनों से सोच रखा है कि बया का वह घोंसला तोड़ डालेंगे, यवनों का वह नगर मिट्टी में मिलाकर नदी में बहा देंगे और सुअरों के उस खोभार को आग में जलाकर धरती माता को पवित्र करेंगे। भाइयों, आज वह दिन आया है। हमारे गुरु के परम गुरु, जो अनन्त ज्ञानमय, सदैव शुद्धाचारी, लोकहितैषी और देशहितैषी हैं, जिन्होंने सनातन धर्म के पुनः प्रचार के लिए शरीरपात करने की प्रतिज्ञा ली है, जिनको हम विष्णु का अवतार मानते हैं और जो हमारी मुक्ति के उपाय हैं, वही आज मुसलमानों के कारागार में बन्दी हैं। क्या हमारी तलवार में धार नहीं है?"

बाँहे फैलाकर ज्ञानानन्द ने कहा, "क्या इन बाँहों में बल नहीं है?"

छाती ठोंककर ज्ञानानन्द ने कहा, "क्या इस हृदय में साहस नहीं है? भाइयों, बोलो हरे मुरारे मधुकैटभारे! जिन्होंने मधु-कैटभ का विनाश किया है, जिन्होंने हिरण्यकशिपु, कंस, दन्तवक्र और शिशुपाल आदि दुर्जय असुरों का संहार किया है, जिनके चक्र के घर्घर निर्घोष से मृत्युञ्जय शम्भु भी भयभीत हो गये थे; जो स्वयं अजेय और युद्ध में विजयदाता हैं, हम उन्हीं के उपासक हैं। उन्हीं के बल से हमारी भुजाओं में अनन्त बल है। वे इच्छामय हैं। उनकी इच्छा होगी तो युद्ध में हम विजयी होंगे। चलो, हम उस यवनपुरी को तोड़कर मिट्टी में मिला दें। सुअरों के उस खोभार को आग में जलाकर नदी में बहा दें। बया के उस घोंसले को तोड़कर तिनका-तिनका हवा में उड़ा दें। बोलो, हरे मुरारे मधुकैटभारे!"

तब उस वन को भयानक हुँकारों से कम्पित करते हुए सहस्त्रों कण्ठों से एक साथ ध्वनि निकली, "हरे मुरारे मधुकैटभारे!"

हजारों तलवारें एक साथ झनक उठीं। चमचमाते फनवाले हजारों भाले आसमान की तरफ लपके। हजारों भुजायें बिजली कड़कने की तरह फड़क उठीं। हजारों ढालें उन योद्धाओं की कठोर पीठ पर तड़क उठीं। उस भयानक कोलाहल से जंगली जानवर जंगल छोड़कर भाग निकले। डर के मारे चिड़ियाँ चहकार भरकर उड़ने लगीं तो आसमान मानो उनके पीछे छिप गया। उसी समय सैकड़ों जयढक्काएँ एक साथ बज उठीं। तब 'हरे मुरारे मधुकैटभारे' कहते हुए पंक्तियों में सन्तानों के दल उस वन से निकलने लगे। उसी अँधेरी रात में व धीर-गम्भीर गति से डग मारते और 'हरि-हरि' का उद्घोष करते हुए नगर की तरफ चल पड़े।

वस्त्रों की खस-खस, शस्त्रों की झन-झन और हजारों कण्ठों की दबी गरज के साथ बीच-बीच में तुमुल हरिबोल होता रहा।

फिर धीर-गम्भीर सन्तान-व्रतधारियों की आक्रोश और आवेश से भरी सेना ने नगर में पहुँचकर नगर को आतंकित कर दिया। उस अचानक वज्रपात से नगरवासी कौन कहाँ भागे, कहा नहीं जा सकता। नगर के रक्षकों की बुद्धि मारी गयी। वे हाथ-पर-हाथ धरे बैठे रह गये।

इधर सन्तान-सैनिकों ने पहले ही कारागार में पहुँचकर वहाँ तोड़-फोड़ मचायी और पहरेदारों को मौत के घाट उतारा। फिर सत्यानन्द और महेन्द्र को मुक्त करने के बाद वे उनको कन्धे पर उठाकर नाचने लगे। हरिबोल का बड़ा ही हल्ला-गुल्ला मच गया।

सत्यानन्द और महेन्द्र को मुक्त करने के बाद सन्तानों ने जहाँ भी मुसलमानों के मकान देखे, उनमें आग लगा दी। तब सत्यानन्द ने उनसे कहा, "अब लौट चलो। अकारण क्षति पहुँचाने की आवश्यकता नहीं है।"

सन्तानों के ऐसे उपद्रव का समाचार पाकर देश के शासकों ने उसके दमन के लिए परगना सिपाहियों की फौज भेजी। उस फौज के पास केवल बन्दूकें थीं, ऐसी बात नहीं है, एक तोप भी थी। उस फौज के आने की खबर पाकर सन्तान-सैनिक आनन्दकानन से निकलकर लड़ने के लिए आगे बढ़े। लेकिन लाठियों, बर्छियों या बीस-पच्चीस बन्दूकों से तोप का मुकाबला कैसे हो सकता था? सन्तान-सैनिक पराजित होकर भागने लगे।

•

द्वितीय खण्ड

1

कम उम्र में, एकदम शैशवावस्था में शान्ति की माता का निधन हो गया था। जिन तत्त्वों से शान्ति के चरित्र का निर्माण हुआ था, उनमें एक यह भी प्रमुख था। उसके पिता अध्यापक ब्राह्मण थे। उनके घर में कोई स्त्री नहीं थी।

इसलिए शान्ति के पिता जब पाठशाला में छात्रों को पढ़ाते थे, तब शान्ति उनके पास जाकर बैठी रहती थी। कुछ छात्र उसी पाठशाला में रहते थे। अब पढ़ाई नहीं होती थी, तब शान्ति उनके पास बैठकर खेलती थी, उनकी गोद में बैठती थी और पीठ पर चढ़ती थी। वे सब छात्र भी शान्ति को प्यार-दुलार करते थे।

इस तरह शैशव से बराबर पुरुषों के साथ रहने का पहला परिणाम यह हुआ कि शान्ति ने लड़कियों की तरह कपड़ा पहनना नहीं सीखा या सीखकर छोड़ दिया। उसने लड़कों की तरह लांग खोंसकर धोती पहनना शुरू किया। यदि कभी कोई उसे लड़कियों की तरह धोती पहना देता था तो वह उसे खोल डालती थी और फिर लांग खोंस लेती थी।

पाठशाला के छात्र जूड़ा नहीं बनाते थे। इसलिए शान्ति भी कभी जूड़ा नहीं बनाती थी। फिर कौन उसका जूड़ा बना देता? पाठशाला के छात्र लकड़ी की कँधी से शान्ति के बाल झाड़ देते थे। घूँघरवाले बाल शान्ति की पीठ, कँधों, बाँहों और गालों पर लहराते थे। छात्र माथे पर तिलक बनाते और चन्दन लगाते थे तो शान्ति भी तिलक बनाती और चन्दन लगाती थी।

यज्ञोपवीत पहनने को नहीं मिलता था तो शान्ति बहुत रोती थी। लेकिन सन्ध्यापूजा के समय वह उन छात्रों के पास बैठकर उनकी नकल करने से नहीं चूकती थी।

अध्यापक की अनुपस्थिति में छात्र आपस में आदिरस की कहानियाँ सुनते-सुनाते थे और बीच-बीच में अश्लील संस्कृत श्लोकों का पुट भी देते थे। शान्ति ने तोते की तरह उनको भी रट लिया। तोते की तरह इसलिए कि उनके क्या अर्थ थे, यह शान्ति नहीं जानती थी।

पुरुषों के साहचर्य का दूसरा परिणाम यह हुआ कि शान्ति कुछ बड़ी हो गयी तो वे छात्र जो कुछ पढ़ते थे, वह भी उनके साथ-साथ वह सब सीखने लगी। वह व्याकरण का एक अक्षर नहीं जानती थी, लेकिन भट्टिकाव्य, रघुवंश, कुमारसम्भव और नैषधचरित आदि के श्लोक व्याख्या सहित रटने लगी। यह सब देख-सुनकर शान्ति के पिता ने कहा कि 'यद्भविष्यति तद्भविष्यति' और शान्ति को मुग्धबोध व्याकरण पढ़ाना शुरू किया।

शान्ति बहुत जल्दी-जल्दी वह सब सीखने लगी। अध्यापक पिता को बड़ा आश्चर्य हुआ। उन्होंने व्याकरण के साथ शान्ति का एक-दो साहित्य-ग्रन्थ भी पढ़ाये। लेकिन उसके बाद सब-कुछ गड़बड़ हो गया। शान्ति के पिता परलोक सिधार गये।

अब शान्ति निराश्रित थी। पाठशाला बन्द हो गयी। लेकिन वे शान्ति को बहुत चाहते थे, एकाएक सभी उसे छोड़कर जा नहीं सके। उनमें एक दया करके शान्ति को अपने घर ले गया। बाद में इसी ने सन्तान-सम्प्रदाय में सम्मिलित होकर जीवानन्द नाम ग्रहण किया।

उस समय जीवानन्द के माता-पिता जीवित थे। जीवानन्द ने उनको शान्ति के बारे में विस्तार से बताया। माता-पिता ने पूछा, "अब इस परायी लड़की का जिम्मा कौन लेगा?"

जीवानन्द बोला, "मैं इसे लाया हूँ, मैं ही इसका जिम्मा लूँगा।" माता-पिता ने कहा, "ठीक है।"

जीवानन्द क्वारा था। शान्ति भी विवाह के योग्य हो गयी थी। इसलिए जीवानन्द ने उससे विवाह कर लिया।

लेकिन उस विवाह के बाद सभी अफसोस करने लगे। सभी लोग समझ गये कि यह काम अच्छा नहीं हुआ। किसी कीमत पर शान्ति ने लड़कियों की तरह साड़ी नहीं पहनी और बालों को गूँथकर चोटी नहीं बनायी। वह

घर के अन्दर भी नहीं रहती थी, टोले के लड़कों के साथ खेलती फिरती थी। जीवानन्द के घर के पास ही जंगल था। शान्ति उस जंगल में अकेली चली जाती थी और कहाँ मोर है, कहाँ हिरन है और कहाँ दुर्लभ फल-फूल हैं, यही सब ढूँढ़ती फिरती थी। सास-ससुर ने पहले शान्ति को मना किया, बाद में डाँटा-फटकारा और उसके बाद वे उसे कमरे में बन्दकर दरवाजे में साँकल चढ़ाये रखने लगे। उस कड़ाई से शान्ति परेशान हो गयी। एक दिन दरवाजा खुला मिला तो किसी से कुछ कहे बिना शान्ति घर छोड़कर चली गयी।

फिर जंगल में पहुँचकर शान्ति ने चुन-चुनकर फूल तोड़े और उनके रस से कपड़ा रँग लिया। वही कपड़ा पहनकर वह बालक संन्यासी बन गया। उन दिनों बंगाल भर में संन्यासियों के दल घूमा करते थे। उधर शान्ति भी भीख माँगती खाती जगन्नाथ धाम जानेवाली सड़क तक पहुँच गयी। कुछ समय बाद उस सड़क पर संन्यासी का एक दल दिखायी पड़ा। शान्ति उस दल के साथ हो गयी।

उन दिनों के संन्यासी आज के संन्यासियों की तरह नहीं थे। वे संगठित, सुशिक्षित, बलवान्, रणनिपुण और अन्य अनेक गुणों के धनी होते थे। वे प्रायः एक तरह के राजद्रोही थे जो राजा का राजस्व लूटकर खाते थे। बलिष्ठ बालक पाते ही वे उनको चुरा लेते थे। फिर वे उन बालकों को प्रशिक्षित कर अपने सम्प्रदाय में सम्मिलित कर लेते थे।

इसलिए लोग वैसे संन्यासियों को 'बच्चा-चोर' कहते थे।

बालक संन्यासी के भेस में शान्ति संन्यासियों के किसी सम्प्रदाय के साथ हो गयी। उन संन्यासियों ने शान्ति का कोमल शरीर देखकर पहले उसे अपने सम्प्रदाय में शामिल करना नहीं चाहा था। लेकिन शान्ति की प्रखर बुद्धि, चतुराई और कार्यकुशलता देखकर उन लोगों ने सादर उसे अपने दल में शामिल कर लिया। शान्ति उनके दल में रहकर व्यायाम करती थी। हथियार चलाना सीखती थी और इस तरह वह कष्टसहिष्णु बन गयी। उन संन्यासियों के साथ रहकर उसने देश-विदेश का भ्रमण किया, अनेक लड़ाइयाँ देखीं और अनेक काम सीखे।

धीर-धीरे शान्ति में युवती के लक्षण प्रकट होने लगे। अनेक संन्यासियों को पता चल गया कि वह पुरुष के वेश में नारी है। लेकिन संन्यासी सामान्यतः जितेन्द्रिय होते थे, इसलिए किसी ने कुछ नहीं कहा।

संन्यासियों में अनेक विद्वान भी थे। संस्कृत भाषा पर शान्ति का कुछ अधिकार देखकर एक विद्वान संन्यासी उसे पढ़ाने लगा। साधारणतः

संन्यासी जितेन्द्रिय होते थे, लेकिन सभी वैसे नहीं थे। वह विद्वान भी वैसा नहीं था। या हो सकता है कि यौवन के अभिनव विकास के कारण शान्ति में जो लावण्य आ गया था, उससे मुग्ध होकर इन्द्रियाँ उसे पीड़ा देने लगी थीं। वह शिष्या को आदिरस के काव्य पढ़ाने और आदिरस की कविताओं की ऐसी व्याख्या सुनाने लगा कि शान्ति की जगह कोई और होता तो अपने कान बन्द कर लेता। लेकिन उससे शान्ति का बुरा नहीं, बल्कि कुछ भला ही हुआ। शान्ति यह जानती न थी कि लज्जा किसे कहते हैं। अब उसमें नारीस्वभावोचित लज्जा आ गयी। उसके पौरुष चरित्र पर निर्मल नारी-चरित्र की अपूर्व प्रभा पड़ी तो उसके सभी गुण उद्भासित हो उठे।

खैर, शान्ति ने पढ़ाई छोड़ दी।

व्याध जिस प्रकार हिरनी के पीछे भागता है, शान्ति का अध्यापक शान्ति को देखते ही उसके पीछे उसी प्रकार भागने लगा। लेकिन व्यायाम आदि करने से शान्ति में पुरुषों से अधिक बल आ गया था, इसलिए अध्यापक पास आता तो वह थप्पड़ों और घूँसों से उसकी पूजा करती थी। वे थप्पड़ और घूँसे मामूली नहीं होते थे।

एक दिन उस अध्यापक संन्यासी ने शान्ति को अकेले में पाकर जोर से उसका हाथ पकड़ लिया। शान्ति अपना हाथ छुड़ा न सकी। लेकिन उस संन्यासी ने दुर्भाग्य से शान्ति का बायाँ हाथ पकड़ लिया था। शान्ति ने दायें हाथ से उस संन्यासी के माथे पर ऐसा घूँसा जमाया कि वह बेहोश होकर गिर पड़ा।

शान्ति संन्यासी-सम्प्रदाय छोड़कर भाग निकली।

भय नाम की चीज शान्ति में नहीं थी। वह अकेली स्वदेश के लिए रवाना हो गयी। साहस और बाहुबल के कारण वह निडर होकर रास्ता चलती रही। भीख माँगकर या जंगली फल खाकर पेट भरती और अनेक अवसरों पर मारपीट में शत्रुओं को धराशायी करती। एक दिन वह अपनी ससुराल पहुँच गयी। वहाँ पहुँचकर उसने देखा कि ससुर का स्वर्गवास हो चुका है। लेकिन सास ने उसे घर में रखने से इनकार कर दिया, क्योंकि उससे जाति मारी जाती।

शान्ति ससुराल से निकली।

जीवानन्द उस समय घर पर ही था। वह शान्ति के पीछे-पीछे चला। रास्ते में शान्ति को पकड़कर उसने पूछा, "तुम मेरा घर छोड़कर क्यों चली गयी थी? इतने दिन कहाँ थी?"

शान्ति ने सब-कुछ सच-सच बताया। जीवानन्द में सत्य-मिथ्या की परख थी। उसने शान्ति की बातों पर विश्वास किया।

अप्सराओं की भौंहों के विलास से युक्त कटाक्ष की झलक लेकर बड़े जतन से जिस सम्मोहन-बाण का निर्माण किया जाता है, पुष्पधन्वा कामदेव उसे विवाहित दम्पत्ति पर चलाकर बरबाद नहीं करते। अंग्रेज पूर्णिमा की रात्रि में भी सड़कों पर गैस-बत्तियाँ जलाते हैं और बंगाली उसी को कुछ देते हैं जिसके पास बहुत कुछ है। मनुष्य की बात क्या कही जाय, देवताओं का भी यही हाल है। चन्द्रमा भी कभी-कभी उस समय आकाश में दिखायी पड़ते हैं, जब सूर्य वहाँ चमकते रहते हैं। इन्द्र समुद्र में भी पानी बरसाते हैं। जिस सन्दूक में रुपया नहीं अँटता, कुबेर उसी में और रुपया भरना चाहते हैं। यमराज भी उजड़े हुए घर को ही ज्यादा उजाड़ते हैं। लेकिन रतिपति मदनदेव को ऐसी बेवकूफी का काम करते नहीं देखा जाता। जहाँ गँठजोड़ा बँध जाता है, वहाँ वे मेहनत नहीं करते। तितलियों को सारा जिम्मा सौंपकर वे उनकी खोज में आगे बढ़ जाते हैं जिनका हृदय-रक्त पान किया जा सकता है।

लेकिन उस दिन मदनदेव के पास शायद कोई काम नहीं था, वे अचानक बेमतलब दो पुष्पबाण चला बैठे। एक ने जीवानन्द का कलेजा छेदा तो दूसरा ने शान्ति का हृदय भेदा। उसी से शान्ति को पहली बार पता चला कि उसके पास भी एक औरत का दिल है और वह बड़ी नाजुक चीज है। नवजलद की प्रथम जलधारा से सिंचित कली की तरह शान्ति सहसा खिल गयी। उसने प्रफुल्लित नेत्रों से जीवानन्द के मुख की तरफ देखा।

जीवानन्द बोला, "मैं तुम्हें छोड़ नहीं सकता। जब तक मैं लौट न आऊँ, तब तक तुम यहीं खड़ी रहो।"

शान्ति बोली, "आप लौटेंगे न?"

जीवानन्द ने कोई उत्तर नहीं दिया। उसने किसी तरफ नहीं देखा। रास्ते के किनारे नारियल के पेड़ों के उस झुरमुट के नीचे खड़े होकर उसने शान्ति के होंठों पर होंठ रखकर ऐसा माना कि सुधापान कर रहा हो। उसके बाद वह घर की तरफ चला।

माँ को समझा-बुझाकर जीवानन्द उनसे अनुमति लेकर आया। भैरवीपुर में जीवानन्द की बहन निमाईमणि का विवाह हुआ था। बहनोई से उसकी अच्छी पटती थी। वह शान्ति को लेकर वहीं गया। बहनोई ने थोड़ी सी जमीन दी। जीवानन्द ने उसी जमीन पर कुटिया बनायी। फिर वह शान्ति को लेकर वहीं सुख से रहने लगा।

पति के साथ रहने से शान्ति के चरित्र का पौरुष दिन-पर-दिन विलीन होता या दबता गया। उसमें रमणीय रमणी-चरित्र का नित्य नया उन्मेष होता रहा। जीवानन्द और शान्ति का जीवन सुख-स्वप्न की तरह बीत जाता। लेकिन सत्यानन्द के प्रभाव में आकर जीवानन्द न सन्तान धर्म ग्रहण किया। फिर जीवानन्द शान्ति को छोड़कर चला गया। उसके बाद निमाईमणि की चालाकि से अभी दोनों की पहली मुलाकात हुई।

2

जीवानन्द के चले जाने के बाद शान्ति निमाईमणि के ओसारे में जा बैठ गयी। निमाईमणि उस बच्ची को गोद में लिये शान्ति के पास आकर बैठी। शान्ति की आँखों में आँसू नहीं थे। उसने आँखें पोंछ ली थीं। उसने मुखमण्डल को प्रफुल्लित कर लिया था। बल्कि वह मन्द-मन्द मुस्करा रही थी।

फिर भी निमाईमणि को शान्ति कुछ गम्भीर, चिन्तित और अन्यमनस्क लगी। निमाईमणि ने वही सोचकर कहा, "चलो, मुलाकात हो गयी।"

शान्ति ने कोई उत्तर नहीं दिया। वह चुप रही।

निमाईमणि समझ गयी कि शान्ति अपने मन की बात कुछ न कहेगी। निमाईमणि जानती थी कि शान्ति अपने मन की बात किसी से कहना पसन्द नहीं करती। इसलिए निमाईमणि ने कोशिश करके दूसरी बात छेड़ी। उसने कहा, "देखो तो बहू, कैसी लड़की है?"

शान्ति बोली, "लड़की कहाँ से मिल गयी? तुझे कब लड़की हुई?"

निमाईमणि ने कहा, "कैसी बात करती हो बहू, यह भैया की लड़की है।"

शान्ति को जलाने के लिए निमाईमणि ने ऐसी बात नहीं कही। 'भैया की लड़की', यानी भैया से यह लड़की मिली है। शान्ति वह नहीं समझ सकी। उसने सोचा कि निमाईमणि सुई चुभोने की कोशिक कर रही है। इसलिए उसने उत्तर दिया, "मैंने उस लड़की के बाप के बारे में नहीं, उसकी माँ के बारे में पूछा।"

निमाईमणि को समुचित उत्तर मिल गया तो वह लज्जित होकर बोली, "किसकी लड़की है, यह तो नहीं जानती बहन! कहीं मिल गयी होगी तो भैया उठा लाये हैं। मुझे यह सब पूछने का मौका नहीं मिला। कैसा अकाल

पड़ा है! कितने ही लोग अपने बच्चे इधर-उधर फेंककर चले जा रहे हैं। हमारे पास ही कितने लोग अपने लड़के-लड़कियाँ बेचने आये थे, लेकिन दूसरे के लड़के-लड़कियाँ कौन लेता है? लेकिन यह लड़की है न बड़ी अच्छी? गोल-मटोल और चाँद-सा मुखड़ा! इसीलिए इसे भैया से माँग लिया।''

फिर आँखों में आँसू भर आये तो निमाईमणि ने आँखें पोंछ लीं।

उसके बाद शान्ति देर तक निमाईमणि से तरह-तरह की बातें करती रही। जब निमाईमणि का पति घर लौटा, तब शान्ति उठकर अपनी कुटिया में गयी।

कुटिया में जाकर शान्ति ने अन्दर से उसका दरवाजा बन्दकर लिया। फिर उसने चूल्हे में से कुछ राख निकालकर बाहर रख दी। जो भात पका था, उसको उसने चूल्हे में शेष राख पर डाल दिया। फिर वह देर तक खड़ी-खड़ी न जाने क्या सोचती रही। उसके बाद वह मानो अपने आप से बोली, ''इतने दिनों तक जो कुछ सोच रही थी, वही आज करूँगी। इतने दिनों तक जिस आशा में वैसा न कर सकी थी, वह पूरी हो चुकी है। लेकिन वह सफलता है या विफलता? विफलता ही सही! यह जीवन ही तो विफल है। अब जो संकल्प किया है वही करूँगी। एक बार की भूल के लिए जो प्रायश्चित्त है, सौ बार के लिए भी वही है।''

शान्ति अपने लिये पकाया भात चूल्हे कि राख में डाल चुकी थी, अब वह जंगल में जाकर वहाँ के पेड़ों से कुछ फल तोड़ लायी। अन्न के बदले उसने वही फल खाये। उसके बाद उसने ढाके की वही साड़ी निकाली, जिसके लिये निमाईमणि बहुत जलती थी। उसने उस साड़ी से किनारे फाड़कर अलग किये। फिर उस साड़ी का जो हिस्सा बचा, उसको उसने गेरू से अच्छी तरह रँगा। कपड़ा रँगने और सुखाने में शाम हो गयी।

शाम हो जाने पर शान्ति अपनी कुटिया में बड़ा विचित्र काम करने लगी। सिर के रूखे, घुटनों तक लम्बे बालों को कुछ हिस्सा उसने कैंची से काटकर अलग रख दिया। सिर में जो बाल शेष बचे, उनकी बट कर उसने जटायें बनायीं। देखते-देखते उसके रूखे बाल अपूर्व विन्यासयुक्त जटाजूट में परिणत हो गये। उसके बाद उसने उस गेरुए वस्त्र के दो टुकड़े किये। एक टुकड़े को उसने काछनी की तरह पहना और दूसरे से वक्ष को ढाँप लिया।

घर में एक छोटा-सा शीशा पड़ा था। बहुत दिनों बाद शान्ति ने उसे बाहर निकाला और अपना वेश देखकर कहा, ''हाय! कैसे क्या करूँ?''

फिर शीशा रखकर शान्ति ने उन कटे बालों से दाढ़ी-मूँछें बनायीं। लेकिन वह उनके चेहरे पर लगा नहीं सकी। उसने सोचा—छी! छी! यह सब कैसे हो सकता है! अब वह जमाना नहीं है। लेकिन उस बूढ़े सत्यानन्द को बेवकूफ बनाने के लिए इनको रख लेना ठीक रहेगा।

यह सोचकर शान्ति ने उन दाढ़ी-मूँछों को कपड़ें में बाँधकर रख लिया। उसके बाद बड़ा-सा मृगछाला निकालकर उसने उसे गले के पास बाँधकर लटका दिया जिससे गले से जाँघों तक शरीर का अगला हिस्सा ढक गया। इस तरह का साज-सज्जा बनाकर उस नवीन संन्यासी ने एक बार कुटिया के अन्दर धीरे-धीरे चारों तरफ देख लिया।

रात्रि के दो पहर बीत जाने पर संन्यासी के वेश में शान्ति दरवाजा खोलकर कुटिया के बाहर निकली और उस अँधेरे में अकेली जंगल के अन्दर चली गयी।

फिर उस रात्रि में वनदेवियों को उस वन में अपूर्व गोत सुनने को मिला—

नहीं चाहती घर में रहना
बन कर मैं अबला नारी!
युद्ध जीतने निकल पड़ी मैं
मरने की कर तैयारी।
कौन तुम्हारा इस दुनिया में,
क्यों तुम मुझको भरमाते?
अस्त्र-शस्त्र ले निकल पड़ी हूँ,
क्यों मुझको डर दिखलाते ?
हरी बोल तज मोह प्राण का
युद्ध करूँगी मैं भारी।
नहीं चाहती घर में रहना
बनकर मैं अबला नारी!
पाँव पड़ूँ प्रिय नाथ हमारे,
छोड़ मुझे तुम क्यों जाते?
ध्वनित हो रही है रणभेरी,
वीर समर के मदमाते।

मन करता है रण करने को
युद्ध करूँगी मैं भारी।
नहीं चाहती घर में रहना
बनकर मैं अबला नारी!

3

दूसरे दिन आनन्दमठ के भीतर एक गुप्त कमरे में बैठकर तीन हतोत्साहित सन्तान-नायक वार्तालाप कर रहे थे। जीवानन्द ने सत्यानन्द से पूछा, "महाराज! देवता हमारे प्रति क्यों इतने अप्रसन्न हैं? किस दोष के कारण हम मुसलमानों से पराजित हुए?"

सत्यानन्द बोले, "देवता अप्रसन्न नहीं हैं। युद्ध में जय-पराजय दोनों सम्भव है। उस दिन हम विजयी हुए थे, आज पराजित हुए। लेकिन अन्तिम विजय ही विजय है। मुझे दृढ़ विश्वास है कि शंखचक्रगदापद्मधारी वनमाली ने इतने दिनों तक हम पर दया की है तो वे फिर दया करेंगे। उनके चरणों का स्पर्श कर हमने जो महान व्रत ग्रहण किया है, वह हमें अवश्य सिद्ध करना पड़ेगा। उसके विमुख होने पर हम अनन्त नरक भोगेंगे। मुझे इसमें सन्देह नहीं है कि भविष्य में हमारा कल्याण होगा।

परन्तु ईश्वर की कृपा के बिना जैसे कोई सफल नहीं हो सकता, वैसे पुरुषकार भी चाहिए। हम जो पराजित हुए हैं, उसका कारण यह है कि हम निरस्त्र हैं। बन्दूक-तोप और गोला-बारूद के आगे लाठी-सोण्टा और बल्लम से क्या होता? हमारे पुरुषकार में कमी थी, इसलिए हम हारे। अब हमें ऐसा उपाय करना होगा जिससे हमारे पास भी वैसे अस्त्रों की कमी न हो।"

जीवानन्द : वह तो बड़ा कठिन काम है।

सत्यानन्द : कठिन काम है जीवानन्द? सन्तान होकर तुम कैसे ऐसी बात मुँह से निकालते हो? सन्तानों के लिए कोई भी काम कठिन नहीं है।

जीवानन्द : वैसे अस्त्र हम कहाँ से लायेंगे, आज्ञा कीजिये।

सत्यानन्द : उसके लिये आज रात्रि में मैं तीर्थयात्रा पर निकलूँगा। जब तक मैं न लौट आऊँ, तुम लोग किसी बड़े काम में हाथ मत डालना। लेकिन सन्तानों में एकता बनाये रखना, उनके खाने-पहनने का प्रबन्ध करना और

इस युद्ध में माँ की जीत के लिए धनभण्डार को भरते रहना। यही उत्तरदायित्व तुम दोनों पर रहा।

भवानन्द ने कहा, "तीर्थयात्रा करके वह सब कैसे लायेंगे? गोला-बारूद और तोप-बन्दूक खरीदकर भेजने में बड़ा झमेला होगा। फिर वह सब उतना मिलेगा कहाँ, बेचेगा कौन और यहाँ लायेगा कौन?"

सत्यानन्द : हम वह सब खरीदकर अपना काम नहीं चला सकते। मैं कारीगर भेजूँगा और वह सब यहीं बनवाना पड़ेगा।

जीवानन्द : कहाँ? इस आनन्दमठ में?

सत्यानन्द : वह कैसे हो सकता है? लेकिन उसका उपाय मैं बहुत दिनों से सोच रहा हूँ। ईश्वर ने अब उसका अवसर कर दिया है। तुम लोग कह रहे थे कि भगवान् प्रतिकूल हैं, लेकिन मैं देख रहा हूँ कि वे अनुकूल हैं।

भवानन्द : कारखाना कहाँ बनेगा?

सत्यानन्द : पदचिह्न में।

जीवानन्द : अरे? वहाँ कैसे बनेगा?

सत्यानन्द : नहीं तो तो किसलिए मैंने इतना प्रयास किया कि महेन्द्र सिंह इस महाव्रत को ग्रहण करें?

भवानन्द : क्या महेन्द्र ने व्रत ग्रहण किया है?

सत्यानन्द : ग्रहण नहीं किया है, लेकिन करेगा। आज रात मैं उसे दीक्षा दूँगा।

जीवानन्द : लेकिन महेन्द्र सिंह को इस व्रत में दीक्षित करने के लिए क्या प्रयास हुआ, वह तो हम नहीं समझ सके। उसकी पत्नी और पुत्री का क्या हुआ? वे कहाँ हैं? आज नदी के किनारे मुझे एक छोटी-सी लड़की मिली तो मैं उसे अपनी बहन के पास रख आया। उस लड़की के पास एक सुन्दर स्त्री मरी पड़ी थी। वही तो महेन्द्र की पत्नी और पुत्री नहीं थी? मुझे वैसा सन्देह हुआ था।

सत्यानन्द : वही महेन्द्र की पत्नी और पुत्री थीं।

भवानन्द चौंका। अब वह समझ गया कि जिस स्त्री को उसने ओषधि के बल से जीवित किया है, वह महेन्द्र की पत्नी कल्याणी है। लेकिन इस समय इस सम्बन्ध में कुछ कहना उसने आवश्यक नहीं समझा।

जीवानन्द ने पूछा, महेन्द्र की पत्नी की मृत्यु कैसे हुई?"

सत्यानन्द : विष खाने से।

जीवानन्द : क्यों विष खाया?

सत्यानन्द : भगवान् ने उसे स्वप्न में शरीर छोड़ने का आदेश दिया था।

भवानन्द : क्या स्वप्न में वह आदेश संतानों की कार्य-सिद्धि के लिए हुआ था?

सत्यानन्द : महेन्द्र ने ऐसा ही सुना। अब सन्ध्या हो चली है, मैं सन्ध्यापूजा करने चला। उसके बाद नवागतों को सन्तान व्रत में दीक्षित करूँगा।

भवानन्द : नवागतों को? क्या महेन्द्र के अतिरिक्त और भी कोई आपका शिष्य होने का सौभाग्य रखता है?

सत्यानन्द : हाँ, और एक नया व्यक्ति है। मैंने उसे पहले कभी नहीं देखा था। आज पहली बार वह मेरे पास आया। लगा कि वह खरा सोना है। उसे सन्तान-व्रत की शिक्षा देने का भार जीवानन्द पर रहेगा, क्योंकि जीवानन्द लोगों के चित्त को आकृष्ट करने में बड़ा निपुण है। मैं जा रहा हूँ, लेकिन तुम दोनों को अभी एक निर्देश देना बाकी है। खूब मन लगाकर सुनो।

जीवानन्द और भवानन्द ने हाथ जोड़कर कहा, "आज्ञा कीजिये।"

सत्यानन्द बोले, "यदि तुम दोनों ने कोई अपराध किया हो, अथवा मेरे लौटने से पूर्व करो तो उसका प्रायश्चित्त तब तक मत करना जब तक मैं न लौट आऊँ। मेरे आने पर प्रायश्चित्त अवश्य करना।"

इतना कहकर सत्यानन्द अपने स्थल पर चले गये। भवानन्द और जीवानन्द दोनों एक दूसरे का मुँह ताकने लगे।

जीवानन्द : लगता है, प्रभु ने मुझसे कहा मैं अपनी बहन के घर महेन्द्र की बेटी को रखने गया था।

भवानन्द : उसमें कौन-सा दोष है? उसका तो निषेध नहीं है। क्या ब्राह्मणी से मुलाकात कर आये हो?

जीवानन्द : सम्भवतः गुरुदेव ऐसा ही समझते हैं।

4

सन्ध्यापूजा के बाद सत्यानन्द ने महेन्द्र को बुलाकर कहा, "तुम्हारी कन्या जीवित है।"

महेन्द्र : कहाँ है महाराज?

सत्यानन्द : तुम मुझे महाराज क्यों कह रहे हो?

महेन्द्र : सभी कहते हैं, इसलिए मठों के अधिकारियों का राजा जैसा सम्बोधन करना चाहिए। मेरी कन्या कहाँ है महाराज?

सत्यानन्द : वह सुनने से पहले मेरी एक बात का सही-सही उत्तर दो। क्या तुम सन्तानधर्म ग्रहण करोगे?

महेन्द्र : मन-ही-मन ऐसा दृढ़ निश्चय किया है।

सत्यानन्द : फिर कन्या कहाँ है, यह मत सुनना चाहो।

महेन्द्र : क्यों महाराज?

सत्यानन्द : जो इस व्रत को ग्रहण करता है, वह स्त्री, पुत्र, कन्या, परिजन, किसी से सम्बन्ध नहीं रख सकता। स्त्री, पुत्र, कन्या का मुँह देख लेने पर भी प्रायश्चित्त करना पड़ता है। जितने दिनों तक सन्तानों का अभीष्ट सिद्ध नहीं होगा, उतने दिन तुम कन्या का मुँह नहीं देख सकोगे। इसलिए यदि सन्तानधर्म ग्रहण करने का निश्चय किया है तो कन्या का पता जानकर क्या करोगे? उसे देख तो नहीं पाओगे।

महेन्द्र : ऐसा कठोर नियम क्यों हैं प्रभु?

सत्यानन्द : सन्तान का काम बड़ा कठिन है। जो सर्वस्व त्याग सकता है, उसके अतिरिक्त और कोई इस काम के योग्य नहीं है। माया की डोर से जिसका चित्त बँधा रहता है, वह तो एक पतंग के समान है। जैसे, डोर से बँधी पतंग कभी धरती को छोड़कर स्वतन्त्र रूप से आकाश में नहीं उड़ सकती, वैसी वह व्यक्ति भी इस संसार का भूलकर स्वर्ग में नहीं जा सकता।

महेन्द्र : महाराज, आपकी बात ठीक से समझ नहीं सका। जो पत्नी-पुत्र का मुँह देखता है, क्या वह किसी महान् कार्य को करने का अधिकारी नहीं है?

सत्यानन्द : पत्नी-पुत्र के मुख देखते ही हम देवता का कार्य भूल जाते हैं। सन्तानधर्म का नियम यह है कि जिस दिन आवश्यकता होगी, उसी दिन सन्तान की प्राणत्याग करना पड़ेगा। तुम्हें अपनी बेटी का मुख याद आने पर क्या तुम उसे छोड़कर मर सकोगे?

महेन्द्र : लेकिन न देखने पर ही क्या बेटी को भूल पाऊँगा?

सत्यानन्द : न भूल पाओ तो इस व्रत को ग्रहण मत करो।

महेन्द्र : क्या हर सन्तानव्रतधारी इस तरह अपनी पत्नी-पुत्र को भूल सका है? अगर ऐसा है तो सन्तान की संख्या बहुत थोड़ी होगी।

सत्यानन्द : सन्तानों के दो भेद हैं, दीक्षित और अदीक्षित। जो अदीक्षित हैं, वे गृहस्थ हैं या भिखारी। वे केवल युद्ध के समय आते हैं और लूट का हिस्सा या अन्य पुरस्कार लेकर चले जाते हैं। जो लोग दीक्षित हैं, सर्वत्यागी

हैं। वे ही इस सम्प्रदाय के नेता हैं। मैं तुमसे अदीक्षित सन्तान बनने का आग्रह नहीं करूँगा, क्योंकि लड़ने के लिए लाठी-बरछीवाले बहुत हैं। दीक्षित न होने पर तुम सम्प्रदाय के किसी महत्त्वपूर्ण कार्य के अधिकारी नहीं बन सकोगे।

महेन्द्र : दीक्षा कैसी? दीक्षित क्यों होना पड़ेगा? मैंने तो पहले ही अपने गुरु से मन्त्र लिया है।

सत्यानन्द : उस मन्त्र को त्यागना होगा। मुझसे फिर मन्त्र लेना पड़ेगा।

महेन्द्र : मन्त्र का त्याग कैसे करूँगा?

सत्यानन्द : उसका उपाय मैं बता दूँगा।

महेन्द्र : नया मन्त्र क्यों लेना पड़ेगा?

सत्यानन्द : क्योंकि सन्तानव्रतधारी वैष्णव हैं।

महेन्द्र : यह मैं समझ नहीं पा रहा हूँ। हिंसा करके सन्तानव्रतधारी वैष्णव कैसे हुए? अहिंसा ही तो वैष्णवों का परम धर्म है।

सत्यानन्द : वह चैतन्यदेव का वैष्णव धर्म है। नास्तिक बौद्ध धर्म के अनुकरण में जो अयथार्थ वैष्णवता उत्पन्न हुई थी, वह उसी का लक्षण है। यथार्थ वैष्णव धर्म का लक्षण दुष्टों का दमन और संसार का उद्धार है, क्योंकि विष्णु ही संसार के पालनकर्त्ता हैं। दस बार शरीर धारण करके उन्होंने इस संसार का उद्धार किया है। केशी, हिरण्यकशिपु, मधुकैटभ, मूर, नरक आदि दैत्यों का, रावण आदि राज्यों का तथा कंस, शिशुपाल आदि अत्याचारी राजाओं का उन्होंने ही युद्ध में संहार किया था। वे ही जेता, जयदाता, संसार के त्राणकर्त्ता और सन्तानों के इष्टदेव हैं। चैतन्यदेव का वैष्णव धर्म यथार्थ वैष्णव धर्म नहीं, बहुत हुआ तो वह अधूरा वैष्णव धर्म है। चैतन्यदेव के विष्णु प्रेममय है, लेकिन भगवान् केवल प्रेममय नहीं है, वे अनन्तशक्तिमय है। चैतन्यदेव के विष्णु सिर्फ प्रेममय हैं और सन्तानों के विष्णु सिर्फ शक्तिमय। फिर भी चैतन्यदेव के शिष्य और हम दोनों वैष्णव हैं, परन्तु दोनों ही आधे वैष्णव। बात समझ में आयी?

महेन्द्र : जी नहीं। यह तो कैसी नयी बातें सुन रहा हूँ। कासिमबाजार में एक पादरी से मेरी मुलाकात हुई थी। उसने भी इसी तरह की बात कही थी—यानी, ईश्वर प्रेममय हैं, तुम लोग यीशु से प्रेम करो। यह तो वैसी ही बात हुई।

सत्यानन्द : जैसी बात हम पीढ़ियों से समझते आये हैं, कैसी बात कहकर मैं तुम्हें समझा रहा हूँ। ईश्वर त्रिगुणात्मक हैं, यह तो सुना है?

महेन्द्र : जी हाँ । सत्त्व, रज और तम—ये तीन गुण हैं।

सत्यानन्द : अच्छा। इन तीन गुणों की अलग-अलग उपासना है। सत्त्वगुण से ईश्वर के दया-उदारता आदि गुणों की उत्पत्ति होती है। उसकी उपासना शक्ति से करोगे। चैतन्य सम्प्रदाय वही करता है। रजोगुण से ईश्वर की शक्ति का उदय होता है। उसकी उपासना युद्ध में देवताद्रोहियों और देवद्वेषियों का संहार करके करनी पड़ती है। हम वही करते हैं। तमोगुण से ईश्वर शरीर धारण करते हैं। उन्होंने अपनी इच्छा से चतुर्भुज आदि रूप धारण किया है। फूलमाला, चन्दन आदि से उस गुण की पूजा की जाती है। सामान्य लोग वही करते हैं। अब समझ गये?

महेन्द्र : समझा। तो सन्तानों का यह सम्प्रदाय उपासक सम्प्रदाय है?

सत्यानन्द : हाँ। हम राज्य नहीं चाहते। ये मुसलमान अब ईश्वर विद्वेषी हो गये हैं, इसीलिए इनका सवंश संहार करना चाहते हैं।

5

वार्त्तालाप समाप्त करके सत्यानन्द महेन्द्र के साथ उस मठ के देवालय में गये, जहाँ अपूर्व प्रभामण्डित विशाल चतुर्भुज मूर्त्ति विराजित थी। उस समय वहाँ अवर्णनीय शोभा थी। स्वर्ण-रजत के बहुविध रत्नजटित दीपों से मन्दिर आलोकित हो रहा था। ढेर-के-ढेर फूल मन्दिर की शोभा बढ़ाने के साथ-ही-साथ उसे सुगन्ध से भर रहे थे। मन्दिर में कोई और बैठकर धीरे-धीरे 'हरे मुरारे' गा रहा था। सत्यानन्द ने मन्दिर में प्रवेश किया तो उसने उठकर प्रणाम किया।

ब्रह्मचारी सत्यानन्द ने पूछा, "तुम दीक्षा लोगे?"

उसने कहा, "मुझ पर दया कीजिये।"

तब सत्यानन्द ने उसे और महेन्द्र को सम्बोधित कर कहा, "तुम दोनों ने नियमपूर्वक स्नान, संयम और उपवास किया है न?"

दोनों : जी हाँ।

सत्यानन्द : तुम दोनों भगवान् के सामने शपथ लो। सन्तानधर्म के नियमों का पालन करोगे।

दोनों : करूँगा।

सत्यानन्द : जब तक माता का उद्धार नहीं होगा, तब एक गृहस्थधर्म का त्याग करोगे?

दोनों : करूँगा।

सत्यानन्द : माता-पिता का त्याग करोगे?

दोनों : करूँगा।

सत्यानन्द : भाई-बहनों का?

दोनों : त्याग करूँगा।

सत्यानन्द : पत्नी-पुत्र का?

दोनों : त्याग करूँगा।

सत्यानन्द : इष्टमित्रों का? दास-दासियों का?

दोनों : सभी का त्याग करूँगा।

सत्यानन्द : धन-ऐश्वर्य-भोग?

दोनों : सब कुछ छोड़ूँगा।

सत्यानन्द : जितेन्द्रिय बनोगे? कभी किसी स्त्री के साथ एक आसन पर नहीं बैठोगे?

दोनों : नही बैठूँगा। जितेन्द्रिय बनूँगा।

सत्यानन्द : भगवान् के सामने प्रतिज्ञा करो कि अपने लिये या अपने परिवार के लिए धनोपार्जन नहीं करोगे। जो भी उपार्जन करोगे, वह वैष्णव कोषागार में दोगे।

दोनों : दूँगा।

सत्यानन्द : सनातन धर्म के लिए स्वयं अस्त्र लेकर युद्ध करोगे?

दोनों : करूँगा।

सत्यानन्द : युद्ध में कभी पीठ नहीं दिखाओगे?

दोनों : नहीं।

सत्यानन्द : यदि प्रतिज्ञा-भंग हुआ तो?

दोनों : जलती चिता में प्रवेश कर अथवा विषपान कर प्राण दे दूँगा।

सत्यानन्द : और एक बात है जाति। महेन्द्र कायस्थ है, यह मैं जानता हूँ। तुम्हारी जाति क्या है?

दूसरे युवक ने कहा, "मैं ब्राह्मणकुमार हूँ।"

सत्यानन्द : बहुत अच्छा। तुम्हें अपनी-अपनी जाति छोड़नी पड़ेगी। सभी सन्तानव्रतधारी एक जाति के हैं। इस महाव्रत में ब्राह्मण-शूद्र का भेद नहीं हैं। तुम क्या कहते हो?

दोनों : हम भी कोई भेद नहीं मानेंगे। हम सब एक माँ की सन्तानें हैं।

सत्यानन्द : फिर तुम दोनों को दीक्षा दूँगा। तुमने जो प्रतिज्ञाएँ कीं, उनको कभी मत तोड़ना। स्वयं मुरारि इसके साक्षी हैं। वे सर्वान्तर्यामी, सर्वजयी, सर्वशक्तिमान और सर्वनियन्ता हैं। रावण, कंस, हिरण्यकशिपु, जरासन्ध और शिशुपाल आदि के विनाश के लिए वे इन्द्र के वज्र और विलाव के नाखूनों में समान रूप से निवास करते हैं। प्रतिज्ञाभंग करनेवाले को विनष्ट करके वही अनन्त नरक में डालेंगे।

दोनों : तथास्तु।

सत्यानन्द : तुम दोनों 'वन्दे मातरम्' गाओ।

दोनों ने उस एकान्त मन्दिर में मातृस्तोत्र का गान किया। उसके बाद ब्रह्मचारी सत्यानन्द ने नियमपूर्वक दोनों को दीक्षित किया।

6

दीक्षा समाप्त होने पर सत्यानन्द महेन्द्र को बहुत ही एकान्त स्थान पर ले गये। वहाँ दोनों बैठे।

उसके बाद सत्यानन्द कहने लगे, "देखो वत्स! तुमने जो यह महाव्रत ग्रहण किया, इससे मैं समझता हूँ कि भगवान् हमारे अनुकूल हैं।

तुम्हारे कारण माँ का महान कार्य सम्पन्न होगा। तुम ध्यान से मेरी बातें सुनो। मैं तुमसे जीवानन्द और भवानन्द के साथ जंगलों में घूम-घूमकर युद्ध करने के लिए नहीं कहूँगा। तुम पदचिह्न लौट जाओ। अपने घर पर रह कर संन्यास-धर्म का पालन करना होगा।"

यह सुनकर महेन्द्र विस्मित और दुःखी हुआ। लेकिन वह कुछ नहीं बोला।

ब्रह्मचारी सत्यानन्द कहने लगे, "इस समय हमारे पास सुरक्षित स्थान नहीं है। ऐसी जगह नहीं है जहाँ हम संकट-काल के लिए खाद्य-संग्रह कर सकें, या प्रबल सेना आकर हमें घेर ले तो फाटक बन्दकर दस दिन निश्चित रह सकें। हमारे पास किला नहीं है। तुम्हारे पास महल है। तुम्हारा गाँव तुम्हारे अधिकार में है। मेरी इच्छा है कि वहाँ गढ़ बनाया जाय। पदचिह्न को खाई और परकोटे से घेर कर बीच-बीच में बुर्ज बना देने और उन बुर्जों पर तोपें लगा देने से बढ़िया गढ़ बन जायेगा। इसलिए तुम घर में जाकर रहो।

धीरे-धीरे वहाँ दो हजार सन्तान-सैनिक पहुँच जायेंगे। तुम उनकी सहायता से गढ़, परकोटा और खाई, यह सब बनवाते रहोगे। तुम वहाँ लोहे का एक बढ़िया कमरा भी बनवाओगे। वह सन्तानों का कोषागार बनेगा। फिर सोने से भरे सन्दूक एक-एक कर तुम्हारे पास भेजता रहूँगा। तुम उस धन से वह सब काम कराओगे। फिर मैं विभिन्न स्थानों से होशियार कारीगरों को ला रहा हूँ। वे सब कारीगर आ जाने पर तुम पदचिह्न में कारखाना स्थापित करोगे। उसमें तोप-बन्दूक और गोला-बारूद बनेंगे। इसीलिए तुम्हें घर जाने के लिए कह रहा हूँ।"

इस पर महेन्द्र तैयार हो गया।

7

सत्यानन्द के चरण छू कर महेन्द्र चला गया। उसके बाद दूसरा शिष्य आया, जिसने उसी दिन महेन्द्र के साथ दीक्षा ली थी। उसने आकर सत्यानन्द को प्रणाम किया। सत्यानन्द ने उसे आशीर्वाद कर काले मृगछाले पर बैठने के लिए कहा। इधर-उधर की दो-चार बातों के बाद सत्यानन्द ने पूछा, "क्यों, कृष्ण में तुम्हारी दृढ़ भक्ति है न?"

शिष्य ने कहा, "यह कैसे बताऊँगा? मैं जिसे भक्ति समझता हूँ, हो सकता है वह कपट हो, नहीं तो आत्म-प्रवंचना।"

सत्यानन्द संतुष्ट होकर बोले, "तुमने सही सोचा है। भक्ति जिससे दिन पर दिन प्रगाढ़ हो, वैसा अनुष्ठान करना। मैं आशीर्वाद कर रहा हूँ, तुम्हारा प्रयास सफल होगा। इसका कारण यह है कि तुम्हारी अवस्था कम है। वत्स, तुम्हें क्या कहकर पुकारूँगा, अभी तक नहीं पूछा।"

नये शिष्य ने कहा, "आपकी जैसी इच्छा हो। मैं वैष्णवों के दासों का दास हूँ।"

सत्यानन्द : तुम्हारी नवीन उम्र को देखकर तुम्हें नवीनानन्द कहने की इच्छा होती है। इसलिए तुम यही नाम ग्रहण करो। लेकिन एक बात पूछता हूँ, पहले तुम्हारा क्या नाम था? यदि बताने में कोई बाधा हो, तो भी बताना। मुझसे कहने पर वह दूसरे के कानों तक नहीं पहुँचेगा। सन्तान-धर्म का यह भी तात्पर्य है कि जो बात दूसरे से नहीं कही जा सकती, वह भी गुरु से कहनी पड़ती है। कहने पर कोई नुकसान नहीं होता।

शिष्य : मेरा नाम है शान्तिराम देवशर्मा।

सत्यानन्द : तुम्हारा नाम है शान्तिमणि पापिष्ठा।

यह कहकर सत्यानन्द ने शिष्य की काली चमकीली डेढ़ हाथ लम्बी दाढ़ी को बायें हाथ में लपेटकर एक झटका दिया। नकली दाढ़ी अलग हो गयी।

सत्यानन्द ने कहा, "छी बेटी! मेरे साथ धोखाधड़ी? यदि मुझे ठगना ही था तो इस उम्र में डेढ़ हाथ लम्बी दाढ़ी क्यों? फिर छोटी दाढ़ी लगा लेने पर भी कण्ठस्वर को और उन आँखों की दृष्टि को कैसे छिपा सकती हो? यदि मैं इतना ही मूर्ख होता तो क्या इतने बड़े काम में हाथ डालता?"

तब शान्ति मुँहजली दोनों आँखों को ढँककर मुँह नीचा किये थोड़ी देर बैठी रही। उसके बाद आँखों पर से हाथ हटाकर उसने बूढ़े सत्यानन्द पर सीधे चंचल चितवन डालकर कहा, "प्रभु, मैंने कौन-सा दोष किया है? क्या स्त्रियों की बाँहों में बल नहीं होता?"

सत्यानन्द : गोष्पद में कितना जल हो सकता है?

शान्ति : क्या आप कभी सन्तानों के बाहुबल की परीक्षा लेते हैं?

सत्यानन्द : लेता हूँ।

यह कहकर सत्यानन्द ने फौलाद का बना एक धनुष और लोहे का थोड़ा-सा तार लाकर दिया और कहा, "फौलाद के इस धनुष में लोहे के इस तार की डोरी चढ़ानी पड़ती है। डोरी की लम्बाई दो हाथ होनी चाहिए। डोरी चढ़ाते समय धनुष लचककर सीधा होने लगता है और जो डोरी चढ़ाता है, उसे दूर फेंक देता है। जो इस धनुष में डोरी चढ़ा लेता है, वही सच्चा बलवान् है।"

धनुष और तार को अच्छी तरह से देख लेने के बाद शान्ति ने पूछा, "क्या सभी सन्तान-व्रतधारी इस परीक्षा में सफल हुए हैं?"

सत्यानन्द : नहीं। इससे केवल उनके बल का परिचय मिला है।

शान्ति : क्या कोई भी इस परीक्षा में उत्तीर्ण नहीं हुआ है?

सत्यानन्द : हुए हैं, सिर्फ चार।

शान्ति : क्या पूछ सकती हूँ कि कौन-कौन?

सत्यानन्द : पूछने में कोई बाधा नहीं है। एक मैं हूँ।

शान्ति : और तीन?

सत्यानन्द : जीवानन्द, भवानन्द और ज्ञानानन्द।

शान्ति ने धनुष उठाया, तार लिया और हँसते-हँसते उस धनुष में उस तार की डोरी चढ़ाकर सत्यानन्द के चरणों के पास रख दिया।

सत्यानन्द विस्मित, भयभीत और स्तम्भित हो रहे। थोड़ी देर बाद वे बोले, ''यह क्या! तुम देवी हो या मानवी?''

शान्ति ने हाथ जोड़कर कहा, ''मैं सामान्य स्त्री हूँ, लेकिन ब्रह्मचारिणी।''

सत्यानन्द : वह भी कैसे? क्या तुम बालविधवा हो? नहीं, बालविधवाओं में भी इतना बल नहीं होता, क्योंकि एक बार भोजन करती हैं।

शान्ति : मेरे पति हैं।

सत्यानन्द : क्या तुम्हारा पति लापता है?

शान्ति : जी नहीं। उनका पता है। उन्हीं के लिए यहाँ आयी हूँ। सहसा बादल फाड़कर निकली धूप की तरह सत्यानन्द को कोई बात याद आयी। उन्होंने कहा, ''याद आया। जीवानन्द की पत्नी का नाम शान्ति है। क्या तुम जीवानन्द की ब्राह्मणी हो?''

अब नवीनानन्द ने जटाओं से अपना चेहरा छिपा लिया। ऐसा लगा कि कई हाथियों ने अपनी-अपनी सूँड़ से कमलवन को ढँक दिया।

सत्यानन्द ने कहा, ''क्यों यह पापाचार करने आयी?''

सहसा शान्ति ने जटाओं को पीठ पर फेंकते हुए सिर उठाकर कहा, ''पापाचार कैसे प्रभु? पत्नी यदि पति का अनुगमन करती है तो क्या वह पापाचार है? सन्तान-धर्मशास्त्र यदि इसे पापाचार कहता है तो सन्तान-धर्म अधर्म है। मैं उनकी सहधर्मिणी हूँ। धर्माचरण कर रहे हैं। मैं उन्हीं के साथ धर्माचरण करने आयी हूँ।''

शान्ति की तेजस्विनी वाणी सुनकर और उसके उन्नत मस्तक, स्फीत वक्ष, कम्पित अधरों और उज्ज्वल अश्रुसिक्त नेत्रों को देखकर सत्यानन्द प्रसन्न हुए। वे बोले, ''तुम पतिव्रता हो। लेकिन देखो बेटी, पत्नी गृहधर्म में ही सहधर्मिणी है, वीरधर्म में उसका क्या काम?''

इस पर शान्ति बोली, ''बिना पत्नी के कौन वीर महावीर बने हैं? सीता न होती तो क्या राम वीर बनते? अर्जुन ने कितनी शादियाँ कीं, जरा गिनिये तो! भीम में जितना बल है, उनकी उतनी पत्नियाँ हैं। कितना बताऊँगी? फिर आपको बताना क्यों पड़ेगा?''

सत्यानन्द : यह सत्य है, लेकिन रणक्षेत्र में कौन वीर अपनी पत्नी को साथ लाया?

शान्ति : जब अर्जुन ने अन्तरिक्ष में रहकर यादवी सेना से युद्ध किया था तब उनका रथ किसने हाँका था? द्रौपदी साथ में न रहतीं तो क्या पाण्डव कुरुक्षेत्र का युद्ध करते?

सत्यानन्द : कुछ भी हो, सामान्य मनुष्यों का मन स्त्रियों के प्रति असक्त होता है और उनका कर्त्तव्य धरा रह जाता है। इसीलिए सन्तानों का व्रत है कि किसी स्त्री के साथ एक आसन पर नहीं बैठेंगे। जीवानन्द मेरा दाहिना हाथ है। तुम मेरे दाहिने हाथ को तोड़ने आयी हो।

शान्ति : मैं आपके दाहिने हाथ का बल बढ़ाने आयी हूँ। मैं ब्रह्मचारिणी हूँ और प्रभु के पास ब्रह्मचारिणी ही बनी रहूँगी। मैं केवल धर्माचरण के लिए आयी हूँ, पति से मिलने की इच्छा से नहीं। मैं विरह-दुःख से कातर नहीं हूँ। मेरे पति ने जिस धर्म को स्वीकार किया है, मैं उसमें सहभागिनी क्यों नहीं बनूँगी? मैं इसीलिए आयी हूँ।

सत्यानन्द : ठीक है, कुछ दिन तुम्हारी परीक्षा लूँगा।

शान्ति : क्या मैं आनन्दमठ में रह सकूँगी?

सत्यानन्द : अब आज कहाँ जाओगी?

शान्ति : उसके बाद?

सत्यानन्द : माँ भवानी की तरह तुम्हारी ललाट में भी आग है, क्यों सन्तान सम्प्रदाय को जलाओगी?

शान्ति मन-ही-मन बोली—अरे बुढ़वा! मेरे ललाट में आग है! भागजली मैं हूँ या तेरी माँ है?

असल में सत्यानन्द का यह अभिप्राय नहीं था। उन्होंने नयनों की बिजली की बात कही थी। लेकिन वे बुढापे में यह बात एक नवयुवती से कैसे खुलकर कहते?

8

उस रात शान्ति को मठ में रहने की आज्ञा मिल गयी थी। इसलिए वह कमरा ढूँढ़ने लगी। बहुत से कमरे खाली पड़े थे। गोवर्धन उस मठ का सेवक था, लेकिन छोटा-मोटा सन्तान-व्रतधारी। वह हाथ में दीया लिये शान्ति को कमरे दिखाता फिरा, लेकिन कोई कमरा शान्ति को पसन्द नहीं आया। निराश होकर गोवर्धन शान्ति को सत्यानन्द के पास वापस ले चला।

शान्ति बोली, "अरे भाई, इधर कुछ कमरे रह गये। इनको तो नहीं देखा?"

गोवर्धन बोला, "वे सब बहुत अच्छे कमरे हैं, लेकिन उन सभी में आदमी हैं।"

शान्ति : कौन हैं?

गोवर्धन : बड़े-बड़े सेनापति।

शान्ति : बड़े-बड़े सेनापति कौन हैं?

गोवर्धन : भवानन्द, जीवानन्द, धीरानन्द, ज्ञानानन्द। आनन्दमठ आनन्दमय है।

शान्ति : चलो, इन कमरों को तो देख लें।

गोवर्धन शान्ति को पहले धीरानन्द के कमरे में ले गया। धीरानन्द महाभारत का द्रोणपर्व पढ़ रहा है। अभिमन्यु ने कैसे सात महारथियों से युद्ध किया था, उसी में उसका मन लगा था। वह कुछ नहीं बोला शान्ति वहाँ से चुपचाप आगे बढ़ गयी।

फिर शान्ति भवानन्द के कमरे में गयी। भवानन्द उस समय ऊर्ध्वनेत्र होकर किसी मुखड़े का ध्यान कर रहे थे। किसका मुखड़ा, यह तो नहीं कहा जा सकता, लेकिन वह मुखड़ा बड़ा सुन्दर था। काले घूँघरवाले सुगन्धित अलक उस मुखड़े पर कानों तक फैली भौंहों को छू रहे थे। बीच में अनिन्द्य सुन्दर तिकोने ललाट पर मृत्यु की कराल काली छाया पड़ी थी। मानो वहाँ मृत्यु और मृत्युंजय में समर छिड़ा हुआ था। नयन मुन्दे हुए थे। भौंहें अचंचल थीं। होण्ठ नीले पड़ चुके थे और गाल पीले। नाक ठण्डी थी। वक्ष उन्नत था। पवन उसके वसन से खेल रहे थे। उसके बाद जैसे शारदीय बादलों में छिपा चन्द्रमा धीरे-धीरे उन बादलों को उद्‌भासित कर अपना सौन्दर्य विकसित करता है, जैसे प्रभातकालीन सूर्य लहरदार बादलों की परत को धीरे-धीरे स्वर्णिम बनाकर अपने को प्रदीप्त, दिशाओं को आलोकित और जल-थल के प्राणियों को प्रफुल्लित करता है, वैसे उस मृतप्राय शरीर में जीवन की शोभा संचारित हुई थी। अहा, वह शोभा कैसी थी।

भवानन्द वही सोच रहा था। इसलिए वह भी कुछ नहीं बोला। कल्याणी के रूप से उसका हृदय कातर था, इसलिए शान्ति के रूप पर उसकी निगाह नहीं पड़ी।

शान्ति दूसरे कमरे में गयी। उसने पूछा, "यह किसका कमरा है?"

गोवर्धन बोला, "जीवानन्द ठाकुर का।"

शान्ति : वह कौन हैं? यहाँ तो कोई नहीं है।

गोवर्धन : कही गये होंगे, अभी आ जायेंगे।

शान्ति : यह कमरा सबसे अच्छा है।

गोवर्धन : लेकिन यह कमरा तो नहीं मिलेगा।

शान्ति : क्यों?

गोवर्धन : जीवानन्द ठाकुर यहाँ रहते हैं।

शान्ति : वे कोई दूसरा कमरा ढूँढ लेंगे।

गोवर्धन : वह कैसे हो सकता है? जो जिस कमरे में रहते हैं, वही एक तरह से यहाँ के कर्त्ता-धर्त्ता हैं। जो कहते हैं, वही होता है।

शान्ति : ठीक है, तुम जाओ। जगह नहीं मिलेगी तो पेड़ के नीचे रहूँगी।

यह कहकर गोवर्धन को विदा करने के बाद शान्ति उसी कमरे में गयी। कमरे में जाकर उसमें जीवानन्द का काला मृगछाला बिछाया और दीये को तेज किया। फिर वह जीवानन्द की कोई पोथी लेकर पढ़ने लगी।

थोड़ी देर बाद जीवानन्द आ पहुँचा। शान्ति पुरुष के वेश में थी, फिर भी देखते ही जीवानन्द ने उसे पहचान लिया। बोला, "यह क्या? शान्ति?

शान्ति ने धीरे-धीरे पोथी रखकर जीवानन्द की तरफ देखा और कहा, "शान्ति कौन है महाशय?"

जीवानन्द अवाक रह गया। अन्त में बोला, "शान्ति कौन है महाशय! क्या तुम शान्ति नहीं हो?"

शान्ति ने लापरवाही से कहा, "मैं नवीनानन्द गोस्वामी हूँ।"

इतना कहकर शान्ति फिर पोथी पढ़ने लगी।

जीवानन्द ठहाका मारकर हँसा। बोला, "यह भी खूब तमाशा रहा! हाँ, तो नवीनानन्द, यहाँ क्या सोचकर आये हो?"

शान्ति बोली, "भले लोगों में यह कायदा है कि पहली मुलाकात में किसी को 'आप' महाशय आदि कहकर सम्बोधित किया जाता है। मैं भी आपके सम्मान का ख्याल रखकर बात कर रहा हूँ, फिर आप क्यों मुझे 'तुम' कहे जा रहे हैं?"

"जैसी आज्ञा" कहकर जीवानन्द ने गले में उत्तरीय का आँचल डाला और हाथ जोड़कर कहा, "तो यह सेवक विनम्र भाव से यह जानना चाहता है कि भरुईपुर से इस गरीब की कुटिया में महाशय का शुभागमन क्यों हुआ? बताइये, क्या सेवा करूँ?"

शान्ति ने बड़ी गम्भीरता से कहा, "हँसी-मजाक का यह मौका नहीं है। भरुईपुर कहाँ है, मैं नहीं जानता। सन्तान-धर्म ग्रहण करने के लिए आया था और आज मै दीक्षित हुआ हूँ।"

जीवानन्द : सर्वनाश हो गया! सचमुच दीक्षा ली है?

शान्ति : सर्वनाश कैसे हुआ? आप भी दीक्षित हैं।

जीवानन्द : अरी, तुम तो स्त्री हो!

शान्ति : क्या! यह बात आपके दिमाग में कैसे आयी?

जीवानन्द : मेरा तो यही विश्वास है कि मेरी ब्राह्मणी एक स्त्री है।

शान्ति : ब्राह्मणी? है क्या?

जीवानन्द : थी तो!

शान्ति : तो आपको यही विश्वास है कि मैं आपकी ब्राह्मणी हूँ?

जीवानन्द ने गले में आँचल डाला और हाथ जोड़कर बड़ी विनम्रता से कहा, "जी हाँ, महाशय!"

शान्ति : अगर ऐसी बेतुकी बात आपके दिमाग में आयी हो तो बताइये कि आपको क्या करना चाहिए?

जीवानन्द : आपका यह भेस जबर्दस्ती उतारकर आपके होंठों को चूम लेना।

शान्ति : इसमें आपकी असद्बुद्धि अथवा गाँजा के प्रति आपकी असामान्य भक्ति का परिचय मिलता है। दीक्षा लेते समय आपने शपथ ली थी कि किसी स्त्री के साथ एक आसन पर नहीं बैठूँगा। इसलिए अगर आपको यही विश्वास हुआ हो कि मैं एक स्त्री हूँ—हालाँकि साँप देखकर रस्सी समझ लेने का भ्रम बहुतों को होता है—तो भी आपके लिये यही उचित है कि आप अलग आसन पर बैंठे। मुझसे बातें करना भी आपके लिये अनुचित है।

यह कहकर शान्ति फिर पोथी पढ़ने लगी। हार कर जीवानन्द अलग बिस्तर बिछाकर लेट गया।

●

तृतीय खण्ड

1

ईश्वर की कृपा से भयानक 1176 बंगला साल बीता। बंगाल के एक-तिहाई से अधिक लोगों को—पता नहीं कितने करोड़—काल के गाल में भेजकर वह बुरा साल स्वयं काल के गाल में चला गया। 1177 बंगला साल में ईश्वर सुप्रसन्न हुए। बड़ी अच्छी वर्षा हुई। धरती फसल से भर गयी। जो लोग जिन्दा थे, उन्होंने भरपेट खाया। भूखों रहने या आधा पेट खाने से अनेक लोग कमजोर हो चुके थे। भरपेट भोजन वे किसी तरह बरदाश्त नहीं कर सके। बहुत से लोग इस तरह मरे! धरती हरी-भरी हो गयी, लेकिन मनुष्य नहीं थे गाँव-गाँव सूने पड़े मकान जानवरों के लिए आरामगाह बने हुए थे। लोग भी उन मकानों को भुतहा समझकर उनसे डरने लगे थे।

गाँव-गाँव में सैकड़ों उपजाऊ खेत बिना जोते-बोते अनुपजाऊ बने पड़े रहे, या वे जंगल से भर गये। सारा बंगाल मानो विशाल जंगल बन गया। जिन खेतों में लहलहाती फसल भी हरियाली हँसती थी, जिन चरागाहों में अगणित गाय-भैंसें चरती थीं और जो उद्यान गाँव के युवक-युवतियों के लिए प्रमोदस्थल थे, वे सब धीरे-धीरे बीहड़ जंगल बन गये।

इसी तरह एक, दो, तीन साल बीते। जंगल बढ़ते गये। जहाँ लोग सुख में रहते थे, वहाँ नरभक्षी बाघ आकर हिरन आदि के पीछे दौड़ने लगे। जहाँ पाँवों में महावर लगाये सुन्दरियाँ रुनझुन पायल बजाती, सखियों से चुहल करती और खिलखिलाकर हँसती हुई जाती थीं, वहाँ रीछनियाँ माँद बनाकर अपने बच्चे को पालने लगीं। शाम को खिले बेले के फूलों की तरह जहाँ

छोटे-छोटे बच्चे खुशियों से भरकर हँसते थे और देखनेवालों का मन प्रसन्न को जाता था, अब वहाँ दल-के-दल जंगली हाथी मदमत्त होकर पेड़ों की डालियों को फाड़ने लगे। जहाँ दुर्गापूजा होती थी। अब वहाँ सियार के गार थे। जहाँ झूले पड़ते थे, अब वहाँ उल्लू बोलने लगे। मन्दिरों के प्रांगण में अब दिन दहाड़े साँप मेढक का शिकार करने लगे।

बंगाल में अनाज खूब पैदा हुआ, लेकिन खानेवाले नहीं थे। विक्रेय वस्तुएँ खूब पैदा हुईं, लेकिन क्रेता नहीं थे। किसान खेती करते थे, लेकिन उनको रुपया नहीं मिलता था। व जमींदारों को लगान नहीं दे सकते थे। जमीदार राजा को मालगुजारी नहीं दे पाते थे। राजा ने बहुतों की जमींदारी छीन ली तो अनेक जमींदार सब कुछ लुटाकर कंगाल बन गये। धरती तो सोना उगलने लगी। लेकिन उससे रुपया तो पैदा नहीं होता। किसी के घर में रुपया नहीं था। जो जिसका पाता, लूट-मार कर खाता। चोर-डाकू सीनाजोर बन गये और भले लोग घरों में दुबके रहें।

इधर संतान-व्रतधारी प्रतिदिन तुलसी-चन्दन से विष्णु के चरणों को पूजते और जिसके घर में बन्दूक-पिस्तौल होते, लूट जाते। भवानन्द ने उनसे कह दिया था, "भाइयों! अगर एक तरफ किसी घर में हीरे-जवाहरात भरे हों और दूसरी तरफ एक टूटी बन्दूक दिखायी पड़े तो हीरे-जवाहरात छोड़कर वही टूटी बन्दूक ले आना।"

इसके अलावा सन्तान-व्रतधारी गाँव-गाँव में खुफिया भेजने लगे। वे खुफिया गाँवों में जाकर जहाँ भी हिन्दू देखते, उनसे कहते—"भाई, विष्णु की पूजा करोगे?" इस तरह बीस-पच्चीस आदमियों को इकट्ठा करने के बाद वे मुसलमानों के गाँव में जाकर उनके घरों में आग लगा देते। मुसलमान अपनी जान बचाने के लिए भाग खड़े होते। सन्तान-व्रवधारी उनका सब-कुछ लूट कर नये विष्णुभक्तों में बाँट देते। लूट का हिस्सा पाकर गाँव के लोग खुश होते तो उन्हें विष्णु मन्दिर में लाकर विष्णु मूर्त्ति के चरण छुलाकर उनको सन्तान बनाया जाता।

लोगों ने देखा कि सन्तान बनने में बड़ा फायदा है।

खासकर मुसलमानी राज्य की अराजकता और अव्यवस्था से सभी लोग मुसलमानों से असन्तुष्ट थे। हिन्दू धर्म का लोप होते देखकर अनेक हिन्दू हिन्दुत्व की स्थापना के लिए आग्रही थे। इसलिए दिनों-दिन सन्तानों की संख्या बढ़ने लगी। प्रति-दिन सैकड़ों और प्रति-माह हजारों सन्तान-व्रतधारी आते। वे भवानन्द और जीवानन्द के चरणों में प्रणाम करने के बाद संगठित

हो चारों दिशाओं में मुसलमानों का दमन करने के लिए निकल पड़ते। वे जहाँ कहीं राजकर्मचारियों को पा जाते, उनको मारते-पीटते और कभी-कभी उनकी हत्या भी कर देते। जहाँ सरकारी खजाना मिल जाता, वे लूटकर घर लाते। जहाँ भी मुसलमानों का गाँव मिल जाता, वे जलाकर राख बना देते।

तब स्थानीय अधिकारी सन्तानों के दमन के लिए दल-के-दल सिपाही भेजने लगे, लेकिन सन्तान-व्रतधारी अब संगठित, सशस्त्र और उत्साह से भरे हुए थे। उनके साहस के आगे मुसलमानी फौज बढ़ने की हिम्मत नहीं करती। अगर बढ़ती भी तो सन्तान-सैनिक अपरिमित पराक्रम से उस पर टूट पड़ते और उसे भिन्न-भिन्न कर हरिध्वनि से आकाश गुँजाने लगते। अगर कभी कहीं सन्तान-सैनिकों को यवन सैनिक पराजित करते तो उसी समय न जान कहाँ सन्तान-सैनिक आ जाते और विजेताओं का सिर काटकर 'हरि-हरि' चिल्लाते हुए चले जाते।

स्वनामधन्य वारेन हेस्टिंग उस समय भारत में गवर्नर जनरल थे। भारत में आये अंग्रेजों में वे प्रभातकालीन सूर्य के समान थे। कलकत्ते में बैठे-बैठे लोहे की जंजीर बनाकर उन्होंने मन-ही-मन सोचा कि इस जंजीर से मैं समुद्रों और टापुओं समेत पूरे भारत को जकड़ लूँगा। इसमें सन्देह नहीं कि उस दिन जगदीश्वर ने सिंहासन पर बैठकर कहा था कि 'तथास्तु'! लेकिन वारेन हेस्टिंग्स ने जिस दिन का सपना देखा था, वह दिन उस समय दूर था। उस समय सन्तानों की भीषण हरिध्वनि से वारेन हेस्टिंग्स भी काँप उठे।

वारेन हेस्टिंग्स ने पहले फौजदार की सहायता से विद्रोह को दबाने की कोशिश की, लेकिन फौजदार के सिपाहियों की हालत ऐसी थी कि किसी बुढ़िया को भी हरिनाम लेते सुनकर वे भाग खड़े होते थे। इसलिए निरुपाय होकर वारेन हेस्टिंग्स ने विद्रोह का दमन करने के लिए कैप्टेन टॉमस नामक एक सुयोग्य सैनिक के नेतृत्व में कम्पनी की सेना भेजी।

कैप्टेन टॉमस पहुँचकर विद्रोह का दमन करने के लिए बड़ा अच्छा इंतजाम करने लगा। उसने राजाओं और जमींदारों से उनकी सेनाएँ माँग लीं और उन सेनाओं को कम्पनी की सेना में मिला लिया। कम्पनी की सेना के सैनिक युद्ध में कुशल और उनके पास हथियार भी अच्छे-अच्छे थे। इस तरह देशी-विदेशी बलवान् सिपाहियों को मिलाकर कैप्टेन टॉमस की सेना बहुत बड़ी हो गयी।

उस सेना को कई टुकड़ियों में बाँटकर कैप्टेन ने हरेक टुकड़ी को योग्य सैनिक अधिकारी के नियन्त्रण में कर दिया। उसने उस सैनिक अधिकारियों के इलाके अलग-अलग बाँट दिये। फिर उसने उन अधिकारियों को आदेश दिया कि आप लोग अपने-अपने इलाके में मछुए की तरह सिपाहियों का जाल फैला दीजिये और धीरे-धीरे उसे समेटिये ताकि एक भी विद्रोही बचकर भागने न पाये। जहाँ भी कोई विद्रोही मिल जाय, उसे चींटी समझकर मसल दीजिये।

कम्पनी के देशी सिपाही गाँजे को दम लगाने और विदेशी सिपाही 'रम' पीने के बाद बन्दूक पर संगीन चढ़ाये सन्तानों का सफाया करने के लिए दौड़ पड़े। लेकिन उस समय सन्तान-सैनिक असंख्य थे, अजेय बने हुए थे। इसलिए कैप्टेन टॉमस के सिपाहियों को सन्तान-सैनिक उसी तरह काटने लगे जैसे किसान के हाथ की हँसिया फसल को काटती है। 'हरि-हरि' की ध्वनि कैप्टेन टॉमस के कान बहरे होने लगे।

2

उन दिनों कम्पनी ने रेशम बनाने के अनेक कारखाने खोल रखे थे। उनको लोग रेशम की कोठी कहते थे। शिवग्राम में भी वैसी एक कोठी थी। डैनीवर्थ साहब उस कोठी का 'फेक्टर', यानी अध्यक्ष था। उन दिनों उन कोठियों की सुरक्षा का अच्छा प्रबन्ध था। इसलिए डैनीवर्थ साहब किसी तरह अपनी प्राणरक्षा कर सका था। फिर भी सन्तानों के हाथ उसकी बड़ी दुर्गति हुई थी और वह अपने बीबी-बच्चों को कलकत्ते भेज देने के लिए विवश हुआ था। उसी समय कैप्टेन टॉमस सिपाहियों की दो-चार टुकड़ियों के साथ उस इलाके में पहुँचा।

उन दिनों वहाँ कुछ चुआड़, हाड़ी, डोम, बागदी और जंगली लोग सन्तानों का उत्साह देखकर लूटपाट करने लगे थे। उन्हीं लोगों ने कैप्टेन टॉमस के रसद पर धावा मारा। कैप्टेन टॉमस के सिपाहियों के लिए गाड़ियाँ भर-भर कर बढ़िया घी, मैदा, चावल और मुरगे चल रहे थे। यह देखकर डोम-बागदी लोग अपना लोभ न सँभाल सके। वे उन गाड़ियों पर पिल पड़े। लेकिन कैप्टेन टॉमस के सिपाहियों ने बन्दूक के कुन्दे से दो-चार को हूरा तो वे भग खड़े हुए।

कैप्टेन टॉमस ने उसी दम कलकत्ते में रिपोर्ट भेजी कि आज 157 सिपाहियों को लेकर 14,700 विद्रोहियों का सफाया किया है। विद्रोहियों में से 2,153 मारे गये हैं, 1,233 घायल हुए हैं और 6 को बन्दी बनाया गया है। सिर्फ अन्तिम बात सही थी। कैप्टेन टॉमस मानो यह समझकर कि ब्लेनहिम की दूसरी लड़ाई या रसबाक की लड़ाई जीत ली गयी है, दाढ़ी-मूँछों को ऐंठता हुआ इधर-उधर निडर घूमने लगा। वह डैनीवर्थ साहब को परामर्श देने लगा कि अब क्या है? विद्रोह तो दब चुका है, आप अपने बीबी-बच्चों को कलकत्ते से ले आइये।

डैनीवर्थ साहब ने कहा, "वह हो जायेगा। अभी आप दस दिन यहाँ रहिये। देश की हालत जरा और सुधर जाय, फिर बीबी-बच्चों को लाऊँगा।"

इधर अपनी कोठी में डैनीवर्थ साहब ने मुरगियाँ और भेड़ें पाल रखी थीं। पनीर भी उसके घर में बड़ा अच्छा था। तरह-तरह की जंगली चिड़ियाँ उसके डिनर टेबिल की शोभा बढ़ाती थीं। दढ़ियल बावरची मानो द्रौपदी का अवतार था, यानी विलायती खाना बनाने में माहिर! इसलिए कैप्टेन टॉमस चुपचाप वहीं जम गया।

उधन भवानन्द अन्दर-ही-अन्दर गुस्से से जलने-भुनने लगा था। वह सोच रहा था कि कब इस बहादुर कैप्टेन टॉमस का सिर काटकर दूसरा सम्बरारि कहलाऊँ! सन्तान-व्रतधारी उस समय समझ नहीं सके थे कि अंग्रेज भारत के उद्धार के लिए आये हैं। कैसे समझते? कैप्टेन टॉमस के समय का कोई भी अंग्रेज यह नहीं जानता था। उस समय केवल विधाता के मन में यह बात थी।

भवानन्द सोच रहा था कि एक ही दिन में हम इन असुरों का खान-दान साफ कर देंगे, सब इकट्ठा तो हो लें, जरा बेखटके तो हो जायँ! अभी हम जरा दूर-दूर रहें। इसलिए सन्तान-व्रतधारी थोड़ा दूर-दूर रहे। कैप्टेन टॉमस आराम से द्रौपदी के अवतार उस बावरची की पाक-कला का आनन्द लेने लगा।

कैप्टेन टॉमस को शिकार खेलने का बड़ा शौक था। वह कभी-कभी शिवग्राम के आसपास के जंगलों मे शिकार खेलने चला जाता था। एक दिन वह डैनीवर्थ साहब और कई अन्य शिकारियों के साथ घोड़े पर सवार होकर शिकार खेलने के लिए निकला। टॉमस साहब में अदम्य साहस था।

बल-विक्रम में वह अंग्रेजों में भी अतुलनीय था। वह घना जंगल बाघ-भालू और जंगली भैंस आदि के कारण बड़ा भयानक था।

उस जंगल में बहुत दूर निकल जाने के बाद शिकारी लोग आगे बढ़ने के लिए तैयार नहीं हुए। उन लोगों ने कहा, "अब रास्ता नहीं है। हम आगे नहीं आ सकते।"

डैनीवर्थ साहब भी एक बार उस जंगल में भयानक बाघ के सामने पड़ गया था, इसलिए वह भी आगे बढ़ना नहीं चाहता था। उन सभी लोगों ने लौटना चाहा। इस पर कैप्टेन टॉमस ने कहा, "आप लोग लौट आइये, मैं नहीं लौटूँगा।"

यह कहकर कैप्टेन टॉमस अकेले उस घोर वन में घुसा।

सचमुच उस वन में रास्ता नहीं था। घोड़ा वहाँ जा नहीं सका। इसलिए टॉमस साहब घोड़े से उतरा और कन्धे पर बन्दूक लिये अकेले उस जंगल में चला। वह वहाँ पहुँचकर इधर-उधर बाघ की तलाश करने लगा, लेकिन कोई बाघ नहीं दिखायी पड़ा। वह और थोड़ा आगे बढ़ा तो उसे जो कुछ देखने को मिला, उससे उसे बड़ी हैरानी हुई। वहाँ एक बहुत बड़े पेड़ के नीचे खिले हुए फूलों से लदे पौधों और लतरों से घिरा वह कौन बैठा हुआ था? वह कोई नौजवान संन्यासी था। उसके सुन्दर रूप से वह वन मानो आलोकित हो उठा था। आसपास खिले फूल मानो उस स्वर्गीय सौन्दर्य के सम्पर्क में आकर अधिक सुगन्धित हो गये हैं।

कैप्टेन टॉमस को बड़ा आश्चर्य हुआ। आश्चर्यचकित होने के बाद ही उसे बड़ा क्रोध आया! वह देशी भाषा बहुत बढ़िया जानता था। उसने पूछा, 'टुम कउन हाय?"

संन्यासी बोला, "मैं संन्यासी हूँ।"

टॉमस साहब बोला, "तुम विद्रोही हाय।"

संन्यासी बोला : वह क्या?

साहब : हम टुमको गोली मार डेगा।

संन्यासी : मार दो।

कैप्टेन टॉमस के मन में थोड़ा सन्देह हुआ। वह सोचने लगा कि गोली मारूँ या न मारूँ। तभी नवीन संन्यासी ने बिजली कौंधने की तरह तेजी से कैप्टेन टॉमस पर झपटकर उसके हाथ से बन्दूक छीन ली। फिर संन्यासी ने अपने वक्ष पर से मृगछाला उतार फेंका और एक झटके से जटाएँ अलग कीं।

टॉमस साहब ने आँखें फाड़कर देखा कि सामने एक अपूर्व सुन्दरी स्त्री खड़ी है।

उस सुन्दरी ने हँसते हुए कहा, "साहब, मैं स्त्री हूँ, इसलिए किसी पर हाथ नहीं उठाती। लेकिन तुमसे एक बात पूछती हूँ, हिन्दू-मुसलमान आपस में लड़ रहे हैं, तुम लोग बीच में क्यों आये? अपने घर लौट जाओ।"

साहब : टुम कउन हाय?

शान्ति : देख तो रहे हो कि संन्यासिनी हूँ। जिन लोगों से लड़ने आये हो, उन्हीं में से किसी की पत्नी हूँ।

साहब : तुम हमारा घोर में रहेगा?

शान्ति : क्या? तुम्हारी रखैल बनकर?

साहब : बीबी का माफिक रेहने सकटा हाय। लेकिन शाडी नई करेगा।

शान्ति : मेरा भी एक सवाल है। हमारे घर में एक छोटा-सा बन्दर था। अभी वह मर गया है। उसकी जगह खाली पड़ी हुई है। तुम्हारी कमर में जंजीर बाँध दूँगी। तुम उस बन्दर की जगह रहोगे? हमारे बाग में चिनिया केला खूब पैदा होता है।

साहब : टुम बहोट जानडार औरट हाय। तुम्हारा हिम्मट डेककर हम बहोट खुश हाय। टुम्हारा आडमी टो लराई में मर जायेगा। टब टुम्हारा केया होगा?

शान्ति : ठीक है, हमारी-तुम्हारी शर्त रही। लड़ाई तो दो-चार दिन में होनेवाली है। अगर तुम लोग जीतते हो और मैं जिन्दा रहती हूँ, तो वचन देती हूँ कि तुम्हारी रखैल बनकर रहूँगी। लेकिन अगर हम लोगों की जीत होती है तो तुम हमारे यहाँ आकर उस बन्दर की जगह बन्दर बने बैठे केला खाओगे न?

साहब : केला काने में उट्टम चीज हाय। अबी हाय?

शान्ति : ले अपनी बन्दूक सँभाल! ऐसे जंगली आदमी से कोई बात भी करता है!

फिर शान्ति बन्दूक फेंककर हँसती हुई चली गयी।

3

शान्ति कैप्टेन टॉमस के सामने से हिरनी की तरह तेज चाल से जंगल में कहीं गायब हो गयी। थोड़ी देर बाद कैप्टेन टॉमस को सुनायी पड़ा कि कोई स्त्री गा रही है—

किसमें बल है जो रोकेगा, यौवन जल की प्रबल तरंगें?

हरे मुरारे! हरे मुरारे!

फिर कहीं सारंगी की मधुर झनकार से वही गीत फूटा—

किसमें बल है जो रोकेगा, यौवन जल की प्रबल तरंगें?

हरे मुरारे! हरे मुरारे!

उसके साथ किसी पुरुष का स्वर मिलकर गा उठा—

किसमें बल है जो रोकेगा, यौवन जल की प्रबल तरंगें?

हरे मुरारे! हरे मुरारे!

फिर तीनों स्वर मिलकर गा उठे तो उस वन की लताएँ काँपने लगीं। शान्ति गाती हुई चली जा रही थी—

किसमें बल है जो रोकेगा, यौवन जल की प्रबल तरंगें?

हरे मुरारे! हरे मुरारे!

नदिया में तुफान उठा है, माझी भी चतुर खिवैया है,
सुख से बहती जाती मेरी नैया भरकर नयी उमंगें।

हरे मरारे! हरे मुरारे!

बालू की बन्धी तोड़ी है, जी भरकर मनमानी की है,
उमड़ चला यौवन का दरिया, उमड़ चलीं यौवन-तरंगें।

हरे मुरारे! हरे मुरारे!

सारंगी पर भी वही धुन बज रही थी—

किसमें बल है जो रोकेगा, यौवन-जल की प्रबल तरंगें?

हरे मुरारे! हरे मुरारे!

जंगल जहाँ बहुत घना था, अन्दर क्या है बाहर से पता नहीं चलता, शान्ति वहीं गयी। वहीं पेड़ों की डालियों और कोमल पत्तियों में छिपी छोटी-सी कुटिया थी। डालियों को बाँधकर कुटिया खड़ी की गयी थी। पत्तों का छप्पर पड़ा था। लकड़ी का फर्श था, जिस पर मिट्टी डाल दी गयी थी। दरवाजे के नाम पर घनी लताएँ लटक रही थीं। उन्हीं लताओं को हटाकर शान्ति अन्दर गयी। जीवानन्द वहीं बैठकर सारंगी बजा रहा था।

शान्ति को देखकर जीवानन्द ने पूछा, "क्या इतने दिनों बाद नदी में ज्वार का पानी उफनाने लगा है?"

मुस्कराकर शान्ति ने भी उत्तर दिया, "फिर क्या नाले में या गड़हे में ज्वार का पानी उफनाने लगेगा?"

जीवानन्द ने विषाद भरे स्वर में कहा, "देखो शान्ति! एक दिन व्रतभंग होने से मेरा जीवन तो उत्सर्ग हो ही चुका है। जो पाप हुआ है, उसका प्रायश्चित्त तो करना ही पड़ेगा। अब तक मैं प्रायश्चित्त कर लेता, लेकिन तुम्हारे कहने पर ही वैसा नहीं किया। अब कोई बड़ी लड़ाई होने में देर नहीं है। उसी लड़ाई के मैदान में मुझे प्रायश्चित्त करना होगा। यह शरीर छोड़ना ही पड़ेगा। मेरे मरने के दिन–"

शान्ति ने जीवानन्द को आगे कुछ कहने का मौका न देकर कहा, "मैं आपकी धर्मपत्नी हूँ, सहधर्मिणी और धर्माचरण में सहायता करनेवाली। आपने बड़ा महान् धर्म ग्रहण किया है। उस धर्म में सहायता करने के लिए ही मैं घर छोड़कर आयी हूँ। दोनों एक साथ धर्माचरण करेंगे, इसीलिए मैं घर छोड़कर जंगल में आकर रहने लगी हूँ। मैं आपके धर्म में वृद्धि करूँगी। धर्मपत्नी होकर आपके धर्म में बाधा क्यों डालूँगी? विवाह इहलोक के लिए है तो परलोक के लिए भी। इहलोक के लिए जो विवाह होता है, मान लीजिये कि वह हमारा नहीं हुआ। हमारा विवाह केवल परलोक के लिए हुआ है। परलोक में इसका दुगुना फल मिलेगा। लेकिन प्रायश्चित्त की बात क्यों कर रहे हैं? आपने कौन-सा पाप किया है। आपने प्रतिज्ञा की थी कि किसी स्त्री के साथ एक आसन पर नहीं बैठूँगा। आपने तो कभी किसी स्त्री के साथ एक आसन पर नहीं बैठे? फिर प्रायश्चित्त किस बात का? हाय प्रभु! आप ही मेरे गुरु हैं, मैं क्या आपकी धर्म सिखाऊँगी? आप स्वयं वीर हैं, मैं क्या आपको वीरव्रत सिखाऊँगी?"

जीवानन्द आनन्द से गद्गद होकर बोला, "सिखाया तो!"

शान्ति प्रफुल्लित होकर कहने लगी, "और भी देखिये गोसाईं, इहलोक में भी क्या हमारा विवाह व्यर्थ हुआ है? आप मुझसे प्यार करते हैं और मैं आपसे प्यार करती हूँ, इससे बढ़कर इहलोक में और क्या महान् परिणाम हो सकता है। बोलिये, वन्दे मारतम्।"

फिर दोनों ने एक साथ स्वर मिलाकर 'वन्दे मातरम्' गाया।

4

भवानन्द गोस्वामी एक दिन नगर में पहुँचा। चौड़ी सड़क छोड़कर वह एक अँधेरी गली में गया। गली के दोनों किनारे ऊँची-ऊँची इमारतें थीं। दोपहर में सिर्फ एकाध बार सूर्यदेव उस गली में झाँक लेते हैं। उसके बाद वहाँ अन्धकार का ही अधिकार रहता है।

उस गली में बगल के एक दुमन्जिले मकान में भवानन्द ठाकुर घुमा। वहाँ नीचे की मन्जिल के एक कमरे में एक औरत खाना पका रही थी। भवानन्द महाप्रभु वहाँ पहुँचा।

वह अधेड़ औरत मोटी-तगड़ी, साँवली और एक छोटी धोती पहनी हुई थी। उसके माथे पर गोदना था। सिर के बीचों-बीच बालों को समेटकर बनाया गया पर्वत-शिखर जैसा जूड़ा शोभा पा रहा था। उस जूड़े से खुलकर कुछ बाल हवा में फर-फर उड़ रहे थे। वह औरत अपने आप बड़बड़ाती भी जा रही थी। इससे उसके मुँह में और जूड़े में तरह-तरह की हरकत हो रही थी। हाँड़ी में चावल उबल रहा था। उसमें पड़ी कलछी हाँड़ी के गले से टकराकर ठन-ठन आवाज कर रही थी।

उसी समय भवानन्द महाप्रभु ने उस कमरे में पहुँचकर कहा, "ठकुराइन दीदी, प्रातःप्रणाम!"

भवानन्द को देखकर ठकुराइन दीदी जल्दी-जल्दी अपनी धोती सँभालने लगी। उसने एक बार सोचा कि सिर का आकर्षक जूड़ा खोलकर ठीक कर लिया जाय, लेकिन मौका नहीं मिला, क्योंकि हाथ गन्दे थे। चिकने काले बालों का जूड़ा उसी तरह शोभा पाता रहा। हाय! सवेरे पूजा करते समय उस जूड़े में अगस्त्य का एक फूल पड़ा रह गया था, उसी तरह पड़ा रहा। ठकुराइन ने आँचल खींचकर उसे छिपाने की कोशिश की, लेकिन आँचल उसको छिपा न सका, क्योंकि उसने पाँच हाथ की धोती पहन रखी थी। पाँच हाथ की वह धोती उसके मोटे पेट का एक फेरा लगाकर ऊपर पहुँचते-पहुँचते लगभग खत्म हो चली थी। फिर उस ठकुराइन की भारी-भारी छातियों की आबरू का सवाल था। बेचारी धोती ने उस सवाल को भी पूरा किया था। लेकिन वह धोती उस ठकुराइन की गरदन तक पहुँचते-पहुँचते जवाब दे गयी। ठकुराइन ने फिर भी उसे पकड़कर ऊपर की तरफ खींचा तो उसने ठकुराइन के कान तक पहुँचकर कहा--देवी जी, बस कीजिये!

लाचार गौरी ठकुराइन लाज के मारे पानी-पानी होकर सिकुड़ी-सिमटी धोती का छोर कान के पास पकड़े रही। सिर वह भविष्य में आठ हाथ की धोती खरीदने का मन-ही-मन दृढ़ निश्चय कर बोली, "कौन? गोसाईं ठाकुर! आओ, आओ! मुझे क्यों परनाम करते हो भैया?"

भवानन्द : तुम मेरी दादी हो न!

गौरी : यह तो प्यार से कहते हो, नहीं तो तुम गोसाईं हो, देवता हो। हाँ, तो परनाम किया, अच्छा किया, जीते रहो। फिर मुझे परनाम कर भी सकते हो। कुछ भी हो, मैं उमर में बड़ी हूँ।

भवानन्द से गौरी ठकुराइन कम-से-कम पच्चीस साल बड़ी थी, लेकिन भवानन्द ने बड़ी होशियारी से जवाब दिया, "क्या कहती हो दादी! तुम्हें रसीली देखकर हँसी-मजाक में दादी कहता हूँ। नहीं तो उस बार हिसाब लगाया था न, याद नहीं पड़ता? तुम मुझसे छह साल छोटी निकली थी। फिर यह तो जानती हो कि वैष्णवों में सब-कुछ चलता है। मेरे मन में इच्छा है कि मठाधीश ब्रह्मचारी से कहकर तुमसे सगाई कर लूँ। मैं तो वही कहने आया हूँ।"

गौरी : छी! कैसी बात करते हो? क्या ऐसी बात कहनी चाहिए?

मैं बेवा ठहरी।

भवानन्द : तो सगाई नहीं होगी?

गौरी : ठीक है भैया, तुम जैसा समझते हो करो। तुम पण्डित आदमी ठहरे और मैं एक मामूली औरत हूँ। मैं कितना समझ सकती हूँ? तो सगाई कब होगी?

भवानन्द ने बड़ी मुश्किल से हँसी रोककर कहा, "बस, उस ब्रह्मचारी से एक बार मुलाकात हो जाय तो काम बने। हाँ, वह कैसी है?"

गौरी ठकुराइन का चेहरा उतर गया। उसे मन-ही-मन शक हुआ कि सगाई की बात छेड़ना शायद मजाक है। वह बोली, "कैसी रहेगी? जैसी रहती है, वैसी है।"

भवानन्द : तुम एक बार जाकर देख आओ न, वह क्या कर रही है। कहना कि मैं आया हूँ, एक बार मिलना चाहता हूँ।

तब गौरी ठकुराइन ने कलछी फेंककर हाथ धोये। फिर वह सीढ़ी का ऊँचा-ऊँचा पाया तय करती हुई दूसरी मन्जिल में जाने लगी।

दूसरी मन्जिल के एक कमरे में फटी चटाई पर एक अपूर्व सुन्दरी बैठी हुई थी। लेकिन उसके सौन्दर्य पर न जाने कैसी काली छाया पड़ी थी। तटों

तक लबालब भरी बहुत चौड़ी नदी के स्वच्छ जल पर दोपहर के समय पड़ी बहुत घने बादल की छाया की तरह वह छाया न जाने कैसी थी। नदी के हृदय पर तरंगें बिखर रही थीं, किनारे पर फूलों से लदे पेड़ हवा के झोंकें से काँप रहे थे, झूम रहे थे और अट्टालिकाएँ भी शोभा पा रही थीं। नावों के आने-जाने से जल आन्दोलित हो रहा था। मध्याह्न काल था, फिर भी उस घनघटा की काली छाया से सारी शोभा कालिमामयी लग रही थी। उस स्त्री पर पड़ी छाया भी कुछ ऐसी थी।

उस स्त्री के सुन्दर चिकने लहराते घने काले केश पहले की तरह थे। उसके प्रशस्त परिपुष्ट ललाट पर मानो तूलिका से बनायी गयी कमान जैसी भौंहे पहले की तरह थीं, बड़ी-बड़ी काली उजली कटीली नम आँखें भी पहले की तरह थीं, लेकिन उनकी चितवन उतनी तिरछी और चंचल नहीं, बल्कि कुछ झुकी हुई थी। अधरों की शोभा वैसी ही थी, साँस चलने से हृदय की थिरक में वैसी ही पूर्णता थी और बाँहों में दुर्लभ वनलताओं की-सी वही कोमलता। लेकिन अब न तो वह दीप्ति थी और न उज्ज्वलता, न तो वह प्रखरता थी और न तो वह चंचलता। वह रस ही नहीं था। मानो वह यौवन ही नहीं था। अब केवल सौन्दर्य था और माधुर्य। धीरता और गम्भीरता नयी आयी थीं। पहले वह मनुष्यलोक की अतुलनीय सुन्दरी लगती थी तो अब देवलोक की शाप ग्रस्ता देवी।

उसके आसपास हाथ के बने कागज की दो-चार पोथियाँ पड़ी थीं। दीवार पर हरिनाम की माला टँगी थी। वही जगह-जगह जगन्नाथ, बलराम और सुभद्रा के पट टँगे थे तथा कालियदमन, नवनारी कुंजर, चीरहरण और गोवर्धनधारण के चित्र बने थे। उन चित्रों के नीचे लिखा था–'चित्र या विचित्र'।

उसी कमरे में भवानन्द गया।

भवानन्द ने पूछा, "कहो कल्याणी, शारीरिक कुशल है न?"

कल्याणी : क्या आप यह पूछना बन्द नहीं करेंगे? मेरी शारीरिक कुशल से आपको क्या लाभ है और मुझे भी क्या लाभ?

भवानन्द : पौधा जो रोपता है, वही उसे प्रतिदिन पानी से सींचता है। पौधा बढ़ता है तो उसे सुख मिलता है। मैंने तुम्हारे मृतप्राय शरीर में जीवन का पौधा रोपा था, अब वह बढ़ रहा है या नहीं, क्यों नहीं पूछूँगा?

कल्याणी : विष का पौधा क्या कभी मरता है?

भवानन्द : जीवन क्या विष है?

कल्याणी : नहीं तो मैंने अमृत डालकर क्यों उसका अन्त करना चाहा था?

भवानन्द : वह मैंने अनेक बार पूछने का विचार किया था, लेकिन पूछने का साहस नहीं हुआ था। किसने तुम्हारा जीवन विषमय किया?

कल्याणी ने दृढ़ स्वर में उत्तर दिया, "किसी ने मेरा जीवन विषमय नहीं किया, यह जीवन ही विषमय है। मेरा जीवन, आपका जीवन, सभी का जीवन विषमय है।"

भवानन्द : सचमुच कल्याणी, मेरा जीवन विषमय है। जिस दिन से—खैर, तुमने व्याकरण पढ़ लिया है?

कल्याणी : नहीं।

भवानन्द : शब्दकोश?

कल्याणी : मन नहीं लगता।

भवानन्द : शुरू में तो तुम्हारा पढ़ने में मन लगा था, अब क्यों नहीं लगता?

कल्याणी : आप जैसे पण्डित भी जब महापापिष्ठ है, तब न पढ़ना ही अच्छा है। मेरे पति का क्या समाचार है प्रभु?

भवानन्द : बार-बार वह समाचार क्यों पूछती हो? वे तो तुम्हारे लिये मृत हैं।

कल्याणी : मैं उनके लिये मृत हूँ, वे मेरे लिये मृत नहीं हैं।

भवानन्द : वे तुम्हारे लिये मृतवत होंगे, इसीलिए तो तुम मरने चली थी। फिर बार-बार वह बात क्यों करती हो कल्याणी?

कल्याणी : मरने से क्या सम्बन्ध टूटता है? वे कैसे हैं?

भवानन्द : कुशल से हैं।

कल्याणी : कहाँ हैं? पदचिह्न में?

भवानन्द : हाँ, वहीं हैं।

कल्याणी : क्या कर रहें हैं?

भवानन्द : वही जो कर रहे थे—दुर्ग निर्माण, शस्त्र-निर्माण। उन्हीं के बनवाये शस्त्रों से हजारों सन्तान सुसज्जित हैं। उन्हीं के कारण हमारे पास तोप बन्दूक, गोला-गोली और बारूद की कमी नहीं है। सन्तान-व्रतधारियों में वही श्रेष्ठ हैं। उन्होंने हमारा महान उपकार किया है। वे हम लोगों के लिए दाहिने हाथ के समान हैं।

कल्याणी : मैं अगर उनके लिए न मरती तो क्या यह सब होता? जिसके गले में कीचड़ भरा घड़ा बँधा हो, वह क्या तैरकर भवसागर पारकर सकता है? जिसके पैरों में लोहे की जंजीर पड़ी हो, वह कैसे दौड़ सकता है? बताओ संन्यासी, तुमने क्यों मेरा तुच्छ जीवन बचाया था?

भवानन्द : पत्नी सहधर्मिणी है, धर्माचरण में सहायता करती है।

कल्याणी : छोटे-छोटे धर्मों में, बड़े धर्मों के रास्ते में वह काँटा है। मैंने विष के काँटे से उनके रास्ते का काँटा हटाना चाहा था। छीः, दुराचारी पापी ब्रह्मचारी! तुमने मेरा जीवन क्यों लौटाया?

भवानन्द : ठीक है, जो दिया है, वह समझ लो मेरा ही है। कल्याणी! मैंने जो जीवन तुम्हें दिया है, क्या वह तुम मुझे नहीं दे सकती?

कल्याणी : मेरी सुकुमारी कैसी है? क्या उसके बारे में कुछ मालूम है?

भवानन्द : बहुत दिनों से उसका समाचार नहीं मिला। बहुत दिन हुए जीवानन्द उधन नहीं गये।

कल्याणी : क्या उसका समाचार मुझे नहीं दे सकते? पति को मैं छोड़ चुकी हूँ, लेकिन जब जिन्दा रही तब बेटी को क्यों छोड़ूँ? अब भी सुकुमारी को पा जाने पर इस जीवन में कुछ सुख मिल सकता है लेकिन आप मेरे लिये क्यों इतना करेंगे?

भवानन्द : करूँगा कल्याणी। तुम्हारी बेटी ला दूँगा। लेकिन उसके बाद?

कल्याणी : उसके बाद क्या ठाकुर?

भवानन्द : पति?

कल्याणी : उनको मैंने स्वेच्छा से छोड़ा है।

भवानन्द : यदि उनका व्रत पूरा हो जाय?

कल्याणी : तो उन्हीं की होकर रहूँगी। मैं जो जिन्दा हूँ, क्या वे जानते हैं?

भवानन्द : नहीं।

कल्याणी : क्या आपकी उनकी भेंट होती है?

भवानन्द : होती है।

कल्याणी : कभी मेरी बात नहीं करते?

भवानन्द : नहीं। जो पत्नी मर चुकी है, उससे पति का क्या सम्बन्ध है?

कल्याणी : क्या कह रहे हैं?

भवानन्द : तुम फिर विवाह कर सकती हो। तुम्हें तो पुनर्जन्म मिला है।

कल्याणी : मेरी बेटी ला दो।

भवानन्द : दूँगा। तुम फिर विवाह कर सकती हो।

कल्याणी : क्या तुमसे?

भवानन्द : विवाह करोगी?

कल्याणी : क्या तुमसे?

भवानन्द : यदि ऐसा हो ही?

कल्याणी : सन्तान-धर्म कहाँ रहेगा?

भवानन्द : अतल जल में।

कल्याणी : परलोक?

भवानन्द : अतल जल में।

कल्याणी : यह महाव्रत? यह भवानन्द नाम?

भवानन्द : अतल जल में।

कल्याणी : क्यों यह सब अतल में डुबाओगे?

भवानन्द : तुम्हारे लिये। देखो, मनुष्य हो या ऋषि, सिद्ध हो या देवता, चित्त किसी के वश में नहीं हैं। सन्तान-धर्म मेरे प्राणों के समान है, लेकिन आज पहली बार कह रहा हूँ कि तुम मेरे प्राणों के प्राण हो। जिस दिन मैंने तुम्हारे प्राण बचाये थे, उसी दिन से मैं तुम्हारे चरणों में बिका हुआ हूँ। मैं नहीं जानता था कि संसार में ऐसी रूपराशि है। यदि मैं यह जानता कि कभी ऐसी रूपराशि अपनी आँखों से देखूँगा तो कभी सन्तान-धर्म ग्रहण न करता। यह धर्म इस रूप की आग में जलकर राख बन जाता है। धर्म जल चुका है, प्राण बचे हैं। आज चार वर्षों से प्राण भी जल रहे हैं, अब सहा नहीं जाता! जलन! कल्याणी जलन! लेकिन जो जलेगा, वह ईंधन भी अब नहीं है। प्राण निकल रहे हैं। चार वर्षों तक सहता रहा, लेकिन अब सहा नहीं जाता। क्या तुम मेरी बनोगी कल्याणी?

कल्याणी : तुम्हारे ही मुख से सुना है कि सन्तान-धर्म का एक यह भी नियम है कि जो इन्द्रियों के वशीभूत होता है, उसका प्रायश्चित्त मृत्यु है। क्या यह सच है?

भवानन्द : यह सच है।

कल्याणी : तो तुम्हारा प्रायश्चित्त मृत्यु है?

भवानन्द : मृत्यु ही मेरा एकमात्र प्रायश्चित्त है।

कल्याणी : मैं तुम्हारी मनोकामना पूरी करूँगी तो तुम मरोगे?

भवानन्द : अवश्य मरूँगा!

कल्याणी : और यदि मनोकामना पूरी न करूँ?

भवानन्द : तो भी मृत्यु ही मेरा प्रायश्चित्त है, क्योंकि मेरा चित्त इन्द्रियों के वशीभूत हुआ है।

कल्याणी : मैं तुम्हारी मनोकामना पूरी नहीं करूँगी। तुम कब मरोगे?

भवानन्द : अगली लड़ाई में।

कल्याणी : फिर तुम जाओ। मेरी बेटी को भेज दोगे?

आँखों में आँसू भर कर भवानन्द ने कहा, "दूँगा। मेरे मरने के बाद मुझे याद रखोगी न?"

कल्याणी : बोली, "रखूँगी। व्रतच्युत अधर्मी के रूप में याद रखूँगी।" भवानन्द चला गया और कल्याणी पोथी पढ़ने बैठ गयी।

5

मन मे चिन्ता लिये भवानन्द मठ को जा रहा था। जाते-जाते रात हो गयी। रास्ते में वह अकेला चल रहा था। अकेला ही वन में घुसा। वहीं जंगल में उसने देखा कि एक और आदमी उसके आगे-आगे जा रहा है।

भवानन्द ने पूछा, "कौन जा रहे हो?"

आगे चलनेवाले व्यक्ति ने कहा, "ढंग से पूछो तो जवाब दूँ। मैं राहगीर हूँ।"

भवानन्द : वन्दे–

उस आदमी ने कहा, "मातरम्।"

भवानन्द : मैं भवानन्द गोस्वामी हूँ।"

आगे चलनेवाले ने कहा, "मैं धीरानन्द हूँ।"

भवानन्द : धीरानन्द, कहाँ गये थे?

धीरानन्द : आपकी तलाश में।

भवानन्द : क्यों?

धीरानन्द : एक बात कहने।

भवानन्द : कैसी बात?

धीरानन्द : एकान्त में कहने लायक।

भवानन्द : यहीं कहो न, यह बड़ी एकान्त जगह है।

धीरानन्द : आप नगर गये थे?

भवानन्द : हाँ।

धीरानन्द : गौरी देवी के घर?

भवानन्द : क्या तुम भी नगर गये थे?

धीरानन्द : वहाँ एक परम सुन्दरी युवती रहती है?

भवानन्द कुछ विस्मित और भयभीत हुआ। बोला, "ये सब बातें क्यों?

धीरानन्द : आपने उस स्त्री से भेंट की है?

भवानन्द : उसके बाद?

धीरानन्द : आप उस स्त्री के प्रति विशेष आसक्त हैं।

कुछ सोचकर भवानन्द ने पूछा, "धीरानन्द, तुमने इतना पता क्यों लगाया? देखो धीरानन्द, तुम जो कुछ कह रहे हो, वह सब सही है। तुम्हारे अतिरिक्त और कितने लोग यह बात जानते हैं?"

धीरानन्द : और कोई नहीं जानता।

भवानन्द : तो तुम्हीं को मार डालने पर मैं कलंक से मुक्त हो सकता हूँ?

धीरानन्द : हो सकते हो।

भवानन्द : तो आओ, इस निर्जन स्थान पर हम दोनों लड़ लें। यह तो तुम्हें मारकर निष्कण्टक हो जाऊँ, नहीं तो तुम मुझे मारकर मेरी सारी जलन बुझा दो। हथियार है?

धीरानन्द : है। निहत्था होकर कौन तुमसे ये सब बातें कर सकता है? यदि लड़ने की ही तुम्हारी इच्छा हो तो अवश्य लड़ूँगा। सन्तानों में परस्पर संघर्ष निषिद्ध है। परन्तु आत्मरक्षा के लिए किसी से भी संघर्ष का निषेध नहीं हैं, लेकिन जो कुछ कहने के लिए मैं तुम्हें ढूँढ रहा था, वह पूरा सुनकर लड़ते तो ठीक रहता न?

भवानन्द : हर्ज क्या है, बोलो न?

तलवार निकालकर भवानन्द ने धीरानन्द के कन्धे पर रखा कि कहीं धीरानन्द भाग न जाय।

धीरानन्द : मैं यही कह रहा था कि तुम कल्याणी से विवाह कर लो।

भवानन्द : कल्याणी! यह भी जानते हो?

धीरानन्द : विवाह क्यों नहीं कर लेते?

भवानन्द : उसका पति है।

धीरानन्द : वैष्णवों में ऐसा विवाह होता है।

भवानन्द : वह सिर मुड़ाये वैरागियों में होता है, सन्तानों में नहीं। सन्तानों के लिए विवाह है ही नहीं।

धीरानन्द : सन्तान-धर्म क्या छोड़ा नहीं जा सकता? इसमें तो तुम्हारे प्राण चले जायेंगे। अरे! अरे! मेरा कन्धा कटा जा रहा है।

सचमुच अब धीरानन्द के कन्धे से खून टपकने लगा था।

भवानन्द : किस अभिप्राय से तुम मुझे अधर्म को तरफ खींचने आये हो? अवश्य तुम्हारा कोई तात्पर्य है।

धीरानन्द : वह भी बताना चाहता हूँ। तलवार तो हटाओ—बता रहा हूँ। इस सन्तान-धर्म से मैं तंग आ गया हूँ। मैं इसे छोड़कर बीबी-बच्चों का मुख देखते हुए दिन गुजारने के लिए बहुत बेचैन हो उठा हूँ। मैं यह सन्तान-धर्म छोड़ूँगा। लेकिन मैं कैसे घर जाकर चैन से रह सकता हूँ? बहुत से लोग जानते हैं कि मैं विद्रोही हूँ। घर जाने पर या तो राजकर्मचारी मेरा सिर काट ले जायेंगे, नहीं तो सन्तान-व्रतधारी मुझे विश्वासघाती कहकर मार डालेंगे। इसीलिए मै तुम्हें अपने रास्ते ले चलना चाहता हूँ।

भवानन्द : क्यों, मुझे क्यों?

धीरानन्द : वही तो असली बात है। ये सन्तान-सैनिक तुम्हारे आज्ञाकारी हैं। सत्यानन्द अभी यहाँ नहीं हैं। तुम्ही सन्तान-सेना के नायक हो। तुम यह सेना लेकर युद्ध करो। मुझे इसका दृढ़ विश्वास है कि तुम्हारी जीत होगी। युद्ध जीत लेने पर तुम अपने नाम से राज्य स्थापित करो। सेना तो तुम्हारी आज्ञा मानती है। तुम राजा बनो और कल्याणी तुम्हारी मन्दोदरी बने। मैं तुम्हारा अनुचर बनकर पत्नी-पुत्र का मुँह देखते हुए दिन बिताऊँ और तुम्हें आशीर्वाद करूँ। सन्तान-धर्म को रसातल में भेजो।

भवानन्द ने धीरानन्द के कन्धे पर से धीरे-धीर तलवार हटा ली और कहा, "धीरानन्द, युद्ध करो। मैं तुम्हारी बध करूँगा। मैं इन्द्रियों के वश में हो सकता हूँ, लेकिन विश्वासघाती नहीं बन सकता। तुम मुझे विश्वासघाती बनने का परामर्श दे रहे हो। तुम स्वयं भी विश्वासघाती हो, इसलिए तुम्हें मार डालने पर ब्रह्महत्या नहीं होगी। मैं तुम्हें मार डालूँगा।"

बात पूरी होने से पहले ही धीरानन्द वहाँ से बगटुट भागा। भवानन्द ने उसका पीछा नहीं किया। वह जरा देर के लिए अनमना हो गया था। बाद में उसने धीरानन्द को ढूँढा, लेकिन धीरानन्द उसे दिखायी न पड़ा।

6

मठ में न जाकर भवानन्द घने वन में के अन्दर गया। उस वन में एक जगह एक पुरानी इमारत का खण्डहर था। उसके टूटे-फूटे ईंट पत्थरों के बीच घने झाड़-झंखाड़ उग आये थे। वहाँ अगणित साँपों का वास था।

गिरे-पड़े कमरों में से एक अपेक्षाकृत साबूत और साफ था। भवानन्द वहाँ जाकर बैठा। वहीं बैठकर वह सोचने लगा।

भयानक काली रात। फिर दूर तक फैला हुआ निविड़ वन—कहीं मनुष्य का नाम नहीं—बड़ा ही दुर्गम। पेड़ों में उलझे पेड़ों और लताओं में उलझी लताओं के कारण वहाँ जंगली जानवरों का चलना—फिरना भी मुश्किल था। विशाल, जनहीन, अन्धकार, दुर्गम और सन्नाटा छाया हुआ वन! अगर कोई आवाज थी तो बस दूर कहीं बाघ के गरजने की अथवा डरे हुए या भूखे हिंसक पशुओं के गुर्राने की। कभी किसी बड़े पक्षी के पंख फड़फड़ाने की आवाज अथवा मरने-मारनेवाले पशुओं के तेज भागने-दौड़ने की आवाज भी सुनायी पड़ रही थी।

उस अँधेरे निर्जन वन में भवानन्द अकेला उस खण्डहर में बैठा हुआ था। उसके लिए मानो उस समय यह संसार नहीं था, अगर था भी तो भय का कारण बना हुआ था। उस समय वह माथे पर हाथ रखकर सोच रहा था। उसमें कोई हरकत नहीं थी, डर नहीं था, मानो उसकी साँस नहीं चल रही थी और वह सिर्फ गहरी चिन्ता में डूबा हुआ था। वह मन-ही-मन कह रहा था—जो होना है, वह अवश्य होकर रहेगा। जैसे भागीरथी के उमड़ते जल के साथ मामूली हाथी बहता जाता है, वैसे मैं वासना के स्रोत में बह गया। मुझे सिर्फ इसी का दुःख है। एक क्षण में इस देह का नाश हो सकता है। देह के नाश के साथ वासना भी नष्ट होती है। मैं उसी वासना का वशीभूत हो गया? मेरे लिये मरना ही श्रेयस्कर है। मैं धर्म को छोड़ चुका हूँ? छिः! मैं मरूँगा।

उसी समय भवानन्द के सिर के ऊपर कर्कश स्वर में उल्लू बोला।

अब भवानन्द जोर-जोर से कहने लगा, "यह कैसी आवाज है? मुझे तो ऐसा लगा कि मौत मुझे बुला रही है। मैं नहीं जानता कि किसने यह आवाज की, किसने मुझे पुकारा, किसने मुझे रास्ता बताया और किसने मुझसे मरने

के लिए कहा। पुण्यमयी पृथ्वी! तुम शब्दमयी हो। लेकिन मैं तुम्हारे शब्द का अर्थ तो नहीं समझ पा रहा हूँ। तुम धर्म में मेरा मन लगाओ। तुम पाप से मुझे बचाओ। हे गुरुदेव! धर्म में, बस धर्म मे मेरा मन रहे!"

तभी उस भयानक जंगल में अति मधुर लेकिन गम्भीर मर्मभेदी मनुष्य-स्वर सुनायी पड़ा। किसी ने कहा, "धर्म में तुम्हारा मन रहेगा। मैंने आशीर्वाद दिया।"

भवानन्द के शरीर में रोमाँच हुआ। उसने कहा, "यह क्या? यह तो गुरुदेव का स्वर है। महाराज, आप कहाँ हैं? इस समय अपने सेवक को दर्शन दीजिये।"

लेकिन किसी ने दर्शन नहीं दिये, किसी ने उत्तर नहीं दिया।

भवानन्द ने बार-बार पुकारा, उसे कोई उत्तर नहीं मिला। उसने इधर-उधर ढूँढ़ा, लेकिन कहीं कोई नहीं था।

रात बीतने पर जब सबेरा हुआ और नवारुण ने उस विशाल अरण्य के ऊँचे-ऊँचे पेड़ों के ऊपर के हरे-हरे पत्तों को उद्भासित किया, तब भवानन्द मठ में पहुँचा। वहाँ उसने सुना, "हरे मुरारे! हरे मुरारे!"

भवानन्द पहचान गया कि वह सत्यानन्द का स्वर था। वह समझ गया कि प्रभु लौट आये हैं।

7

जीवानन्द कुटिया से निकल गया तो शान्ति फिर सारंगी बजाकर धीरे-धीरे गाने लगी—

"प्रलय - पयोधि - जले धृतवानसि वेदं
विहित - वहित्र - चरित्रमखेदम्
केशवधृत - मीनशरीर
जय जगदीश हरे!"

शान्ति ने जयदेव गोस्वामी द्वारा रचित मधुर स्रोत सुरीली स्वर में गाया। उस स्वर लहरी ने राग-ताल-लय से लसित होकर उस विशाल वन की अन्तहीन नीरवता को आन्दोलित किया। फिर ज्वार के समय मलय के झोंकों के संग खेलती लहरों को कल-कल छल-छल ध्वनि के समान वह गान प्रिय लगने लगा। शान्ति ने तब गाया—

"निन्दसि यज्ञविधेरह श्रुतिजातं
सदय - हृदय - दर्शित - पशुघातम्
केशवधृत - बुद्धशरीर
जय जगदीश हरे!"

तभी किसी ने बाहर से अति गम्भीर स्वर में, घनघोर बादल की गरज की सी तान में गाया–

"म्लेच्छनिवह - निधने कलयसि करवालं
धूमकेतुमिव किमपि करालम्
केशवधृत - कल्किशरीर
जय जगदीश हरे!"

शान्ति ने भक्तिभाव से प्रणाम कर सत्यानन्द की चरणधूलि ग्रहण की। उसने कहा, "प्रभो, मैंने कौन ऐसा सुकर्म किया है कि यहाँ आपके चरण-कमलों के दर्शन मिल गये! आज्ञा कीजिये, मुझे क्या करना होगा?"

इतना कहकर शान्ति ने फिर सारंगी बजाकर गाया–

"तब चरणप्रणता वयमिति भावय कुरु कुशलं प्रणतेषु।"

सत्यानन्द ने कहा, "बेटी, तुम्हारी कुशल ही होगी।"

शान्ति : कैसे ठाकुर? आपने तो मेरे वैधव्य के लिए आदेश किया है!

सत्यानन्द : बेटी! मैं तुम्हें नहीं पहचानता था। रस्सी की मजबूती समझे बिना मैंने उसे ज्यादा जोर से खींचा। तुम मुझसे अधिक ज्ञानी हो। तुम्हीं इसका उपाय करो। जीवानन्द को मत बताना कि मैं सब-कुछ जानता हूँ। तुम्हारे प्रलोचन से वह अपनी प्राणरक्षा कर सकता है। इतने दिनों तक वह यही कर रहा है। इससे मेरा कार्य सिद्ध हो सकता है।

शान्ति की बड़ी-बड़ी खिली हुई नीली आँखों में ग्रीष्मकालीन बादलों में विद्यमान विद्युत की तरह रोष भरा कटाक्ष कौन्ध गया। शान्ति बोली, "क्या ठाकुर! जहाँ तक मेरे और मेरे पति का प्रश्न है, हम एक आत्मा हैं। आपसे जो-जो बातें हुईं, मैं उनसे सब कहूँगी। मरना होगा वे मरेंगे, मेरा क्या बिगड़ेगा? मैं भी तो उन्हीं के साथ मरूँगी। उनके लिए स्वर्ग है तो क्या आप समझते हैं, मेरे लिये स्वर्ग नहीं हैं?"

ब्रह्मचारी सत्यानन्द बोले, "मैं कभी नहीं हारा, लेकिन आज तुमसे हार गया। माँ, मैं तुम्हारा बेटा हूँ, बेटे से स्नेह करो। जीवानन्द की प्राणरक्षा करो, अपनी प्राणरक्षा करो, तभी मेरा कार्य सिद्ध होगा।"

बिजली हँसी। शान्ति बोली, "मेरे पति का धर्म मेरे पति के हाथ में है। मैं उनको अपने धर्म से विचलित करनेवाली कौन हूँ? इहलोक में पति-पत्नी के देवता हैं, लेकिन परलोक में सभी का धर्म भगवान् है। मेरे लिये मेरे पति बड़े हैं, लेकिन उनसे बड़ा मेरा धर्म है। फिर मेरे धर्म से बड़ा मेरे पति का धर्म है। जिस दिन चाहूँ, मैं अपने धर्म को तिलांजलि दे सकती हूँ, लेकिन पति के धर्म को कैसे तिलांजलि दूँगी? महाराज! आपके कहने पर मेरे पति को मरना होगा, मरेंगे; मैं उनको मना नहीं करूँगी।"

ब्रह्मचारी सत्यानन्द ने तब दीर्घश्वास छोड़कर कहा, "बेटी, इस भयानक व्रत में बलिदान है। हम सभी को अपनी बलि चढ़ानी पड़ेगी। मैं मरूँगा। जीवानन्द, भवानन्द आदि सभी मरेंगे। हो सकता है बेटी, तुम भी मरोगी। लेकिन देखो, काम करके मरना होगा, बिना काम किये मरना क्या अच्छा है? मैंने केवल मातृभूमि को माँ कहा है और किसी को नहीं; क्योंकि इस सुजला-सुफला धरती के बिना हमारी और माँ नहीं है। अब तुमको माँ कहा, तुम माँ बनकर सन्तान का काम करो, जिससे कार्य सिद्ध हो वही करो, जीवानन्द की और अपनी प्राण-रक्षा करो।"

इतना कहकर सत्यानन्द 'हरे मुरारे मधुकैटभारे' गाते हुए निकल गये।

8

देखते-देखते सन्तान-व्रतधारियों में खबर फैल गयी कि सत्यानन्द लौट आये हैं और वे सन्तान-व्रतधारियों से कुछ कहेंगे, इसलिए उन्होंने सबको बुलाया है। फिर दल-के-दल सन्तान-व्रतधारी नदी के किनारे इकट्ठा होने लगे।

नदी के किनारे बहुत बड़ा वन था, जिसमें आम, कटहल, ताल, इमली, पीपल, बेल, बरगद और सेमल आदि के कितने ही पेड़ थे। चाँदनी रात में वहाँ दस हजार सन्तान-व्रतधारी जमा हुए। सभी एक दूसरे से सत्यानन्द के लौटने की खबर सुनकर हर्षध्वनि करने लगे।

सत्यानन्द किसलिए कहाँ गये थे, यह सामान्य लोगों को मालूम नहीं था। अफवाह यह थी कि वे सन्तानों के कल्याण के लिए हिमालय में तपस्या करने गये हैं। आज सब एक दूसरे से कानाफूसी करने लगे, "महाराज की तपस्या सफल हुई है और हमारा राज्य होगा।"

फिर तो बड़ा कोलाहल होने लगा।

किसी ने चिल्लाकर कहा, "मार, मार, दढ़ियलों को मार!"

किसी ने कहा, "जय जय! महाराज की जय!"

किसी ने गाया, "हरे मुरारे मधुकैटभारे!"

किसी ने गाया, "वन्दे मातरम्!"

किसी ने कहा, "भाई, ऐसा दिन कब आयेगा जब हम सामान्य बंगाली रणक्षेत्र में शरीर त्यागेंगे?"

किसी ने कहा, "भाई, वह दिन कब आयेगा कब मसजिद तोड़कर राधामाधव का मन्दिर बनवायेंगे?"

किसी ने कहा, "भाई क्या वह दिन आयेगा जब हम एक अपना धन आप ही भोग सकेंगे?"

उन दस सहस्त्र मनुष्यों के एक साथ बोलने से कोलाहल-सा मच गया। मधुर बयार से पेड़ों की काँपती पत्तियों की मर्मर और सिकताकणों को बहाकर ले चलनेवाली नदी की कल-कल उस कोलाहल में डूब गयीं। नीलाकाश में चाँद, तारे और शुभ्र बादल तथा साँवली धरती पर हरे-भरे वन, स्वच्छ नदी, श्वेत बालुकामय तट और विकसित पुष्पसमूह उस कोलाहल से मानो सहम गये। फिर बीच-बीच में सबका मन हरनेवाला गीत गूँजने लगा—"वन्दे मातरम्।"

इतने में सत्यानन्द सन्तान-व्रतधारियों की उस विशाल भीड़ के बीच आकर खड़े हुए। तब दस हजार सन्तान-व्रतधारियों के उन्नत मस्तक घने पेड़ों में से छनकर आती चाँदनी से धुलकर हरी घासों से ढकी भूमि पर झुक गये।

सत्यानन्द आँखों में आँसू भरकर दोनों हाथ ऊपर उठाये बड़े जोर से बोले, "शंखचक्रगदापद्मधारी वनमाली वैकुण्ठनाथ तुम्हारा मंगल करें। उन्होंने केशि का मथन और मधु-मुर-नरक का मर्दन किया। ये तीनों लोक के पालनकर्त्ता हैं। वही तुम्हारी भुजाओं में शक्ति दें, तुम्हारे मन में भक्ति दें और धर्म में तुम्हारी आस्था बढ़ायें। तुम सब एक बार उनका गुण गाओ।

तब हजारों कण्ठ एक साथ उच्च स्वर में गा उठे—

"जय जगदीश हरे!
प्रलय - पयोधि - जले धृतवानसि वेदं
विहित - वहित्र - चरित्रमखेदम्
केशवधृत - मीनशरीर
जय जगदीश हरे।"

सत्यानन्द सबको फिर से आशीर्वाद देकर कहने लगे, "हे सन्तान-व्रतधारियों, आज तुम लोगों से एक विशेष बात कहनी है। टॉमस नामक एक विधर्मी दुरात्मा ने अनेक संतान-व्रतधारियों के प्राण लिये हैं। आज रात हम सब उसका और उसके सैनिकों का विनाश करेंगे। यही जगदीश्वर की आज्ञा है। तुम सब क्या कहते हो?"

भीषण हरि-ध्वनि से वह वन मानो विदीर्ण हो गया।

"अभी मार डालेंगे! चलिये, बताइये वे कहाँ हैं!"

"मार! मार! शत्रुओं को मार!"

सन्तान-सैनिकों के हुँकार दूर पहाड़ी से टकराकर प्रतिध्वनित हुए।

तब सत्यानन्द ने कहा, "इसके लिए हमें थोड़ा धैर्य रखना पड़ेगा। शत्रुओं के पास तोपें हैं। तोपों के बिना उनसे लड़ना सम्भव नहीं है! फिर वे बड़ी वीर जाति के हैं। पदचिह्न के दुर्ग से सत्रह तोपें आ रही हैं। वे तोपें आते ही हम लड़ने के लिए निकल पड़ेंगे। वह देखो! पौ फटने लगी है। चार घड़ी दिन निकलते ही...लेकिन यह क्या!"

धायँ! धायँ! धायँ!

अचानक उस विशाल वन में चारों तरफ से तोपों की गड़गड़ाहट सुनायी पड़ी! तोपें अंग्रेजों की थीं। कैप्टेन टॉमस ने जाल में फँसी मछलियों की तरह उस जंगल में एकत्र सन्तान-व्रतधारियों का सफाया करने का इंतजाम किया था।

9

धायँ! धायँ! धायँ!

अंग्रेजों की तोपें गरजीं।

उस विशाल वन को कम्पित कर प्रतिध्वनि हुई—धायँ! धायँ! धायँ!

जहाँ-जहाँ नदी मुड़ी थी, वहाँ-वहाँ वह गड़गड़ाहट चक्कर खाती हुई आकाश के दूर छोर से गूँजी—धायँ! धायँ! धायँ!

नदी के पास दूर जंगल में प्रवेश कर वही गड़गड़ाहट फिर गड़गड़ायी—धायँ! धायँ! धायँ!

सत्यानन्द ने आदेश किया, "तुम लोग देखो, कैसी तोप है।"

कई सन्तान-व्रतधारी तुरन्त घोड़े पर चढ़कर तोप देखने के लिए दौड़े, लेकिन जंगल से निकलकर कुछ दूर जाते ही सावन की बौछार की तरह उन पर गोले गिरे। वे घोड़ों सहित घायल होकर वहीं ढेर हो गये।

दूर से सत्यानन्द ने वह सब देखा। उन्होंने कहा, "ऊँचे पेड़ पर चढ़ो! देखो क्या है!"

सत्यानन्द के यह सब कहने से पहले ही जीवानन्द पेड़ पर चढ़कर प्रभातकालीन सूर्य के प्रकाश में सब कुछ देखने लगा था। उसने पेड़ की ऊपरवाली डाल से चिल्लाकर कहा, "तोपें अंग्रेजों की हैं।"

"घुड़सवार भी हैं, या पैदल सिपाही?" सत्यानन्द ने पूछा।

जीवानन्द : दोनों हैं।"

सत्यानन्द : कितने होंगे?

जीवानन्द : अन्दाजा नहीं लगा पा रहा हूँ। अब भी जंगल की आड़ से निकलते आ रहे हैं।

सत्यानन्द : गोरे भी हैं, या केवल देशी सिपाही?

जीवानन्द : गोरे भी हैं।

तब सत्यानन्द ने जीवानन्द से कहा, "तुम पेड़ पर से उतरो।"

जीवानन्द पेड़ पर से उतरा।

सत्यानन्द ने जीवानन्द से कहा, "यहाँ दस हजार सन्तान सैनिक हैं। देखों, क्या कर सकते हो। आज तुम सेनापति हो।"

सशस्त्र होकर जीवानन्द उछलकर घोड़े पर चढ़ गया। उसने एक बार नवीनानन्द गोस्वामी की तरफ देखकर आँखों के इशारे से क्या कहा, यह कोई नहीं समझ सका। नवीनानन्द ने भी आँखों-ही-आँखों में क्या उत्तर दिया, यह भी कोई नहीं समझ पाया। केवल वही दोनों अपने मन में समझ गये कि शायद इस जीवन में यही अन्तिम विदायी है। फिर नवीनानन्द ने दाहिना हाथ उठाकर सबसे कहा, "भाइयों! अब 'जय जगदीश हरे, 'गाओ!"

तब दस हजार सन्तान-व्रतधारियों ने हजारों बाँहें उठाकर एक स्वर से नदी, वन और आकाश को प्रतिध्वनित करते हुए गाया—

'जय जगदीश हरे!
म्लेच्छनिवह - निधने कलयसि करवालम्!"

उस गीतध्वनि में तोपों की गड़गड़ाहट डूब गयी।

इतने अंग्रेजों के गोले जंगल के भीतर सन्तान-व्रतधारियों पर गिरने लगे। गाते हुए किसी का धड़ से सिर अलग हो गया, किसी के हाथ उड़ गये, किसी का कलेजा बाहर निकल आया और किसी की अँतड़ी झूल गयी। वे धरती पर लोट गये। लेकिन किसी ने गाना बन्द नहीं किया। सभी गाते रहे, "जय जगदीश हरे!"

गीत समाप्त होने पर सब एकदम चुप हो गये। वह घना वन, वह नदीतट और वह अनन्त शून्य उस गम्भीर नीरवता में पूरी तरह डूब गये। केवल उन भयानक तोपों की गरज तथा दूर से अंग्रेज सैनिकों के हथियारों और भागने-दौड़ने की आवाज सुनायी पड़ने लगी।

तब सत्यानन्द ने उस गम्भीर नीरवता में बड़े जोर से चिल्लाकर कहा, "जगदीश हरि तुम लोगों पर कृपा करेंगे। तोपें कितनी दूर हैं?"

पेड़ पर से किसी ने कहा, "इस जंगल के बहुत पास, "बस एक छोटे से मैदान के उस पार।"

सत्यानन्द ने पूछा, "तुम कौन हो?"

पेड़ पर से जवाब मिला, "मैं नवीनानन्द हूँ।"

तब सत्यानन्द ने कहा, "तुम दस हजार सन्तान सैनिक हो। आज तुम्हारी ही जीत होगी। तोपें छीन लो!"

घोड़े पर चढ़कर जीवानन्द आगे बढ़ चुका था। उसने मुड़कर ललकारा, "भाइयों! आओ!"

फिर दस हजार सन्तान सैनिक, जिनमें घुड़सवार और पैदल दोनों थे, बड़े वेग से जीवानन्द के पीछे चल पड़े। पैदल सैनिकों के कन्धें पर बन्दूक कमरबन्द में बँधी तलवार और हाथ में भाला था। जंगल से निकलते ही उन पर गोले बरसे, जिससे वे छिन्न-भिन्न होने लगे। बहुत से सन्तान-सैनिक बिना लड़े ही ढेर हो गये।

किसी ने पुकारकर जीवानन्द से कहा, "जीवानन्द, निरर्थक मरने से क्या लाभ?"

जीवानन्द ने मुड़कर देखा कि भवानन्द है। जीवानन्द ने पूछा, "क्या करने को कहते हो?"

भवानन्द : जंगल के अन्दर पेड़ों की आड़ में रह कर हम अपनी जान बचायें। बिना तोपों के यह सन्तान-सेना खुले मैदान में तोपों की बाढ़ के आगे घड़ी भर भी नहीं ठहर पायेगी। लेकिन जंगल के भीतर रह कर बहुत देर तक लड़ा जा सकेगा।

जीवानन्द : तुमने ठीक कहा है, लेकिन प्रभु का आदेश है कि तोप छीननी पड़ेगी। इसलिए हम तोप छीनने जायेंगे।

भवानन्द : किसमें इतनी हिम्मत है जो तोप छीन सके? फिर भी अगर जाना है तो मैं जाऊँगा तुम मत जाना।

जीवानन्द : ऐसा न होगा भवानन्द! आज मुझे मरना है।

भवानन्द : आज तो मुझे मरना है।

जीवानन्द : मुझे तो प्रायश्चित्त करना है।

भवानन्द : तुम निष्पाप हो। तुम क्यों प्रायश्चित्त करोगे? मेरा चित्त कलुषित है, मुझे करना ही है। तुम रुको, मैं जाऊँ।

जीवानन्द : भवानन्द! तुमने क्या पाप किया है, मैं नहीं जानता। लेकिन तुम्हारे रहने से सन्तान-व्रतधारियों का काम बनेगा। मैं जाता हूँ।

भवानन्द थोड़ी देर चुप रहकर अन्त में बोला, "जरूरत होगी तो आज ही मरूँगा। जिस दिन जरूरत होगी उसी दिन मरूँगा। मरने में समय-असयम क्या?"

जीवानन्द : फिर आओ!

इस बात पर भवानन्द सबसे आगे बढ़ गया।

उस समय एक-एक बार में अनेक-अनेक गोले गिरकर सन्तान-सैनिकों के टुकड़े-टुकड़े और चिथड़े-चिथड़े करने लगे थे। बहुत-से सैनिक मानो कलाबाजी खा-खाकर दूर जा गिरे। इसके अलावा दुश्मन के बन्दूकची भी अचूक निशाना साधकर सन्तान-सैनिकों की अगली पंक्तियों को धराशायी करते रहे।

तभी भवानन्द ने कहा, "आज इस बाढ़ में सन्तान-सैनिकों को कूदना है। कौन कूद सकता है भाई? अब बोलो, वन्दे मातरम्!"

फिर हजारों सन्तान-सैनिक उच्च स्वर में तोपों की हर बाढ़ से ताल मिलाकर मेघमल्लार राग में गाने लगे—"वन्दे मातरम्।"

10

दस हजार सन्तान-सैनिकों मे से जो मरे थे, उनको छोड़कर बाकी सब-के-सब 'वन्दे मातरम्' गाते हुए भाला उठाये बड़ी तेजी से तोपों की कतार की तरफ झपटे। गोलाबारी से सन्तान-सैनिक टुकड़े-टुकड़े होकर गिरने और मरने लगे। बड़ी अव्यवस्था फैल गयी। लेकिन कोई भी सन्तान-सैनिक नहीं लौटा।

उसी समय कैप्टेन टॉमस के हुक्म से एक टुकड़ी के सिपाहियों ने बन्दूक पर संगीन चढ़ाये बड़ी तेजी से सन्तान-सेना के दाहिने भाग पर हमला किया। दोनों तरफ से घिरकर सन्तान-सैनिक एकदम निराश हो गये। देखते-देखते सैकड़ों सन्तान-सैनिक मरने लगे। तब जीवानन्द ने कहा, "भवानन्द, तुम्हारा कहना ठीक था। इस तरह वैष्णवों के विनाश से कोई लाभ नहीं है। हम धीरे-धीरे लौट चलें।"

भवानन्द : लेकिन कैसे लौटेंगे। अब तो लौटेगा, वही मरेगा।

जीवानन्द : सामने से और दायीं तरफ से हमला हो रहा है। बायीं तरफ कोई नहीं है। चलो, धीरे-धीरे घूमकर बायीं तरफ से बचकर निकल जायँ।

भवानन्द : निकलकर कहाँ जाओगे? उधर नदी है। हाल की वर्षा से उसमें बाढ़ आयी हुई है। अंग्रेजों के गोलों से बचकर क्या तुम इन सन्तान-सेना को नदी में डूबाओगे?

जीवानन्द : नदी पर पुल है। मुझे याद पड़ रहा है।

भवानन्द : हजारों की सेना उस पुल से पार होने लगेगी तो इतनी भीड़ हो जायेगी की शायद एक ही तोप आराम से सारी सन्तान-सेना का सफाया कर देगी।

जीवानन्द : एक काम करो। तुम अपने साथ थोड़ी-सी सेना रखो। तुमने इस युद्ध में जो वीरता और बुद्धिमानी दिखायी, उससे तुम्हारे लिये कुछ भी असाध्य नहीं है। तुम उस सेना से यहाँ का मोर्चा सँभालो। मैं तुम्हारी सेना की आड़ लेकर बाकी सन्तान-सैनिकों को पुल से उस पार ले चलता हूँ। तुम्हारे साथ जो सैनिक रहेंगे वे तो निश्चित रूप से मरेंगे, लेकिन मेरे साथ जो रहेंगे वे बचना होगा तो बच जायेंगे।

भवानन्द : ठीक है, मैं वही करता हूँ।

तब भवानन्द ने दो हजार सतान-सैनिकों को लेकर फिर 'वन्दे मातरम्' ध्वनि लगाते हुए बड़े उत्साह से अंग्रेज के तोपचियों पर हमला किया। वहाँ घमासान युद्ध होता रहा, लेकिन तोपों के आगे मुट्ठी भर सन्तान-सैनिक कितनी देर ठहरते? धान की फसल काटने की तरह तोपची उनको धराशायी करते रहे।

इस मौके जीवानन्द शेष सन्तान-सैनिकों को थोड़ा बायें मोड़कर जंगल के बाहर-बाहर ले चला।

कैप्टेन टॉमस के एक सहयोगी लेफ्टिनेण्ट वाटसन ने दूर से देख लिया कि सन्तान-सेना का एक हिस्सा धीरे-धीरे भाग रहा है। तब उसने फौजदारी सिपाहियों की और परगना सिपाहियों की एक-एक टुकड़ी लेकर जीवानन्द का पीछा किया।

यह कैप्टेन टॉमस ने भी देखा। सन्तान-सेना के मुख्य भाग को भागते देखकर उसने कैप्टेन हे नाम अपने एक सहयोगी से कहा, "मैं दो-चार सौ सिपाहियों को लेकर इन निराश विद्रोहियों को खत्म कर रहा हूँ, तुम तोपों और शेष सैनिकों को लेकर उनका पीछा करो। लेफ्टिनेण्ट वाटसन बायें से जा रहा है, तुम दायें से जाओ। और देखो, आगे बढ़कर पुल का मुँह बन्द करना होगा। इससे उनको तीन तरफ से घेर कर जाल में फँसे पक्षियों की तरह मार डालेंगे। वे देशी सिपाही बहुत तेज चलनेवाले और भागने में सबसे ज्यादा होशियार हैं। इसलिए उनको आसानी से नहीं पकड़ पाओगे। तुम घुड़सवारों से कह दो कि वे छिपते-छिपते थोड़ा चक्कर लगाकर पुल के सामने पहुँच जायँ। फिर तो काम बन जायेगा।"

कैप्टेन हे ने वही किया।

अतिदर्पे हता लंका! टॉमस-टॉमस ने सन्तान-सैनिकों को बड़ा ही तुच्छ समझकर भवानन्द से लड़ने के लिए केवल दो सौ पैदल सैनिक रख लिये और शेष सैनिक कैप्टेन हे के साथ भेज दिये।

चतुर भवानन्द ने देखा कि अंग्रेजों की सभी तोपें चली गयीं, अधिकाँश सैनिक चले गये और मुट्ठी भर सैनिक रह गये। उनको आसानी से खत्म किया जा सकता है। तब उसने अपने बचे-खुचे सैनिकों को ललकारते हुए कहा, "इन मुट्ठी भर सैनिकों का सफाया करके हमें जीवानन्द की सहायता करने जाना पड़ेगा। फिर बोलो—जगदीश हरे!"

तब वही मुट्ठी भर सन्तान-सैनिकों 'जय जगदीश हरे' की ध्वनि लगाते हुए मानो बाघ बनकर कैप्टेन टॉमस की तरह झपटे। उस भयानक हमले के आगे कुछ मद्रासी और अन्य सिपाही टिक न सके। वे मारे गये। तब भवानन्द ने आगे बढ़कर कैप्टेन टॉमस के बाल पकड़ लिये। कैप्टेन टॉमस अन्त तक लड़ रहा था।

भवानन्द ने उससे कहा, "कप्तान साहब! हम तुम्हें मारेंगे। अंग्रेज हमारे शत्रु नहीं हैं। लेकिन तुम क्यों मुसलमानों की सहायता करने आये हो? हमने तुम्हारा प्राणदान किया। लेकिन अभी तुम हमारे बन्दी हो। हम जानते हैं कि अंग्रेजों की जीत होगी और हम तुम लोगों के मित्र बनेंगे।"

कैप्टेन टॉमस ने भवानन्द का मारने के लिए संगीन चढ़ी हुई एक बन्दूक उठाने की कोशिश की, लेकिन वह हिल न सका। भवानन्द बाघ बनकर उसे दबोचे हुए था। तब भवानन्द ने अपने सैनिकों से कहा, ''इसे बान्धो।''

दो-तीन सन्तान-सैनिकों ने आकर कैप्टेन टॉमस को बाँध लिया।

भवानन्द बोला, ''इसे घोड़े पर बैठा लो। फिर चलो, हम जीवानन्द गोस्वामी की सहायता करने चलें।''

तब वे थोड़े सन्तान-सैनिक कैप्टेन टॉमस को घोड़े पर लादे 'वन्दे मातरम्' गाते हुए लेफ्टिनेण्ट वाटसन की तरफ दौड़े।

जीवानन्द के अधीन सन्तान-सैनिक निराश थे। वे भागना चाहते थे। जीवानन्द और धीरानन्द ने उनको समझा-बुझाकर अनुशासित रखना चाहा! लेकिन सबको अनुशासन में रखना सम्भव न हुआ। कुछ सैनिकों ने भागकर आम के पेड़ के बाग में शरण ली। शेष सैनिकों को जीवानन्द और धीरानन्द पुल के पास ले गये। लेकिन वही कैप्टेन है और लेफ्टिनेण्ट वाटसन ने उनको दोनों तरफ से घेर लिया। अब बचना मुश्किल था।

11

उसी समय अंग्रेजों की तोपें सन्तान-सेना के दायें आ गयीं। तब सन्तान-सेना एकदम छिन्न-भिन्न होने लगी। किसी के बचने की कोई आशा न रही। सन्तान-सैनिक जिधर भी भाग सके, भागने लगे। जीवानन्द और धीरानन्द न उनको संयत और एकत्र करने का बहुत प्रयास किया। लेकिन वे किसी तरह वैसा न कर सके।

तभी किसी ने चिल्लाकर कहा, ''पुल पर जाओ! उस पार जाओ, नहीं तो नदी में डूब मरोगे। अंग्रेजी सेना की तरफ मुँह किये धीरे-धीरे पुल पर जाओ।''

जीवानन्द ने देखा कि सामने भवानन्द है।

भवानन्द ने कहा, ''जीवानन्द! सबको पुल पर ले चलो, नहीं तो बचना मुश्किल है।''

तब धीरे-धीरे पीछे हटती हुई सन्तान-सेना पुल से उस पार जाने लगी। लेकिन पुल पारकर एक साथ बड़ी संख्या में सन्तान-सैनिक पुल पर पहुँचे तो अंग्रेजों की तोप को मौका मिला। वह तोप सीधे पुल को बुहारने लगी।

दल-के-दल सन्तान-सैनिकों का विनाश होने लगा। भवानन्द, जीवानन्द और धीरानन्द वहीं पर थे। उन्होंने देखा कि एक अकेली तोप ने प्रलय मचा रखा है। सन्तान-सैनिकों का बुरी तरह संहार हो रहा है।

भवानन्द ने कहा, "जीवानन्द, धीरानन्द, आओ! तलवार चलाकर हम तीनों उस तोप पर अधिकार कर लें।"

तब तीनों ने तलवार चलाकर उस तोप के पास जितने गोलन्दाज सैनिक थे, सबको मार गिराया। फिर तो और भी सन्तान-सैनिक उनकी सहायता करने आ गये। तोप पर भवानन्द का अधिकार हो गया। तोप को अधिकार में करने के बाद भवानन्द उस पर खड़ा हो गया। फिर तालियाँ बजाकर बोला, "बोलो, वन्दे मातरम्।"

सबने एक साथ गाया, "वन्दे मातरम्।"

भवानन्द ने कहा, "जीवानन्द, अब इस तोप को घुमाकर उन कम्बख्तों को लुचुई का मैदा बना डालें।"

सन्तान-सैनिकों ने उस तोप को पकड़कर घुमाया। तब उस तोप की भयानक गरज वैष्णवों के कानों को हर-ध्वनि जैसी सुनायी पड़ने लगी। उससे बहुत-से सिपाही मरने लगे।

भवानन्द ने उस तोप को खींचकर पुल के मुँह पर रखा और कहा, "जीवानन्द! धीरानन्द! तुम दोनों सन्तान-सैनिकों को एक कतार से पुल के पार ले जाओ। मैं अकेले यहाँ का मोरचा सँभालूँगा। तोप चलाने के लिए मेरे पास कुछ तोपची छोड़ते जाओ।"

चुने हुए बीस सन्तान-सैनिक भवानन्द के पास रह गये।

जीवानन्द और धीरानन्द के आदेश से असंख्य-सैनिक कतार बनाकर पुल से उस पार जाने लगे। अकेला भवानन्द बीस सन्तान-सैनिकों को लेकर उस एक तोप से अनेक सिपाहियों का सफाया करने लगा, लेकिन यवन सेना उमड़ती जलराशि की लहर की तरह थी! लहर-पर-लहर आने लगी! उस लहर से घिरकर भवानन्द मानो उससे परेशान होने और डूबने लगा। लेकिन भवानन्द अश्रान्त, अजेय और निर्भय था। उसकी तोप गरज-गरजकर न जाने कितने सिपाहियों का विनाश करने लगी।

यवन सेना भी तूफान से हहराती लहर की तरह भवानन्द पर आक्रमण करती रही, लेकिन बीस सन्तान-सैनिक और एक तोप लेकर भवानन्द पुल के मुँह को बन्द किये डटा रहा। वे सन्तान-सैनिक मरकर भी नहीं मरे और

यवन भी पुल पर नहीं पहुँच सके। वे वीर सैनिक अजेय थे उनका जीवन मानो अविनश्वर था। मौका पाकर दल-के-दल सन्तान-सैनिक नदी के दूसरे पार पहुँच गये। बस, और कुछ समय पुल की रक्षा हो जाय तो सभी सन्तान-सैनिक पुल से उस पार पहुँच सकें। लेकिन तभी कहीं से नयी तोपें गरजने लगीं—धायँ! धायँ! धायँ!

सन्तान-सेना और यवन सेना--दोनों दल थोड़ी देर लड़ाई बन्दकर देखने लगे कि ये तोपें कहाँ से आ गयीं। सबने देखा कि जंगल से कई तोपें निकल रही हैं और देशी तोपची उनको चला रहे हैं। जंगल से निकलकर उस विशाल तोपखाने ने सहस्त्र मुखों से धुआँ उगलकर कैप्टेन हे कि सेना पर आग बरसायी। उस घोर नाद से वन-नदी-पहाड़ प्रतिध्वनित हुए। दिन-भर की लड़ाई से थके यवन सैनिक जान पर आ बनने से घबड़ा गये। उस अग्निवर्षा से मद्रासी, मुसलमान और पछाँही सैनिक भागने लगे। सिर्फ दो-चार अंग्रेज सैनिक खड़े होकर मरते रहे।

भवानन्द तमाशा देख रहा था। जब उसने कहा, "भाइयों, मुसल्ले भाग रहे हैं। चलो, उन पर हमला तो करें।"

तब चींटियों की कतरों की तरह सन्तान-सेना नये उत्साह से पुल के इस पार आकर यवनों पर आक्रमण करने के लिए दौड़ पड़ी। सन्तान-सैनिक एकाएक यवनों पर टूट पड़े। यवनों को लड़ने का मौका नहीं मिला। गंगा की धार जिस तरह गर्वित विशाल पर्वताकार हाथी को बहा ले जाती है, सन्तान-सेना भी उसी तरह यवन सेना को बहा ले चली।

यवनों ने देखा कि पीछे भवानन्द की पैदल सेना है तो सामने महेन्द्र का तोपखाना। फिर तो कैप्टेन हे के लिए सर्वनाश आ गया। तब कुछ भी काम न आया—बल, वीर्य, साहस, कौशल, प्रशिक्षण, दम्भ, सब-कुछ बह गया। फौजदारी-बादशाही, देशी-विलायती, काले-गोरे सभी सिपाही धराशायी होने लगे। विधर्मियों का दल भाग चला। जीवानन्द, भवानन्द और धीरानन्द 'मार-मार' चिल्लाते हुए विधर्मी सेना के पीछे दौड़ पड़े। सन्तान-सैनिकों ने उसकी तोपें छीन लीं। अनेक अंग्रेजी और देशी सिपाही मारे गये।

सर्वनाश उपस्थित देखकर कैप्टेन हे और लेफ्टिनेण्ट वाटसन ने भवानन्द के पास कहला भेजा, "हम सभी तुम लोगों के पास आत्मसमर्पण कर रहे हैं, अब यह संहार बन्द करो।"

जीवानन्द ने भवानन्द की तरफ देखा। भवानन्द ने मन-ही-मन कहा कि ऐसा नहीं हो सकता। आज तो मुझे मरना पड़ेगा। तब भवानन्द ने हाथ उठाकर उच्च स्वर में हरिध्वनि की और कहा, "मारो! मारो!"

फिर तो एक भी प्राणी नहीं बचा। अन्त में एक जगह एकत्र पचीस-तीस गोरे सैनिक आत्मसमर्पण का निश्चय करके बड़ा ही घमासान युद्ध करने लगे।

जीवानन्द ने कहा, "भवानन्द, युद्ध में हमारी जीत हुई है, अब बस करो। इन कइयों के अलावा कोई जिन्दा नहीं है। चलो, इनको प्राणदान देकर हम लौट चलें।"

भवानन्द ने कहा, "एक भी दुश्मन जीवित रहते भवानन्द नहीं लौटेगा। जीवानन्द, मैं कसम खाकर कह रहा हूँ, तुम दूर खड़े होकर देखो, मैं अकेले अंग्रेजों को मार गिराता हूँ।"

कैप्टेन टॉमस घोड़े की पीठ पर था। उसके हाथ बन्धे थे। भवानन्द ने अपने सैनिकों से कहा, "उसे मेरे सामने लाओ। पहले वह कमबख्त मरेगा, "तब मैं मरूँगा।"

भवानन्द की बात कैप्टेन टॉमस समझ गया। वह बंगला समझता था। उसने अंग्रेज सैनिकों से कहा, "अंग्रेजों! मैं तो मर चुका हूँ। प्राचीन इंग्लैण्ड की इज्जत तुम लोग बचाना। ईसा की सौगन्ध है, पहले मुझे मारो, फिर इन विद्रोहियों को!"

धायँ से एक गोली चली। एक आइरिशमैन ने कैप्टेन टॉमस को निशाना बनाकर गोली चलायी थी। वह गोली कैप्टेन टॉमस के माथे में लगते ही उसके प्राण-पखेरू उड़ गया।

तब भवानन्द ने चिल्लाकर कहा, "मेरा ब्रह्मास्त्र व्यर्थ हुआ है। अब कौन ऐसा भीम, अर्जुन, नकुल, सहदेव है जो इस समय मेरी रक्षा करेगा। देखो, तीर से घायल भेड़ियों की तरह गोरे मुझ पर लपके हैं। मैं मरने के लिए आया हूँ। मेरे साथ मरना चाहता है, ऐसा सन्तान-व्रतधारी कौन है?"

पहले धीरानन्द आगे बढ़ा और उसके पीछे जीवानन्द। साथ-ही-साथ दस-पन्द्रह क्या पचासेक सन्तान-सैनिक आगे बढ़े। धीरानन्द को देखकर भवानन्द ने कहा, "तुम भी मेरे साथ मरने आये?"

धीरानन्द : क्या मरने का भी किसी के नाम पट्टा है?

यह कहते हुए धीरानन्द ने एक गोरे को घायल किया।

भवानन्द : ऐसा नहीं हैं। लेकिन मरने पर बीबी-बच्चे को मुँह देखते हुए कैसे दिन बिताओगे?

धीरानन्द : कल की बात कर रहे हो? क्या अब भी नहीं समझ सके?

घायल गोरे को धीरानन्द ने ठण्डा कर दिया।

भवानन्द : नहीं।

तभी एक सैनिक के वार से भवानन्द की दायीं भुजा कटकर अलग हो गयी।

धीरानन्द : मेरी क्या हिम्मत कि तुम जैसे पवित्रात्मा से वह सब कहूँ? मैं तो सत्यानन्द महाराज को भेदिया बनकर गया था?

एक हाथ से लड़ते हुए भवानन्द ने कहा, "क्या? मुझ पर महाराज का इतना अविश्वास?"

धीरानन्द ने भवानन्द की रक्षा करते हुए कहा, "कल्याणी से तुम्हारी जो बातें हुई थीं, उनको उन्होंने अपने कानों से सुना था।"

भवानन्द : कैसे?

धीरानन्द : उस समय वे वहीं थे। देखो, सावधान!

एक गोरे सैनिक ने भवानन्द को घायल किया तो भवानन्द ने उसका बदला चुकाया।

धीरानन्द : वे उस समय कल्याणी को गीता पढ़ा रहे थे। जब तुम वहाँ गये थे। बचो!

भवानन्द की बायीं भुजा की कट कर अलग हो गयी।

अब भवानन्द ने कहा, "मेरे मरने की खबर उनको देना। यह भी कहना कि मैं विश्वासघाती नहीं हूँ।"

धीरानन्द की आँखें भर आयीं। उसने शत्रुओं से लड़ते हुए कहा, "यह उनको पता है। कल रात का आशीर्वाद याद करो। उन्होंने मुझसे कह दिया है कि भवानन्द के पास रहना, आज वह मरेगा। उसके मरते समय उससे कहना कि मैं उसे आशीर्वाद दे रहा हूँ, परलोक में उसे बैकुण्ठ मिलेगा।"

भवानन्द ने कहा, "सन्तान-व्रतधारियों की जय हो भाई! मेरे मरते समय मुझे एक बार 'वन्दे मारतम्' तो सुनाओ!"

तब धीरानन्द की आज्ञा पाकर युद्धोन्मत्त सन्तान-सैनिकों ने महापराक्रम से 'वन्दे मातरम्' गाया। इससे उनकी भुजाओं में दूने बल का संचार हुआ। उस भयानक घड़ी में शेष गोरे सैनिक मारे गये। युद्धक्षेत्र में एक भी शत्रु नहीं बचा।

उसी समय भवानन्द ने मुख से 'वन्दे मातरम्' गाते और मन से विष्णु के चरणों का स्मरण करते हुए प्राण त्याग दिये।

हाय! रमणी का रूपलावण्य! इस संसार में तुझे धिक्कार है।

12

युद्ध जीतने के बाद अजय के तट पर विजयी वीरगण नाना प्रकार के उत्सव मनाने लगे। केवल सत्यानन्द भवानन्द के लिए दुःखी थे।

अभी तक उन वैष्णवों के पास अधिक रणवाद्य नहीं थे, लेकिन उस समय न जाने कहाँ से हजारों ढाक, ढोल, नगाड़े, नक्कारे, झाँझ, शहनाई, तुरही, भेरी, रणसिंघा और दमामे आ गये! विजयसूचक वाद्य बजने से नदी, वन, मैदान उनकी ध्वनि और प्रतिध्वनि से गूँज उठे।

संतान-व्रतधारियों ने जब इस तरह से काफी देर तक आनन्द मना लिया, तब सत्यानन्द ने उनसे कहा, "जगदीश्वर ने आज कृपा की है, सन्तान-धर्म की विजय हुई है, परन्तु एक काम बाकी है। जो लोग हमारे साथ आनन्द नहीं मना सके, जिन लोगों ने हमारे इस आनन्द मनाने के लिए अपना बलिदान क्रिया है, उनकी भूलने से काम नहीं चलेगा। वीरगति पाकर रणक्षेत्र में जो लोग पड़े हुए हैं, चलो, हम चलकर उनका दाह-संस्कार करें। विशेष कर जिस महात्मा ने आज हमारी विजय के लिए अपने प्राण दिये हैं, चलो, हम बड़े समारोह से उस भवानन्द को अंत्येष्टि सम्पन्न करें।"

तब सन्तान-व्रतधारी 'वन्दे मातरम्' गाते हुए वीरगति पाये अपने साथियों की अंत्येष्टि करने चले। अनेक लोगों ने मिलकर हरिध्वनि देते हुए बोझ-के- बोझ चन्दन की लकड़ियाँ लाकर भवानन्द के लिए चिता सजायी। उन लोगों ने उस चिता पर भवानन्द को लिटाकर उसे प्रज्वलित किया। उसके बाद वे चिता की प्रदक्षिणा करते हुए 'हरे मुरारे' गानें लगे।

सन्तान-व्रतधारी विष्णु के भक्त थे, वैष्णव सम्प्रदाय के नहीं, इसलिए वे शव को जलाते थे।

उसके बाद उस वन में केवल सत्यानन्द, जीवानन्द, महेन्द्र, नवीनानन्द और धीरानन्द एक स्थान पर बैठे। वहाँ पाँचों व्यक्ति गुप्त परामर्श करने लगे। सत्यानन्द ने कहा, "इतने दिनों तक जिस व्रत के लिए हमने सभी धर्मों और सभी सुखों का त्याग किया था, वह सफल हुआ है। अब इस प्रदेश में यवन सेना नहीं है। फिर भी जो बची है, वह एक घड़ी भी हमारे सामने नहीं ठहर सकती। अब तुम लोग क्या परामर्श देते हो?"

जीवानन्द ने कहा, "चलिये, अभी चलकर राजधानी पर अधिकार करें।"

सत्यानन्द : मेरा भी यही अभिमत है।

धीरानन्द : सैनिक कहाँ हैं?"

जीवानन्द : क्यों, ये सैनिक।

धीरानन्द : कहाँ हैं सैनिक? किसी को देख रहे हो?

जीवानन्द : इधर-उधर सब आराम कर रहे हैं, डंका बजाने पर आ जायेंगे।

धीरानन्द : एक भी नहीं आयेगा।

सत्यानन्द : क्यों?

धीरानन्द : सब लूटने निकले हैं। इस समय सभी गाँव अरक्षित हैं। मुसलमानों के गाँव और रेशम की कोठियाँ लूटकर सब घर जायेंगे। अभी कोई नहीं मिल सकता। मैं देख आया हूँ।

सत्यानन्द यह सुनकर दुःखी हुए। वे बोले, "खैर, यह सारा प्रदेश हमारे अधिकार में आया है। अब यहाँ कोई ऐसा नहीं है जो हमारा विरोध कर सके। इसलिए वरेन्द्र भूमि में तुम लोग सन्तान राज्य की घोषणा करो, प्रजाजनों से कर वसूली और नगर पर अधिकार करने के लिए सेना संगठित करो। हिन्दुओं का राज्य हुआ है, यह सुनते ही अनेक सैनिक हमारे झण्डे के नीचे आ जायेंगे।"

फिर जीवानन्द आदि ने सत्यानन्द को प्रणाम कर कहा, "हम आपको प्रणाम करते हैं हे महाराजाधिराज! आज्ञा हो तो हम इसी जंगल में आपका सिंहासन स्थापित करें।"

सत्यानन्द अपने जीवन में यही पहली बार क्रुद्ध हुए। वे बोले, "छिः! क्या तुम लोग मुझे सूना घड़ा समझते हो? हम लोगों में कोई राजा नहीं है। हम संन्यासी हैं। जब देश के राजा बैकुण्ठनाथ स्वयं हैं। नगर पर अधिकार हो जाय, उसके बाद तुम लोग जिसे चाहना उसे राजकुमुट पहनाना, लेकिन यह निश्चित जान लो कि मैं इस ब्रह्मचर्य के अतिरिक्त और किसी आश्रम को स्वीकार नहीं करूँगा। अभी तुम लोग अपने-अपने काम से जाओ।"

फिर चारों आदमी सत्यानन्द को प्रणाम कर उठ खड़े हुए। तब सत्यानन्द ने औरों की दृष्टि बचाकर महेन्द्र से ठहरने का इशारा किया। अन्य तीनों व्यक्ति चले गये, महेन्द्र रुका रहा। तब सत्यानन्द ने महेन्द्र से कहा, तुम सबने विष्णुमण्डप में शपथ लेकर सन्तान-धर्म ग्रहण किया था। भवानन्द और जीवानन्द दोनों ने अपनी शपथ तोड़ी। भवानन्द ने आज उसका विहित प्रायश्चित्त भी किया। मुझे हर समय भय बना हुआ है कि पता नहीं किस

दिन जीवानन्द प्रायश्चित्त करके अपने प्राण दे डाले। लेकिन मुझे एक भरोसा है कि किसी गुप्त कारण से वह अभी नहीं मरेगा। तुम्हीं ने अकेले प्रतिज्ञा निभायी है। अब सन्तान-व्रतधारियों का कार्य सिद्ध हुआ। प्रक्रिया थी कि जितने दिन तक सन्तान-व्रतधारियों का कार्य सिद्ध नहीं होगा, उतने दिन तक तुम अपनी पत्नी या कन्या का मुख नहीं देख सकोगे। अब कार्य सिद्ध हुआ है। अब तुम फिर से गृही बन सकते हो।"

महेन्द्र की आँखों से झर-झर आँसू बह चले। वह बोला, "महाराज, किसको लेकर गृही बनूँगा? पत्नी ने तो आत्महत्या कर ली है, कन्या कहाँ है, यह भी नहीं जानता। फिर कहाँ उसका पता चलेगा? आपने कहा है कि वह जीवित है। इतना ही जानता हूँ, इससे अधिक कुछ भी नहीं जानता।"

सत्यानन्द ने तब नवीनानन्द को बुलाकर महेन्द्र से कहा, "यह नवीनानन्द गोस्वामी बड़ा ही पवित्रात्मा और मेरा प्रिय शिष्य है। यह तुम्हें तुम्हारी कन्या का पता बता देगा।"

यह कहकर सत्यानन्द ने नवीनानन्द को कुछ इशारा किया। नवीनानन्द ने वह समझ लिया। वह सत्यानन्द को प्रणामकर जाने लगा तो महेन्द्र ने उससे पूछा, "कहाँ तुमसे भेंट होगी?"

नवीनानन्द बोला, "आप मेरे आश्रम में आइये।"

यह कहकर नवीनानन्द आगे-आगे चला।

तब महेन्द्र सत्यानन्द के चरण छू कर वहाँ से चला और नवीनानन्द के साथ उसके आश्रम में पहुँचा। उस समय रात बहुत हो चुकी थी। फिर भी नवीनानन्द आराम किये बिना नगर की तरफ चला।

सबके चले जाने के बाद ब्रह्मचारी सत्यानन्द वहाँ अकेले धरती पर माथा टेककर मन-ही-मन जगदीश्वर का ध्यान करने लगे। रात बीत चली। सवेरा हो चला। तभी किसी ने आकर उनका मस्तक छू कर कहा, "मैं आया हूँ।"

ब्रह्मचारी सत्यानन्द चौंक कर उठ खड़े हुए। वे बड़ी ही व्यग्रता से बोले, "आप आ गये? क्यों?"

आनेवाले ने कहा, "समय हो गया है।"

ब्रह्मचारी सत्यानन्द बोले, "हे प्रभु! आज क्षमा कीजिये। आगामी माघी पूर्णिमा पर मैं आपकी आज्ञा का पालन करूँगा।"

●

चतुर्थ खण्ड

1

उसी रात वह सारा प्रदेश हरिध्वनि से गूँज उठा। दल के दल सन्तान-व्रतधारियों ने उच्च स्वर में 'वन्दे मातरम्' या 'जगदीश हरे' गाते हुए इधर-उधर घूमने लगे। कोई शत्रु सैनिक का हथियार छीनने लगा तो कोई उसके कपड़े। कोई शत्रु सैनिक के शव के मुँह पर लात मारने लगा तो कोई और किसी तरह से उपद्रव करने लगा। कोई गाँव की तरफ तो कोई नगर की तरफ दौड़ पड़ा और पथिक या गृहस्थ को पकड़कर कहने लगा, "बोलो वन्दे मातरम्, नहीं तो मार डालूँगा।"

किसी ने हलवाई की दुकान से मिठाइयाँ लूटकर खायी तो किसी ने ग्वाले के घर जा हाँड़ी उतारकर दही साफ कर दिया। किसी ने कहा, "हम व्रत से गोप आये हैं गोपिनी कहाँ हैं?"

उसी एक रात के अन्दर गाँव-गाँव और नगर-नगर में बड़ा ही कोलाहल मच गया। सब कहने लगे, "मुसलमान हार गये हैं, यह देश फिर हिन्दुओं का हो गया है। अब सब लोग खुलकर हरि-हरि बोलो।"

मुसलमान देखते ही ग्रामीण मारने दौड़ते। कुछ लोग उसी रात इकट्ठा होकर मुसलमानों के टोले में जाकर उनके घरों में आग लगाने और उनका सब कुछ लूटने लगे। बहुत से यवन मारे गये। बहुत से मुसलमान दाढ़ी मुड़ाने और बदन पर राख मलने के बाद हरि का नाम लेने लगे। पूछने पर वे कहते, "हम तो हिन्दू हैं।"

दल-के-दल त्रस्त मुसलमान नगर की तरफ भाग चले। राजकर्मचारी चारों तरफ दौड़ पड़े। बचे-खुचे सिपाहियों ने सुसज्जित होकर नगर की रक्षा

के लिए मोर्चा बनाया। नगर के गढ़ के हर घाट और बुर्ज पर सशस्त्र रक्षक तैयार होकर बड़ी सावधानी से प्रवेशद्वारों की रक्षा करने लगे। सभी लोग रात भर जाग कर यही सोचते रहे कि पता नहीं क्या हो जाय! हिन्दू कहने लगे, "आयें, संन्यासी आयें! माँ दुर्गा, ऐसा करो कि वे आयें! हिंन्दुओं के भाग्य से वही दिन आये।"

मुसलमान कहने लगे, "अल्लाहो अकबर! क्या इतने रोज बाद कुरान शरीफ सरासर झूठ निकला? हम तो पाँचों वक्त नमाज अदा करते हैं, लेकिन इन तिलकधारी हिन्दुओं को फतह नहीं कर सके? दुनिया में सब धोखा है।"

इस तरह कोई रोने तो कोई हँसने लगा, लेकिन सभी बड़ी दुश्चिन्ता में रात बिताने लगे।

ये सभी बातें कल्याणी के कानों तक पहुँचीं, क्योंकि बालक-वृद्ध और स्त्री-पुरुष किसी से छिपी नहीं थीं। कल्याणी ने मन-ही-मन कहा, "जय जगदीश्वर! आज तुम्हारा कार्य सिद्ध हुआ है। आज मैं पति के दर्शन के लिए जाऊँगी। हे मधुसूदन! आज मेरी सहायता करो!"

गहरी रात को कल्याणी बिस्तर से उठी और अकेली पिछवाड़े का दरवाजा खोलकर इधर-उधर देखने लगी। कहीं किसी को न देखकर वह चुपचाप धीरे-धीरे गौरी देवी के निवास से निकलकर सड़क पर आ गयी। मन-ही-मन इष्टदेवता का स्मरण कर उसने कहा, "देखो ठाकुर, आज पदचिह्न में उनके दर्शन मिल जायँ।"

कल्याणी नगर की एक चौकी के पास पहुँची। पहरेदार ने पूछा, "कौन जा रहा है?"

डरती हुई कल्याणी बोली, "मैं एक औरत हूँ।"

पहरेदार ने कहा, "जाने का हुक्म नहीं है।"

यह बात दफादार के कानों में पड़ी। उसने कहा, "बाहर जाने को नहीं, अन्दर आने को मना ही है।"

पहरेदार ने यह सुनकर कल्याणी से कहा, "जाओ माई, जाने पर रोक नहीं है। लेकिन आज रात बड़ी आफत है। पता नहीं तुम्हारे साथ क्या हो जाये। तुम डाकुओं के चंगुल में फँसोगी या खाई-खन्दक में गिरकर मरोगी, यह हम नहीं जानते। इसलिए माई, आज रात को तुम बाहर मत जाओ।"

कल्याणी बोली, "भैया, मैं भिखारिन हूँ। मेरे पास एक दमड़ी नहीं है। डाकू मुझसे कुछ नहीं बोलेंगे।"

पहरेदार बोला, "उम्र तो है माई, उम्र तो है। दुनिया में वही तो दौलत है। कहीं मैं ही न डाकू बन जाऊँ!"

कल्याणी ने देखा कि बड़ी मुसीबत है। इसलिए वह कुछ कहे बिना धीरे-धीरे चौकी से आगे बढ़ गयी। पहरेदार ने देखा कि यह औरत तो दिल्लगी भी नहीं समझती। तब उसने मन मारकर गाँजे का दम लगाया और झिझौंटी-खम्माच में सोढ़ी का टप्पा गाना शुरू किया। कल्याणी दूर निकल गयी।

उस रात झुण्ड-के-झुण्ड लोग रास्ते से आ-जा रहे थे। कुछ मारो! मारो! चिल्ला रहे थे तो कुछ भागो! भागो! कोई रो रहा था तो कोई हँस रहा था। जो जिसे देख रहा था, वही उसी को पकड़ने जा रहा था। कल्याणी बड़े संकट में पड़ गयी। उसे रास्ता याद नहीं था, किसी से पूछना भी मुश्किल था, क्योंकि सभी मानो लड़ने को तैयार थे। कल्याणी किसी तरह दूसरों की निगाह बचाकर अन्धेरे रास्ते से आगे बढ़ती गयी।

छिप-छिपाकर चलने पर भी कल्याणी कुछ उन्मत विद्रोहियों के हाथ में पड़ गयी। वे लोग बड़े जोर से चिल्लाकर उसे पकड़ने के लिए लपके। तब कल्याणी बड़ी तेजी से भागकर जंगल मे घुस गयी। वहाँ भी एक-दो डाकुओं ने दौड़कर उसका पीछा किया। एक ने आगे बढ़कर कल्याणी का आँचल पकड़ लिया और कहा, "अब मेरी जान!"

तब किसी ने अचानक पीछे से जाकर उस अत्याचारी पर एक लाठी जमायी। घायल होकर वह डाकू पीछे हटा।

इस नवागन्तुक का वेश संन्यासी का था। उसका वक्ष मृगछाले से ढका था। उसकी उम्र बहुत कम थी। उसने कल्याणी से कहा, "तुम डरो मत, मेरे साथ आओ। कहाँ जाओगी?"

कल्याणी : पदचिह्न।

आगन्तुक विस्मित और चकित हुआ, बोला, "क्या? पदचिह्न जाओगी?"

इतना कहकर आगन्तुक कल्याणी के कन्धों पर हाथ रखकर उस अन्धेरे में उसके चेहरे को बड़े ध्यान से देखने लगा।

कल्याणी भी अचानक एक पुरुष के स्पर्श से रोमांचित, भयभीत, क्षुब्ध और विस्मित हो गयी। उसकी आँखों में आँसू आ गये। उसमें इतनी शक्ति नहीं थी कि भाग निकलती। वह उस स्थिति में भयाभिभूत हो गयी थी।

आगन्तुक ने कल्याणी को अच्छी तरह देख लेने के बाद कहा, "हरे मुरारे! पहचान गयी। तुम्हीं मुँहजली कल्याणी हो!"

भयभीत होकर कल्याणी ने पूछा, "आप कौन हैं?"

आगन्तुक ने कहा, "मैं तुम्हारा दासानुदास हूँ सुन्दरी! अब तो मुझ पर प्रसन्न हो जाओ।"

कल्याणी बड़ी तेजी से वहाँ से हट गयी और बिगड़कर बोली, "क्या इसी तरह अपमान करने के लिए तुमने मेरी जान बचायी? देख तो रही हूँ कि ब्रह्मचारी का वेश है। क्या यही ब्रह्मचारी का धर्म है? आज मैं असहाय हूँ, नहीं तो तुम्हारे मुँह पर लात मारती।"

ब्रह्मचारी बोला, "अरी मन्द मुस्कानवाली! मैं बहुत दिनों से तुम्हारे उस सुन्दर शरीर का स्पर्श पाने के लिए तड़प रहा था।"

यह कह कर ब्रह्मचारी ने तेजी से झपटकर कल्याणी को कसकर गले लगा लिया। तब कल्याणी खिलखिला कर हँसी और बोली, "हाय राम! पहले से कहना चाहिए न बहन, मेरी भी यही दशा है!"

शान्ति बोली, "बहन, महेन्द्र की खोज में चली हो?"

कल्याणी ने पूछा, "तुम कौन हो? तुम तो सब कुछ जानती हो।"

शान्ति बोली, "मैं ब्रह्मचारी हूँ—सन्तान-सेना का सेनापति—बहुत बड़ा वीर! मुझे सब-कुछ पता है। आज रास्ते में सिपाहियों और सन्तान-व्रतधारियों का बड़ा उपद्रव है, पदचिह्न नहीं जा पाओगी।"

कल्याणी रोने लगी।

शान्ति आँखें मटकाकर बोली, "क्यों घबड़ाती हो? हम अपने नयनों से तीर चलाकर हजारों शत्रुओं को मार सकती हूँ। चलो, पदचिह्न चलें।"

कल्याणी को ऐसी बुद्धिमती स्त्री की सहायता पाकर मानो हाथों-हाथ स्वर्ग मिल गया। उसने कहा, "तुम जहाँ ले चलोगी, मैं वहीं चलूँगी।"

शान्ति तब कल्याणी को साथ लिये जंगल के रास्ते से चली।

2

आधी रात को शान्ति जब अपने आश्रम से नगर के लिए चलने लगी थी, तब जीवानन्द वहीं था। शान्ति ने जीवानन्द से कहा था, "मैं नगर जा रही हूँ, महेन्द्र की पत्नी को लाऊँगी। आप महेन्द्र से कह दीजियेगा कि उसकी पत्नी जीवित है।"

कल्याणी के प्राण बचाने के बारे में भवानन्द से जीवानन्द सब-कुछ सुन चुका था। कल्याणी कहाँ रहती है, यह भी शान्ति से मालुम हो गया था। शान्ति सभी जगह जाती थी, इसलिए उसे सब-कुछ पता था। अब जीवानन्द धीरे-धीरे वही सब महेन्द्र को बताने लगा।

महेन्द्र पहले तो विश्वास ही नहीं कर सका, लेकिन बाद में आनन्द से अभिभूत होकर मन्त्रमुग्ध-सा हो गया।

वह रात बीतने पर मुँह-अन्धेरे शान्ति की सहायता से महेन्द्र और कल्याणी की भेंट हुई। उस निस्तब्ध वन में, साखू के घने पेड़ों की अन्धेरी छाया में, पशु-पक्षियों के जागने से पहले ही महेन्द्र और कल्याणी एक दूसरे को देख सके। नीले गगन के कुम्हलाये हुए तारे और शान्त खड़े साखू के अनगिनत पेड़ ही उस मिलन के साक्षी थे। दूर कहीं किसी छोटी नदी की सँकरी धारा शिलाओं से टकराकर मधुर कल-कल ध्वनि करती रही। पूर्व शितिज पर उषा के मुकुट की ज्योति को झलमलाते देखकर कहीं कोई प्रफुल्लित कोयल कूक उठी।

एक पहर दिन चढ़ा। वहाँ शान्ति और जीवानन्द पहुँचे। कल्याणी ने शान्ति से कहा, "हम तो आपके पास बिन मोल बिक चुके हैं। अब हमारी बेटी का पता बताकर यह उपकार पूरा कीजिये।"

शान्ति ने जीवानन्द की तरफ देखकर कहा, "अब मैं सोऊँगी। आठ पहर हो गये बैठ नहीं पायी और दो रात सो नहीं सकी। अब मैं चली सन्तान-व्रतधारी वीर!"

कल्याणी धीरे से मुस्करायी।

महेन्द्र की तरफ देखकर जीवानन्द ने कहा, "वह भार मुझ पर रहा। आप लोग पदचिह्न जाइये, वहीं कन्या मिल जायेगी।"

निमाई के पास से लड़की लाने के लिए जीवानन्द भरुईपुर गया तो उसे वह काम बड़ा आसान नहीं लगा।

वहाँ निमाई ने पहले थूक निगला, फिर एक बार इधर-उधर देखा। उसके बाद एकबारगी उसकी नाक फूल आयी, होंठ फूल गये। फिर वह रो पड़ी। अन्त में उसने कहा, "मैं लड़की नहीं दूँगी।"

निमाई गोल-गोल हथेली की पीठ आँखों पर फेरकर आँसू पोंछ चुकी थी तो जीवानन्द बोला, "लेकिन रो क्यों रही हो बहन, कोई बहुत दूर भी तो नहीं हैं। तुम न हो कभी-कभी उनके घर चली जाना और लड़की को देख आना।"

होंठों को फुलाकर निमाई ने कहा, "हाँ, आप लोगों की लड़की आप लोग ले क्यों नहीं जाते? मेरा क्या है?"

यह कहकर निमाई सुकुमारी को ले आयी और गुस्से के मारे धम्म से उसे जीवानन्द के आगे फेंककर स्वयं पाँव पसार कर रोने बैठ गयी। इसलिए जीवानन्द उस समय उस सम्बन्ध में और कुछ कहे बिना इधर-उधर की फालतू बातें करने लगा। लेकिन निमाई का गुस्सा कम न हुआ।

निमाई उठकर गयी और सुकुमारी के कपड़ों की पोटली, गहनों का बक्सा, चोटी गूँथने का लच्छा और खेलने की गुड़िया ला-लाकर जीवानन्द के सामने झप-झप फेंकने लगी। सुकुमारी वह सब खुद सरियाती रही। उसने बार-बार निमाई से पूछा, "बताओ न माँ, हम कहाँ चलेंगे?"

अब निमाई से रहा न गया। वह सुकुमारी को गोद में लेकर रोती हुई चली गयी।

3

पदचिह्न के नये दुर्ग में उस समय महेन्द्र, कल्याणी, जीवानन्द, शान्ति निमाई, निमाई, के पति और सुकुमारी सब आराम से बैठे थे। सब एक-दूसरे से मिलकर प्रसन्न थे। शान्ति नवीनानन्द के वेश में आयी थी। जिस रात कल्याणी को शान्ति अपनी कुटिया में लायी थी, उसी रात उसने कल्याणी को मनाकर दिया था कि वह अपने पति महेन्द्र को यह ने बताये कि नवीनानन्द एक स्त्री है।

एक दिन कल्याणी ने शान्ति को अन्तःपुर में बुला भेजा। नवीनानन्द के वेश में शान्ति अन्तःपुर में जाने लगी। नौकरों ने मना किया, लेकिन शान्ति ने उनकी बात नहीं मानी।

शान्ति ने कल्याणी के पास जाकर पूछा, "क्यों बुलाया है?"

कल्याणी बोली, "और कितने दिन पुरुष बनकर रहोगी? भेंट नहीं होती, बात नहीं कर पाती। अब मुझे अपने पति के आगे तुम्हारा भेद खोलना पड़ेगा।"

शान्ति बड़ी चिन्तित दिखायी पड़ी। काफी देर तक वह चुप रही। अन्त में बोली, "उसमें बड़ी बाधा है कल्याणी!"

फिर दोनों में वही बातचीत होती रही।

उधर जिन नौकरों ने नवीनानन्द को रनिवास में जाने से मना किया था, उन लोगों ने महेन्द्र से जाकर कहा की नवीनानन्द जबर्दस्ती रनिवास में घुस गया है। मना करने पर भी उसने नहीं माना।

इस पर महेन्द्र को बड़ा कौतूहल हुआ। वह रनिवास में गया। कल्याणी के सोने के कमरे में जाकर उसने देखा कि नवीनानन्द वहाँ खड़ा है और कल्याणी उसके बदन पर हाथ रखकर बाघम्बर की गाँठ खोल रही थी।

महेन्द्र को बड़ा आश्चर्य हुआ और बड़ा क्रोध आया।

नवीनानन्द ने महेन्द्र को देखकर हँसते हुए कहा, "कहिये गोसाईं! सन्तान-व्रतधारियों में यह अविश्वास?"

महेन्द्र बोला, "भवानन्द ठाकुर भी तो विश्वासी थे?"

नवीनानन्द ने आँखें तरेरकर कहा, "क्या कल्याणी भवानन्द के बदन पर हाथ रखकर बघछाला खोलती थी?"

यह कहते हुए नवीनानन्द ने कल्याणी के हाथ पकड़ लिये, बघछाला खोलने नहीं दिया।

महेन्द्र : उससे क्या होता?

नवीनानन्द : आप मुझ पर अविश्वास कर सकते हैं, लेकिन कल्याणी पर कैसे अविश्वास करते हैं?

अब महेन्द्र बड़ा लज्जित हुआ। बोला, "कहाँ? मैंने अविश्वास कैसे किया?

नवीनानन्द : नहीं तो मेरे पीछे-पीछे अन्तःपुर में क्यों आ पहुँचे?

महेन्द्र : कल्याणी से कुछ बातें करनी थीं, इसलिए आया हूँ।

नवीनानन्द : तो अभी जाइये। कल्याणी से मेरी भी कुछ बातें हैं। आप हट जाइये। पहले मैं बातें कर लूँ। यह तो आपका घर है, आप हर समय आ सकते हैं। मैं तो मुश्किल से एक बार आया हूँ।

महेन्द्र बेवकूफ बनकर रह गया। वह कुछ भी नहीं समझ पा रहा था। ये सारी बातें तो किसी अपराधी की बातों जैसी नहीं लगती। कल्याणी का रंग-ढंग देखकर भी विचित्र लगा। वह भी तो विश्वासघातिनी की तरह नहीं भागी, नहीं डरी, लज्जित भी नहीं नहीं हुई—कुछ भी नहीं हुआ। बल्कि वह मन्द-मन्द मुस्करा रही है। फिर वह अपराधिनी कैसे हो सकती है? उसी ने तो उस पेड़ के नीचे अनायास विष खा लिया था।

यही सब महेन्द्र सोच रहा था कि तभी अभागिनी शान्ति ने उसकी दुर्दशा देखकर मन्द मुस्कान के साथ कल्याणी की तरफ चंचल कटाक्ष किया।

तब अचानक अन्धकार दूर हुआ। महेन्द्र ने देखा कि यह तो एक रमणी का कटाक्ष है। उसने साहस करके नवीनानन्द की दाढ़ी पकड़कर खींची। नकली दाढ़ी-मूँछे अलग हो गयीं। उसी समय अवसर पाकर कल्याणी ने बघछाले की गाँठ खोल दी—बघछाला भी नीचे गिर पड़ा। पकड़े जाने पर शान्ति सिर नीचा किये खड़ी रही।

महेन्द्र ने तब शान्ति से पूछा, "तुम कौन हो?"

शान्ति : श्रीमान् नवीनानन्द गोस्वामी।

महेन्द्र : वह तो धोखा है। तुम तो एक स्त्री हो।

शान्ति : अब क्या किया जाय।

महेन्द्र : फिर, एक बात पूछता हूँ—तुम एक स्त्री होकर सदैव जीवानन्द ठाकुर के साथ क्यों रहती हो?

शान्ति : वह आपसे क्या बताऊ!

महेन्द्र : तुम जो स्त्री हो, क्या यह जीवानन्द ठाकुर जानते हैं?

शान्ति : जानते हैं।

यह सुनकर पवित्रात्मा महेन्द्र दुःखी हुआ।

यह देखकर कल्याणी से रहा नहीं गया। उसने कहा, "ये जीवानन्द गोस्वामी की धर्मपत्नी शान्ति देवी हैं।"

एक क्षण के लिए महेन्द्र का चेहरा प्रफुल्लित हुआ। लेकिन उस चेहरे पर फिर काली छाया घिर आयी।

कल्याणी समझ गयी, इसलिए बोली, "ये ब्रह्मचारिणी हैं।"

4

उत्तर बंगाल मुसलमानों के हाथ से निकल चुका था। लेकिन कोई भी मुसलमान इस बात को नहीं मानता। वह अपने मन को बहलाता और कहता कि हुकूमत तो हमीं पर कर रहे हैं, लेकिन कुछ लुटेरों ने बड़ा उपद्रव मचा रखा है।

इस तरह कितना समय बीतता, कहा नहीं जा सकता। परन्तु भगवान् की इच्छा से उस समय वारेन हेस्टिंग्स कलकत्ते के गवर्नर जनरल थे। वारेन हेस्टिंग्स मन को बहलानेवाले जीव नहीं थे। यदि उनमें वह गुण रहता तो भारत में ब्रिटिश साम्राज्य कहाँ होता? सन्तान-व्रतधारियों के दमन के लिए मेजर एडवर्डस नामक दूसरे सेनापति नयी सेना लेकर आ पहुँचे।

एडवर्डस ने देखा कि यह यूरोप का युद्ध नहीं है। शत्रुओं के पास सेना नहीं हैं, नगर नहीं है, राजधानी नहीं है, दुर्ग नहीं है, फिर भी सब-कुछ उन्हीं के अधीन है। जिस दिन जहाँ ब्रिटिश सेना का शिविर होता, उस दिन वहाँ ब्रिटिश सेना का अधिकार रहता। फिर दूसरे दिन वहाँ से ज्यों ही ब्रिटिश सेना चली जाती, त्यों ही चारों तरफ 'वन्दे मातरम्' गाया जाने लगता।

साहब समझ नहीं पाते कि कहाँ से ये सन्तान-व्रतधारी रातों-रात चींटियों की तरफ निकलकर उस गाँव को जला देते हैं, जो अंग्रेजों के अधीन होता है, या छोटी-सी ब्रिटिश सेना को पाते ही उसी दम उसका सफाया कर देते हैं। फिर पता लगाते-लगाते साहब ने मालूम कर लिया कि इन लोगों ने पदचिह्न में किला बनवाकर वहीं अपने शस्त्रागार और कोषागार स्थापित किये हैं। इसलिए साहब ने निश्चय किया कि उसी किले पर अधिकार करना उचित होगा।

गुप्तचरों की सहायता से साहब जानकारी लेने लगे कि पदचिह्न में कितने सन्तान-व्रतधारी रहते हैं। उनकी जो जानकारी मिली, उसके अनुसार उन्होंने एकाएक उस किले पर हमला करना उचित नहीं समझा। उन्होंने मन-ही-मन एक बड़ी अच्छी योजना बनायी।

सामने माघी पूर्णिमा थी। मेजर एडवर्डस के शिविर के पास नदी के किनारे उस समय मेला लगनेवाला था। उस मेले में बड़ी धूमधाम होनेवाली थी। यों ही उस मेले में लाखों लोग आते थे। उस बार तो वैष्णवों का राज्य स्थापित हो चुका था, जिसमें वैष्णवों ने उस मेले में खूब धूम-धड़ाका करने का निश्चय किया था। इसलिए ऐसी सम्भावना थी कि पूर्णिमा के दिन उस मेले में सभी सन्तान-व्रतधारी एकत्र होते। मेजर एडवर्डस ने सोचा कि पदचिह्न के दुर्ग-रक्षक भी सब-के-सब उस मेले में जा सकते हैं। उन्होंने उसी समय अचानक पदचिह्न पहुँचकर दुर्ग पर अधिकार करने का विचार किया।

ऐसा विचार करके मेजर साहब ने अफवाह फैला दी कि मैं मेले पर धावा मारूँगा। एक जगह सभी वैष्णवों को पाकर एक दिन में शत्रुओं का सफाया करूँगा। वैष्णवों का मेला लगने नहीं दूँगा।

गाँव-गाँव यह खबर फैला गयी। तब जहाँ जो सन्तान-व्रतधारी थे, वे उसी समय हथियार लेकर मेले की रक्षा के लिए दौड़ पड़े। माघी पूर्णिमा से ठीक पहले वहाँ नदी के तट पर सभी सन्तान-व्रतधारी एकत्र हुए। मेजर साहब ने जो सोचा था, ठीक वही हुआ। अंग्रेजों के सौभाग्य से महेन्द्र भी

उसी जाल में फँस गया। पदचिह्न के दुर्ग में थोड़े से सैनिकों को रखकर अधिकांश सैनिकों को साथ लिये वह मेले के लिए चल पड़ा।

ये सारी बातें होने से पहले जीवानन्द और शान्ति पदचिह्न से निकल पड़े थे। उस समय युद्ध की कोई बात नहीं थी और उसकी तरफ उनका ध्यान भी नहीं था। माघी पूर्णिमा के पुण्य पर्व पर शुभ घड़ी में पवित्र नदी में प्राण विसर्जिस कर उन्होंने प्रतिज्ञा-भंग के महापाप के प्रायश्चित्त करने का संकल्प किया था। लेकिन रास्ते में जाते-जाते उन्होंने सुना कि मेले में एकत्र सन्तान-व्रतधारियों से अंग्रेजी सेना का भयानक युद्ध होगा। तब जीवानन्द शान्ति से बोला, "फिर तो युद्ध में ही मरूँगा, जल्दी चलो।"

वे दोनो जल्दी-जल्दी चले। रास्ता एक जगह टीले पर से गया था। टीले पर पहुँचकर उस वीर दम्पत्ति ने देखा कि नीचे दूर तक अंग्रेजों का शिविर लगा है। शान्ति ने जीवानन्द से कहा, "मरने की बात अभी रहने दीजिये—बोलिये वन्दे मातरम्।"

5

फिर दोनों ने कानों-कान कोई परामर्श किया। परामर्श करने के बाद जीवानन्द एक वन में छिप गया। शान्ति दूसरे वन में प्रवेश कर अद्‌भुत कार्य करने लगी।

शान्ति मरने जा रही थी। उसने मरते समय स्त्री-वेश धारण करने का निश्चय किया था। उसका एह पुरुष-वेश फरेब है, यह तो महेन्द्र ने कहा था। फरेब करते हुए मरना ठीक नहीं था। इसलिए शान्ति अपनी टोकरी-पिटारी साथ लायी थी। उनमें उसके शृंगार की सभी वस्तुएँ थीं। अब नवीनानन्द वेशिनी शान्ति अपनी टोकरी-पिटारी खोलकर वेश बदलने लगी।

भौंहों के बीच चन्दन से सुन्दर रसकलि[1] तिलक बनाकर शान्ति ने उस पर कत्थे की बिन्दी लगायी। उस समय की रीति के अनुसार उसने घुँघराले बालों की कुछ लटें चाँद जैसे मुखड़े पर छिटका दीं। उसके बाद वह हाथ में सांरगी लिये वैष्णवी के वेश में अंग्रेजी के शिविर में पहुँची।

1. वैष्णवों द्वारा माथे पर बनाया जानेवाला पुष्प-कली जैसा तिलक।

भौरें जैसे काली दाढ़ी-मूँछोंवाले सिपाही शान्ति को देखकर मतवाले हो उठे। फरमाइश करके किसी ने टप्पा, किसी ने गजल, किसी ने श्यामा-सम्बन्धी तो किसी ने कृष्णा-सम्बन्धी गीत सुना। किसी ने चावल दिया, किसी ने दाल दी, किसी ने मिठाई दी, किसी ने पैसा दिया तो किसी ने चवन्नी दी।

शिविर का हाल अपनी आँखों से अच्छी तरह देख लेने के बाद वैष्णवी जाने लगी तो सिपाहियों ने पूछा, "फिर आओगी?"

वैष्णवी बोली, "यह तो नहीं जानती। मेरा घर बहुत दूर है।"

सिपाहियों ने पूछा, "कितनी दूर?"

वैष्णवी ने कहा, "मेरा घर पदचिह्न में है।"

उस दिन मेजर साहब पदचिह्न के बारे में पूछताछ कर रहे थे। एक सिपाही को यह बात मालूम थी। वैष्णवी को लेकर वह कप्तान साहब के पास गया। कप्तान साहब वैष्णवी को मेजर साहब के पास ले चला।

मेजर साहब के पास पहुँचकर वैष्णवी ने मधुर मुस्कान के साथ मर्मभेदी कटाक्ष किया जिससे साहब का सिर चकरा गया। फिर उसने मजीरा बजाकर गाना शुरू किया–

"म्लेच्छनिवह-निधने कलयसि करवालम्।"

साहब ने पूछा, "टुमारा मकान कहाँ हाय बीबी?"

शान्ति बोली, "मैं बीबी नहीं, वैष्णवी हूँ। घर पदचिह्न में हैं।"

साहब : बहोट आच्छा, पडसिन में। वही पडसिन न? उहाँ एकठो गोर हाय?

शान्ति : घर? बहुत से घर हैं।

साहब : गर नहीं, गर नहीं! गोर-गोर–

शान्ति : साहब, तुम्हारे मन की बात समझ गयी। गढ़?

साहब : यस! हाँ!, गोर। गोर हाय?

शान्ति : गढ़ है। बहुत बड़ा किला।

साहब : किटना आडमी?

शान्ति : गढ़ में कितने लोग रहते हैं? बीच हजार, पचास हजार।

साहब : नॉन्सेन्स! एकठो किला में डो-चार हजार रह सकटा हाय। उहाँ पर आबी हाय? या निकिल गिया?

शान्ति : निकलेंगें कहाँ?

साहब : मेला में। टुम कब आया हाय उहाँ से?

शान्ति : कल आयी हूँ साहब।

साहब : ओ लोग आज निकिल गिया होगा।

शान्ति मन-ही-मन सोच रही थी कि साहब, मैंने तुम्हारे बाप के श्राद्ध का चावल नहीं पकाया तो मेरा यह तिलक लगाना बेकार है। कब सियार तुम्हारा सिर नोचेगा, मैं वही देखूँगी! फिर उसने कहा, "हाँ साहब, हो सकता है। शायद आज निकल गये हों। उतनी खबर मैं नहीं जानती। मामूली वैष्णवी हूँ, गाना गाकर, भीख माँगकर खाती हूँ, उतनी खबर नहीं रखती। बक-बक करते-करते गला सूख चला है, अब दो-चार पैसे दो, चली जाऊँ। अगर बढ़िया बख्शिश दो तो परसों आकर सारा हाल बता जाऊँगी।"

साहब ने ठन से नकद एक रुपया फेंककर कहा, "परसों नई बीबी!"

शान्ति बोली, "हट मुआ! वैष्णवी बोल। बीबी क्या?"

साहब : परसों नई, आज राट को हाम को खबर मिलना चाहिए।

शान्ति : शराब पीकर नाक में सरसों का तेल डालकर बन्दूक पर सिर रखकर सो जा। अभी मैं दस कोस रास्ता पार करके जाऊँगी और आज ही लौटकर इनको खबर दूँगी। मुआ, छछूँदर कहीं का!

साहब : मुआ छछूँदर किसको बोलटा हाय?

शान्ति : जो बड़ा बहादुर होता है, बहुत बड़ा जरनैल।

साहब : ग्रेट जनरल! क्लाइव का माफिक हाम बड़ा जनरल हो सकटा हाय। लेकिन आज हमको खबर मिलना चाहिए। सौ रुपिया बख्शिश डेगा।

शान्ति : सौ रुपये दो या हजार रुपये, इन दो टाँगों से बीस कोस नहीं चल सकती।

साहब : गोड़ा पर।

शान्ति : घोड़ा पर बैठना आता तो क्या तुम्हारे तम्बू में आकर सारंगी बजाकर भीख माँगती?

साहब : गोडी पर ले जायेगा।

शान्ति : गोद में बिठालकर ले जाओगे? शरम नहीं लगेगी?

साहब : किटना मुश्किल हाय। पाँच सौ रुपये डेगा।

शान्ति : कौन जायेगा? तुम खुद चलोगे?

तब साहब के सामने खड़े लिण्डले नामक एक निम्न पदस्थ युवा अधिकारी की तरफ उँगली से इशारा करके उसने पूछा, "लिण्डले, तुम जाओगे?"

शान्ति का रूप-यौवन देखकर लिण्डले ने कहा, "खशी से।"

तब एक बड़ा अरबी घोड़ा कसा-कसाया आया और लिण्डले भी तैयार हो गया। लिण्डले शान्ति को पकड़कर घोड़े पर बैठाने चला। शान्ति बोली, 'छीः; इतने लोगों के सामने? क्या मुझे शरम नहीं लगती? चलो, पहले छावनी से निकलें।''

लिण्डले घोड़े पर बैठा। वह घोड़े को धीरे-धीरे ले चला। शान्ति पीछे-पीछे चली। इस तरह दोनों शिविर के बाहर आ गये।

शिविर के बाहर आने के बाद सुनसान मैदान पाकर शान्ति लिण्डले के पाँव पर पाँव रख उछलकर घोड़े पर बैठ गयी। लिण्डली ने मुस्कराकर कहा, ''टुम टो पक्का सवार हाय।''

शान्ति बोली, ''मुझे तो ऐसी घुड़सवारी आती है कि तुम्हारे साथ घोड़े पर बैठने पर बैठने में शरम लगती है। छिः तुम रकाबों में पाँव रखकर घोड़े पर चढ़ते हो?''

फिर अपनी बड़ाई दिखाने के लिए लिण्डले ने रकाबों से पाँव हटा लिये। शान्ति ने उसी दम उस मूर्ख अंग्रेज की गरदन पकड़कर उसे घोड़े से नीचे गिरा दिया। फिर शान्ति घोड़े की पीठ पर जमकर बैठ गयी । उसने अरबी घोड़े के पेट में पाँव के कड़े से एड़ लगायी तो घोड़ा हवा से बात करने लगा।

चार वर्ष सन्तान-सेना के साथ रह कर शान्ति ने घुड़सवारी भी सीख ली थी। अगर ऐसा न करती तो जीवानन्द के साथ कैसे रहती? टूटी टाँग से कर लिंडले वहीं पड़ा रहा। शान्ति सरपट घोड़ा भगाकर चली गयी।

जिस वन में जीवानन्द छिपा था, वहाँ जाकर शान्ति ने जीवानन्द को सभी समाचार दिये। जीवानन्द ने कहा, ''मैं जल्दी जाकर महेन्द्र को सावधान करता हूँ, तुम मेले में जाकर सत्यानन्द ठाकुर को खबर दो। तुम घोड़ा भगाकर चली जाओ, ताकि तुम प्रभु का जल्दी समाचार मिले।''

फिर दोनों व्यक्ति दोनों तरफ भागे। शान्ति ने फिर नवीनानन्द का वेश धारण कर लिया था।

6

मेजर एडवर्डस पक्के अंग्रेज थे। जगह-जगह उनके आदमी तैनात थे। शीघ्र ही उनके पास खबर पहुँची कि वह वैष्णवी लिंडले साहब को नीचे गिराकर खुद घोड़ा लेकर न जाने कहाँ चली गयी है। सुनते ही एडवर्डस साहब ने कहा, ''शैटान की बच्ची ठी! टम्बू उखाड़ो।''

तब खट-खट ठक-ठक तम्बुओं के खूँटों पर मुँगरों की चोट पड़ने लगी। बादलों की बनी अमरावती की तरह वह वस्त्र-नगरी देखते-देखते गायब हो गयी। गाड़ियों में माल लादा गया। लोग पैदल या घोड़े पर बैठकर चले। हिन्दू, मुसलमान, मद्रासी और गोरे सैनिक कन्धे पर बन्दूक रखे जूते मचमचाते हुए चलने लगे। तोप की गाड़ियाँ घर्र-घर्र करती हुई चलीं।

उधर महेन्द्र सन्तान-सेना के साथ मेले में पहुँचने के लिए रवाना हो चुका था। उसी दिन शाम को उसने सोचा, दिन ढल चुका है, अब पड़ाव डाला जाय।

फिर तो पड़ाव डालना ही सबको उचित लगा। वैष्णवों के पास तम्बू नहीं थे। वे पेड़ों के नीचे टाट, बोरा या कथरी बिछाकर सोते थे। थोड़ा-सा हरि-चरणामृत पीकर रात बिताते थे। फिर भी भूख लगती थी तो वे सपने में वैष्णवी ठकुराइन के अधरों का सुधा-पानकर कर उसे मिटाते थे।

पास ही पड़ाव डालने योग्य स्थान था—आम, कटहल, इमली, और बबूल का बहुत बड़ा बाग। महेन्द्र ने आदेश किया, "यहीं पड़ाव डालो।"

बाग के पास एक छोटी पहाड़ी थी। लेकिन उस पर चढ़ने का रास्ता ठीक नहीं था। महेन्द्र ने एक बार सोचा कि उस टीले पर भी पड़ाव डाला जा सकता है। फिर उसने वह जगह देख जाने का विचार किया।

यही सब सोचकर महेन्द्र घोड़े पर बैठ पर धीरे-धीरे उस पहाड़ी पर चढ़ने लगा। वह पहाड़ी पर कुछ ही दूर चढ़ा था कि एक युवा सैनिक ने वैष्णवी सेना में पहुँचकर कहा, "चलो, उस टीले पर चलो।"

जो लोग वहाँ थे, उन्होंने आश्चर्य से पूछा, "क्यों?"

वह सैनिक एक ढूह पर चढ़कर बोला, "चलो, आज हमें इस चाँदनी रात में उस पहाड़ी पर चढ़कर नये वसन्त के नये फूलों की सुगन्ध लेते हुए शत्रुओं से लड़ना पड़ेगा।"

सन्तान-सैनिकों ने देखा कि यह सेनापति जीवानन्द है।

तब 'हरे मुरारे' का घोर नाद करते हुए सभी सन्तान-सैनिक भाले की टेक लगाकर उठ खड़े हुए। फिर वे सैनिक जीवानन्द के पीछे-पीछे बड़ी तेजी से उस पहाड़ी पर चढ़ने लगे।

किसी ने एक कसा हुआ घोड़ा लाकर जीवानन्द को दिया।

दूर से यह सब देखकर महेन्द्र को बड़ा आश्चर्य हुआ। उसने सोचा, यह क्या! बिना कहे वे लोग कैसे चले आ रहे हैं।

यह सोचकर महेन्द्र ने घोड़ा मोड़ लिया। वह चाबुक की फटकार से मानो धुआँ उड़ाता हुआ बड़ी तेजी से पहाड़ी पर से नीचे आने लगा।

सन्तान-सेना के आगे जीवानन्द को देखकर महेन्द्र ने पूछा, "क्या है आनन्द?"

जीवानन्द ने हँसकर कहा, "आज बड़ा आनन्द है। पहाड़ी के उस पार एडवर्डस साहब हैं। जो पहले पहाड़ी पर चढ़ेगा वही जीतेगा।"

तब जीवानन्द ने सन्तान-सैनिकों को ललकारते हुए कहा, "मुझे जानते हो? मैं जीवानन्द गोस्वामी हूँ। मैंने हजारों शत्रुओं का संहार किया है।"

तुमुल नाद से जंगल और मैदान को प्रतिध्वनित करते हुए समवेत स्वर सुनायी पड़ा, "हम जानते हैं। आप जीवानन्द गोस्वामी हैं।"

जीवानन्द : बोली, हरे मुरारे!

सहस्रों कण्ठों ने जंगल और मैदान को ध्वनित किया, "हरे मुरारे!"

जीवानन्द : पहाड़ी के उस तरफ दुश्मन हैं। आज उस पहाड़ी पर इस नीलाम्बरी रात में सन्तान-सैनिकों को युद्ध करना पड़ेगा। जल्दी चलो! पहाड़ी की चोटी पर जो पहले पहुँचेगा, वही जीतेगा। बोलो, वन्दे मातरम्।

तब जंगल और मैदान को ध्वनित कर गीतध्वनि गूँजी, "वन्दे मातरम्।"

सन्तान-सेना धीरे-धीरे पहाड़ी पर चढ़ने लगी। लेकिन तभी सबने घबड़ाकर देखा कि महेन्द्र बड़ी तेजी से पहाड़ी से नीचे उतरता हुआ तुरही बजा रहा है। देखते-देखते पहाड़ी की चोटी पर तोपों की कतारों के साथ अंग्रेजों की तोपची सेना लग गयी। नीलाकाश के तट पर वह सेना चित्रवत् शोभित हुई।

वैष्णवी सेना उच्च स्वर में गा उठी—

"तुमि विद्या तुमिं भक्ति
बाहुते तमि मा शक्ति
त्वं हि प्राणाः शरीरे।"

लेकिन अंग्रेजों की तोपों की धायँ-धायँ गरज में वह महागीत डूब गया। हथियारों और घोड़ों सहित सैकड़ों सन्तान-सैनिक हताहत होकर उस पहाड़ी पर लौट गये। धायँ-धायँ तोपें गरजीं। दधीचि की अस्थियों की हँसी उड़ाते और समुद्र की गर्जना को नीचा दिखाते हुए अंग्रेजों के वज्र नीचे लुढ़कने लगे। किसान की हँसिया के आगे धान की पकी फसल की तरह सन्तान-सेना कट-कटकर धराशायी होती रही। जीवानन्द और महेन्द्र वृथा प्रयास करते रहें। गिरते शिलाखण्डों की तरह सन्तान-सैनिक उस पहाड़ी पर से लौटने लगे। किसी को भागने का रास्ता नहीं मिला।

तब एक साथ सबके विनाश के लिए 'हुर्रे! हुर्रे! का शोर मचाती हुई गोरी पलटन नीचे उतर पड़ी। पर्वत से निकली विशाल नदी के झरने की तरह बड़ी तेजी से संगीन ताने प्रबल अटल अजेय ब्रिटिश सेना भाग चली सन्तान-सेना के पीछे दौड़ पड़ी।

जीवानन्द सिर्फ एक बार महेन्द्र को देखकर बोला, "आज तो विनाश है। आओ, "यहाँ मरें।"

महेन्द्र बोला, "मरने से यदि युद्ध जीता जाता तो मरता। अकारण मरना वीरों का धर्म नहीं है।"

जीवानन्द ने कहा, "अकारण ही सही, फिर भी लड़कर मरूँगा।" फिर उसने पीछे मुड़कर जोर से ललकारा, "हरि का नाम लेते हुए जो मरना चाहते हो, मेरे साथ आओ।"

बहुत से सैनिक आगे बढ़े।

जीवानन्द ने कहा, ऐसे नहीं! हरि के सामने शपथ लो कि जीते जी नहीं लौटेंगे।"

जो लोग आगे बढ़े थे, पीछे हटे।

जीवानन्द बोला, "कोई नहीं आओगे? फिर मैं अकेला चला।"

फिर घोड़े की पीठ पर से उचककर जीवानन्द से बहुत दूर पीछे खड़े महेंद्र को पुकार कर कहा, "भाई! नवीनानन्द को बता देना कि मैं चला। दूसरे लोक में भेंट होगी।"

यह कहकर जीवानन्द ने उस अग्निवर्षा के बीच तेजी से घोड़े को भगाया। उसके बायें हाथ में भाला था और दायें में बन्दूक थी। मुँह से ध्वनि निकल रही थी, "हरे मुरारे! हरे मुरारे!"

'हरे मुरारे' की ध्वनि लगाता हुआ जीवानन्द शत्रु-व्यूह में प्रवेश कर गया।

भागते हुए सन्तान-सैनिकों को पुकारकर महेन्द्र ने कहा, "देखो, तुम लोग एक बार पलटकर जीवानन्द गोसाईं को देखो। देखने पर नहीं मरोगे।"

पलटकर कुछ सन्तान-सैनिकों ने जीवानन्द की उस अमानुषी कीर्ति को देखा। पहले तो वे विस्मित हुए, फिर बोले, "जीवानन्द मरना जानता है और हम नहीं जानते? चलो, हम भी जीवानन्द के साथ बैकुण्ठ जायँ।"

यह सुनकर कुछ सन्तान-सैनिक लौटे। उनकी देखादेखी और कुछ फिर उनकी देखकर और भी कुछ लौटे। बड़ा हँगामा मच गया। जीवानन्द शत्रु-व्यूह में प्रवेश कर चुका था। फिर कोई भी सैनिक उसे देख न सका।

इधर पूरे युद्धक्षेत्र से सन्तान-सैनिकों ने देखा कि कुछ सन्तान-सैनिक फिर लौट रहे हैं। सबने सोचा कि सन्तान-सेना की जीत हुई है और वह शत्रुओं का पीछा कर रही है। तब सभी सन्तान-सैनिक 'मार-मार' का शोर मचाते हुए अंग्रेज सैनिकों पर चढ़ दौड़े।

उधर अंग्रेजी सेना में भी बड़ी खलबली मच गयी थी। सिपाही लड़ने की तरफ ध्यान न देकर दोनों बगल से भाग रहे थे। गोरे सैनिक भी संगीन ताने अपने खेमे की तरफ दौड़ पड़े थे।

इधर-उधर निगाह दौड़ाकर महेन्द्र ने देखा कि पहाड़ी की चोटी पर असंख्य सन्तान-सैनिक हैं। वे बड़े पराक्रम से नीचे उतरकर अंग्रेजी सेना पर हमला कर रहे हैं। तब महेन्द्र ने चिल्लाकर सन्तान-सैनिकों से कहा, "सन्तान-सैनिकों! यह देखो, शिखर पर प्रभु सत्यानन्द गोस्वामी का ध्वज दिखायी पड़ रहा है। आज कंस और केशि के विनाशकारी मधुकैटभारि स्वयं मुरारि युद्ध में अवतीर्ण हुए हैं। वे लाखों सन्तानों की पीठ पर हैं। बोलो, हरे मुरारे! हरे मुरारे! उठो! नवाबी फौज को आगे और पीछे से मसलकर मारो! पहाड़ों के उस पार लाखों सन्तान-सैनिक हैं।"

तब 'हरे मुरारे' की भीषण ध्वनि से जंगल और मैदान मथित होने लगे। सभी सन्तान-सैनिकों ने माभैः माभैः निनाद से और शस्त्रों की ललित ताल-ध्वनि से समन्वित झनकार से सभी जीवों को मोह लिया। महेन्द्र की सेना तेजी से पहाड़ी पर चढ़ने लगी। शैल से टकराकर अवरुद्ध नदी की तरफ राज सेना मथित, स्तम्भित और भयभीत हो गयी। तभी पचीस हजार सन्तान-सैनिकों को लेकर सत्यानन्द ब्रह्मचारी शिखर पर से समुद्री झरने की तरह उस सेना पर टूट पड़े। घनघोर युद्ध हुआ।

जैसे दो बड़े पत्थरों की रगड़ से छोटी-सी मक्खी पिस जाती है, वैसे दो सन्तान-सेनाओं के बीच पड़कर विशाल राजसेना पिस गयी।

वारेन हेस्टिंग्स के पास समाचार ले जाता, ऐसा भी एक आदमी न बचा।

7

पूर्णिमा की रात्रि! उस भीषण युद्धक्षेत्र में उस समय शान्ति थी। घोड़ों की भागदौड़, बन्दूकों की गरज, तोपों की धायँ-धायँ और चारों तरफ धुआँ, कुछ भी नहीं था। न कोई हुर्रे कह रहा था और न कोई हरिध्वनि कर रहा था। शोर मचा रहे थे सिर्फ सियार, कुत्ते और गिद्ध। सबसे बढ़कर

घायलों का क्षणिक आर्तनाद था। किसी का हाथ कटा था, किसी का सिर फूटा था, किसी का पैर टूटा था, किसी का पंजर भिदा था तो कोई घोड़े के नीचे दबा था। कोई पुकार रहा था माँ! तो कोई बाप! कोई पानी माँग रहा था तो कोई मौत। बंगाली, उत्तर भारतीय, अंग्रेज और मुसलमान सब एक साथ लिपटे पड़े थे। जिन्दों और मुर्दों के, आदमियों और घोड़ों के गड्डमड्ड ढेर लगे थे।

माघ के महीने के उस कड़ाके के जाड़े में, पूर्णिमा की रात्रि की उस उजली चाँदनी में वह रणक्षेत्र बड़ा भयानक लग रहा था। किसी को वहाँ जाने की हिम्मत नहीं पड़ती थी।

भले ही किसी की हिम्मत न पड़ती हो, लेकिन उस आधी रात को एक स्त्री उस दुर्लभ रणक्षेत्र में घूम रही थी। जलती मशाल लिये वह शवों के ढेर में न जाने क्या ढूँढ़ने लगी थी। वह हर शव के पास मशाल ले जाकर उसके चेहरे को देखने के बाद दूसरे शव के पास जा रही थी। कहीं कोई शव मृत घोड़े के नीचे दबा था तो वह मशाल को नीचे रखकर दोनों हाथों से घोड़े को हटाने के बाद उस शव को भी बाहर निकाल कर देखती थी। फिर जब देखती यह तो वह नहीं हैं जिसे ढूँढ़ रहा हूँ, तब वह मशाल लेकर आगे बढ़ जाती। इस तरह वह युवती पूरे रणक्षेत्र में ढूँढ़ती फिरी, लेकिन वह जिसे ढूँढ़ रही थी, वह कहीं नहीं मिला। तब वह मशाल फेंककर शवों से पटी और खून से सनी भूमि पर लोटकर रोने लगी। वह शान्ति थी, जीवानन्द के शव को ढूँढ़ रही थी।

धरती पर लोटकर शान्ति रोने लगी। तभी उसके कानों में किसी का अति मधुर करुण स्वर सुनायी पड़ा। कोई कह रहा था, "उठो बेटी! रोओ मत।"

शान्ति ने आँखें खोलकर देखा। उसे अपने सामने उस चाँदनी में अपूर्व दृश्य दिखायी पड़ा था। जटाजूटधारी विशालकाय महापुरुष खड़े थे।

फिर शान्ति उठ खड़ी हुई। आगन्तुक महापुरुष ने कहा, "रोओ मत बेटी! जीवानन्द का शरीर मैं ढूण्ढ़ देता हूँ। तुम मेरे साथ आओ।"

तब वह पुरुष शान्ति को रणक्षेत्र के बीच ले गये। वहाँ असंख्य शव एक-दूसरे पर पड़े हुए थे। शान्ति सबको हटा नहीं सकी थी। उन शवों को हटाकर उस महाबलवान् पुरुष ने एक युवा शरीर को निकाला।

शान्ति पहचान गयी कि वही जीवानन्द का शरीर है। उस शरीर के सभी अंग क्षत-विक्षत और रक्त से सने हुए थे। शान्ति सामान्य स्त्री की भाँति जोर-जोर से रोने लगी।

फिर उस पुरुष ने कहा, "रोओ मत बेटी! क्या जीवानन्द मृत है? शान्त होकर उसके शरीर की परीक्षा करो। पहले नाड़ी देखो।"

शान्ति ने जीवानन्द को नाड़ी देखी। उसमें उसे जरा भी गति नहीं मिली।

उस पुरुष ने कहा, "छाती पर हाथ रखकर देखो।"

जहाँ हृत्पिंड था, शान्ति ने वहीं हाथ रखकर देखा कि कुछ भी गति नहीं है। सब कुछ ठण्डा हो चुका है।

उस पुरुष ने फिर कहा, "नाक के पास हाथ ले जाकर देखो—साँस जरा भी चल रही है कि नहीं।"

शान्ति ने देखा कि कुछ भी नहीं है।

उस पुरुष ने कहा, "फिर देखो, मुँह में उँगली डालकर देखो, कुछ भी गरमी है या नहीं।"

शान्ति ने उँगली से देखने के बाद कहा, "समझ नहीं पा रही हूँ।"

मानो शान्ति आशा-मुग्ध हो चली।

महापुरुष ने बायें हाथ से जीवानन्द के शरीर को छुआ। फिर कहा, "तुम डर कर निराश हो गयी हो! इसलिए समझ नहीं पा रही हो। लगता है कि शरीर में अब भी कुछ ताप है। फिर देखो तो।"

शान्ति ने फिर नाड़ी देखी। हाँ, कुछ गति है! विस्मित होकर उसने जीवानन्द के हृत्पिंड पर हाथ रखा—जरा-जरा धड़क रहा है! वह नाक के पास उँगली ले गयी—बहुत धीरे-धीरे साँस चल रही है! मुँह के अन्दर भी थोड़ी गरमी मिली। शान्ति ने आश्चर्य से कहा, "क्या जीवन था? या नया जीवन आया है?"

उस पुरुष ने कहा, "यह कैसे हो सकता है बेटी! क्या तुम उसे उठाकर तालाब के किनारे ले जा सकोगी? मैं चिकित्सक हूँ। उसकी चिकित्सा करूँगा।"

शान्ति अनायास जीवानन्द को गोद में लिये तालाब की तरफ चली। चिकित्सक ने उससे कहा, "तुम उसे तालाब पर ले जाकर सारा खून धो डालो। मैं दवा लेकर आता हूँ।"

जीवानन्द को तालाब के किराने ले जाकर शान्ति ने खून धो डाला। तभी चिकित्सक ने जंगली लतर और पत्तियों का प्रलेप लाकर जीवानन्द के सभी घावों के मुँह पर लगाया। उसके बाद उन्होंने जीवानन्द के सारे शरीर पर बार-बार हाथ फेरा। तब जीवानन्द लम्बी साँस छोड़कर उठ बैठा। शान्ति की तरफ देखकर उसने पूछा, "युद्ध में किसकी जीत हुई?"

शान्ति बोली, "आपकी जीत हुई है। अब इस महात्मा को प्रणाम कीजिये।"

तब दोनों ने देखा कि कहीं कोई नहीं है। किसको प्रणाम करेगा?

पास ही विजयी सन्तान-सेना का बड़ा कोलाहल सुनायी पड़ रहा था, लेकिन शान्ति या जीवानन्द कोई भी नहीं उठा। वे पूर्णचन्द्र की किरण से समुज्ज्वल तालाब की सीढ़ी पर बैठे रहे। औषध के प्रभाव से थोड़ी देर में जीवानन्द का शरीर स्वस्थ हो गया। उसने कहा, "शान्ति! उस चिकित्सक के औषध में आश्चर्यजनक गुण हैं! जब मेरे शरीर में कोई वेदना या कष्ट नहीं है। अब कहाँ चलोगी, चलो। सन्तान-सेना के विजयोत्सव का शोरगुल सुनायी पड़ रहा है।"

शान्ति बोली, "अब वहाँ नहीं। माँ का कार्य सिद्ध हुआ है—यह देश सन्तानों का हो गया है। हम राज्य का हिस्सा नहीं चाहते—फिर अब वहाँ किसलिये जायेंगे?"

जीवानन्द : जो कुछ छीना है, उसे बाहुबल से बनाये रखना होगा।

शान्ति : बनाये रखने के लिए महेन्द्र हैं, सत्यानन्द स्वयं हैं। आपने प्रायश्चित्त करके सन्तान-धर्म के लिए शरीर-त्याग किया था। पुनः प्राप्त इस शरीर पर सन्तान-व्रतधारियों का कोई अधिकार नहीं है। सन्तान-व्रतधारियों के लिए हम मर चुके हैं। अब हमें देखने पर सन्तान-व्रतधारी कहेंगे कि प्रायश्चित्त के भय से जीवानन्द युद्ध के समय छिपा था, अब युद्ध में जीत हुई तो राज्य का हिस्सा लेने आया है।

जीवानन्द : क्या कहती हो शान्ति? लोग बदनाम करेंगे, इस डर से मैं अपना काम छोड़ूँगा? मेरा काम है मातृसेवा। कोई कुछ भी कहे, मैं मातृसेवा करूँगा।

शान्ति : अब आपको उसका अधिकार नहीं है, क्योंकि मातृसेवा के पीछे आप अपना शरीर छोड़ चुके हैं। यदि फिर माँ की सेवा करने का अवसर मिला तो आपका प्रायश्चित्त क्या हुआ है? मातृसेवा से वंचित होना ही इस प्रायश्चित्त का प्रधान अंग है, नहीं तो सिर्फ तुच्छ प्राण दे देना क्या बहुत बड़ा काम है?

जीवानन्द : शान्ति! तुम्हीं मर्म समझ सकती हो। मैं इस प्रायश्चित्त को अपूर्ण नहीं रखूँगा। मुझे सन्तान-धर्म से सुख मिलता है। उस सुख से मैं अपने को वंचित रखूँगा। लेकिन कहाँ जायेंगे? मातृसेवा छोड़ने के बाद घर लौटकर तो सुख नहीं मिलेगा।

शान्ति : क्या मैं वही कह रही हूँ? छिः! अब हम गृही नहीं हैं। इस तरह हम दोनों संन्यासी रहेंगे—ब्रह्मचर्य का पालन करेंगे। चलो, अब हम देश-देश घूमकर तीर्थदर्शन करते फिरें।

जीवानन्द : उसके बाद?

शान्ति : उसके बाद हिमालय पर कुटिया बनाकर दोनों देवता की आराधना करेंगे—जिससे माँ का मंगल हो, वही वर माँगेंगे।

फिर दोनों उठे, एक दूसरे का हाथ पकड़कर वे उस ज्योत्स्नामय निशीथ में अनन्त में अन्तर्हित हो गये।

हाय! क्या वे लौटेंगे माँ! जीवानन्द जैसे पुत्र और शान्ति जैसी कन्या को क्या तुम फिर गर्भ में धारण करोगी?

किसी से कुछ कहे बिना सत्यानन्द ठाकुर युद्धक्षेत्र से आनन्दमठ चले गये। वहाँ वे गहरी रात में विष्णुमण्डप में बैठकर ध्यान करने लगे। उसी समय ही वही चिकित्सक वहाँ जा पहुँचे। उनको देखकर सत्यानन्द ने उठकर प्रणाम किया।

चिकित्सक बोले, "सत्यानन्द, आज माघी पूर्णिमा है।"

सत्यानन्द : चलिये, मैं तैयार हूँ। लेकिन हे महात्मन! मेरा संदेह दूर कीजिये। मैंने जिस समय युद्ध जीतकर सनातन धर्म को निष्कण्टक किया, उसी समय मेरे प्रति परित्याग का यह आदेश क्यों हुआ?

आगन्तुक ने कहा, "तुम्हारा कार्य सिद्ध हुआ है। मुसलमान राज्य विनष्ट हुआ है। अब तुम्हारा कोई काम नहीं है। अकारण जीवहत्या की आवश्यकता नहीं है।"

सत्यानन्द : मुसलमान राज्य विनष्ट हुआ है, लेकिन हिन्दू राज्य स्थापित नहीं हुआ—अब भी कलकत्ते में अंग्रेज प्रबल हैं।

आगन्तुक : अभी हिन्दू राज्य स्थापित न होगा। तुम्हारे रहने पर अकारण नरहत्या होगी। इसलिए चलो।

यह सुनकर सत्यानन्द तीव्र मर्मपीड़ा से कातर हुआ। वे बोले, "हे प्रभु! यदि हिन्दू राज्य स्थापित न होगा तो कौन राजा बनेगा? क्या फिर मुसलमानों को राज्य मिलेगा?"

आगन्तुक ने कहा, "नहीं, अब अंग्रेज राजा होगा।"

सत्यानन्द की आँखों से आँसू बहने लगे। वे उपरिस्थिता मातृरूपा जन्मभूमि की प्रतिमा की तरफ मुड़कर हाथ जोड़े रूँधे स्वर में कहने लगे,

"हाय माँ! तुम्हारा उद्धार न कर सका। फिर तुम म्लेच्छों के हाथ पड़ोगी। सन्तान का अपराध मत लेना। हाय माँ! आज रणक्षेत्र में क्यों मेरी मौत नहीं हुई!"

चिकित्सक बोले, "सत्यानन्द, कातर मत होओ! बुद्धि के भ्रम से तुमने दस्युवृत्ति के द्वारा धन-संग्रह कर युद्ध जीता है। पाप का फल कभी पवित्र नहीं होता। इसलिए तुम लोग देश का उद्धार नहीं कर सकोगे। फिर जो कुछ होगा, वह अच्छा होगा। अंग्रेज राजा न होने पर सनातन धर्म के पुनरुद्धार की सम्भावना नहीं है। महापुरुषों ने जैसा समझा है, वही बात उसी तरह से समझाता हूँ। मन लगाकर सुनो। तैंतीस करोड़ देवताओं की पूजा सनातन धर्म नहीं, वह तो अपकृष्ट लौकिक धर्म है। उसके प्रभाव से सच्चा सनातन धर्म, म्लेच्छ जिसे हिन्दू धर्म कहते हैं, लुप्त हो चुका है। सच्चा हिन्दू धर्म ज्ञानात्मक है, कर्मात्मक नहीं। वह ज्ञान दो प्रकार का है, बहिर्विषयक और अन्तर्विषयक। जो ज्ञान अन्तर्विषयक है, वहीं सनातन धर्म का प्रधान अंग है। लेकिन बहिर्विषयक ज्ञान पहले न आने पर अन्तर्विषयक ज्ञान आने की सम्भावना नहीं है। स्थूल क्या है, यह न जानने पर सूक्ष्म क्या है, वह नहीं जाना जा सकता। अभी इस देश में बहुत दिनों से बहिर्विषयक ज्ञान लुप्त हो चुका है, फलस्वरूप सच्चे सनातन धर्म का भी लोप हुआ है। सनातन धर्म के पुनरुद्धार के लिए पहले बहिर्विषयक ज्ञान का प्रचार आवश्यक है। अभी इस देह में बहिर्विषयक ज्ञान नहीं हैं—सिखायें, ऐसे लोग भी नहीं हैं। हम लोकशिक्षा में निपुण नहीं हैं। इसलिए अन्य देश से बहिर्विषयक ज्ञान लाना होगा। अंग्रेज बहिर्विषयक ज्ञान के अच्छे ज्ञाता और लोकशिक्षा में बड़े निपुण हैं। इसलिए अंग्रेज को राजा बनायेंगे। अंग्रेजी शिक्षा के कारण इस देश के लोग बहिस्तत्त्व में सुशिक्षित होकर अन्तस्तत्त्व को समझने में समर्थ होंगे। तब सनातन धर्म के प्रचार में कोई बाधा नहीं रहेगी। तब सच्चा धर्म अपने आप पुनरुद्दीप्त होगा। अब तक वैसा नहीं होंगे, तब तक हिन्दू फिर ज्ञानवान्, गुणवान् और बलवान् नहीं होंगे, जब तक अंग्रेजी राज्य अक्षय रहेगा। अंग्रेजी राज्य में प्रजाजन सुखी होंगे—निष्कण्टक होकर धर्माचरण कर सकेंगे। इसलिए हे बुद्धिमन्, अंग्रेजों से युद्ध में निरस्त होकर मेरा अनुसरण करो।"

सत्यानन्द बोले, "हे महात्मन्! यदि अंग्रेज को राज्य करना ही आप लोगों का अभिप्राय है, यदि इस समय अंग्रेजी राज्य ही इस देश के लिए मंगलकारी है, तो आप लोगों ने हमे इस नृशंस युद्ध में क्यों लगाया था।"

महापुरुष बोले, "अंग्रेज इस समय वणिक हैं। धनोपार्जन की तरफ उनका ध्यान है। वे राज्य-शासन का भार लेना नहीं चाहते। इस सन्तान-विद्रोह के कारण वे राज्य-शासन का उत्तरदायित्त्व लेने के लिए विवश होंगे, क्योंकि राज्य-शासन के बिना धनोपार्जन नहीं होगा। अंग्रेजी राज्य स्थापित होगा। इसीलिए सन्तान-विद्रोह हुआ है। अब चलो, ज्ञान प्राप्त कर तुम स्वयं सभी बातें समझ सकोगे।"

सत्यानन्द : हे भगवान्! मैं ज्ञान-प्राप्ति की आकांक्षा नहीं रखता। मुझे ज्ञान की आवश्यकता नहीं है। मैं जिस व्रत को ग्रहण कर चुका हूँ, उसी का पालन करूँगा। आशीर्वाद कीजिये, मेरी मातृभक्ति अचला हो।

महापुरुष : व्रत सफल हुआ है। तुमने माँ का मंगल किया है। अंग्रेजों का राज्य स्थापित हुआ है। अब युद्ध-विग्रह त्याग दो। लोग कृषिकार्य में लगें, धरती शस्यशालिनी हो और लोगों की सम्पन्नता बढ़े।

सत्यानन्द की आँखों से चिनगारियाँ निकलीं। वे बोले, "शत्रुशोणित से सिक्त कर धरती माता को शस्यशालिनी बनाऊँगा।"

महापुरुष : शत्रु कौन है? अब शत्रु नहीं है। अंग्रेज मित्र राजा है। फिर अंग्रेजों से युद्ध में अन्त तक विजयी हो, ऐसी शक्ति किसी में नहीं है।

सत्यानन्द : न हो! यहीं इस मातृप्रतिमा के सामने प्राण-त्याग करूँगा।

महापुरुष : अज्ञानी रह कर? चलो, ज्ञान-लाभ करोगे। हिमालय-शिखर पर मातृमन्दिर है, वहीं से मातृभूमि दिखाऊँगा।

इतना कहकर महापुरुष ने सत्यानन्द का हाथ थाम लिया। क्या अपूर्व शोभा हुई! उस गहन विष्णुमन्दिर में विशाल चतुर्भुज मूर्त्ति के सामने मन्द प्रकाश में वे दोनों महाप्रतिभाशाली पुरुष शोभायमान हुए। वे एक दूसरे का हाथ पकड़े हुए थे।

किसने किसका हाथ पकड़ा? मानो ज्ञान ने आकर भक्ति का, धर्म ने आकर कर्म का हाथ पकड़ा। मानो विसर्जन ने आकर प्रतिष्ठा का हाथ थामा, कल्याणी ने आकर शान्ति की बाँह पकड़ी। यही सत्यानन्द शान्ति हैं और यही महापुरुष कल्याणी। सत्यानन्द प्रतिष्ठा हैं तो महापुरुष विसर्जन।

विसर्जन आकर प्रतिष्ठा को ले गया।

•

संन्यासी विद्रोह का इतिहास

(ग्लेग के संस्मरण में उद्धृत वारेन हेस्टिंग्स के पत्रों से)

आपने संन्यासियों, यानी रमते फकीरों के उपद्रव के बारे में सुना होगा! ये लोग हर वर्ष इसी समय कभी एक हजार तो कभी दस हजार का दल बनाकर इसी प्रान्त से होकर जगन्नाथ धाम की तीर्थयात्रा पर जाते हैं। इन्हीं लुटेरों के हाथ कैप्टेन टॉमस नामक वीर सैनिक अधिकारी मारे गये थे। उन्होंने मुट्ठी भर परगना सिपाहियों को लेकर रंगपुर के पास ऐसे तीन हजार लुटेरों का सामना किया था। इससे इन लुटेरों की जरूरत से ज्यादा चर्चा हुई। हालाँकि इन उपद्रवों के कारण उत्तरी जिलों में कर-वसूली पर बुरा प्रभाव पड़ा। अब निदेशक मण्डल की योजना के अनुसार सिपाहियों का जो नया संगठन बना है और प्रान्तों की सुरक्षा के लिए उन सिपाहियों को जैसे तैनात किया गया है, उससे मुझे आशा है कि इन लुटेरों के उपद्रवों से उन प्रान्तों की भली-भाँति सुरक्षा हो सकेगी।

—सर जॉर्ज कोलब्रुक को लिखा पत्र, 2 फरवरी, 1773।

इस वर्ष हमारे प्रान्तों में मानो अच्छा-खासा युद्ध छिड़ गया है। संन्यासियों के एक दल ने परगना सिपाहियों की दो फौजों को हरा दिया है और उनके दो अधिकारियों को मार डाला है। इनमें से एक कैप्टेन टॉमस को आप जानते हैं। जब ब्रिगेड सिपाहियों की चार बटालियनें उन संन्यासियों का पीछा कर रही हैं। लेकिन वे संन्यासी आमने-सामने नहीं लड़ते। उनके पास न पड़ाव डालने के साज-सामान हैं और न कपड़े ही। इससे वे बहुत जल्दी भाग सकते हैं। फिर भी आशा है कि हम उन्हें सबक

सिखा सकेंगे, क्योंकि वे नदियों से घिरे हुए हैं। अगर उनका ठीक से पीछा किया जायेगा तो वे भाग नहीं सकेंगे।

इन संन्यासियों का इतिहास बड़ा विचित्र है। ये तिब्बत की पहाड़ियों में दक्षिण में काबुल से चीन तक पूरे देश में रहते हैं, या यों कहना चाहिए कि छाये रहते हैं। वे प्रायः नंगे दिखायी पड़ते हैं। इनके पास न नगर हैं, न मकान और न परिवार। वे जगह-जगह घूमते हैं। ये जहाँ भी आते हैं, हट्टे-कट्टे बच्चों को चुराकर अपनी संख्या बढ़ाते हैं। इसीलिए ये भारत में सबसे बलवान् और कर्मठ लोग हैं। इनमें से अनेक व्यापारी भी हैं। ये सभी तीर्थयात्री हैं, इसलिए सभी जातियों के लोग इनका बड़ा आदर करते हैं। जनता की इस अन्ध भक्ति के कारण हमें इनकी गतिविधि की जानकारी नहीं मिल पाती और न इनके विरुद्ध कोई सहायता। इस सम्बन्ध में बड़े कड़े आदेश जारी किये गये हैं, फिर भी ये हमारे प्रान्तों में ऐसे पहुँच जाते हैं, जैसे आसमान से टपक पड़े हों। इनके परिश्रम, साहस और उत्साह की जितनी प्रशंसा की जाय, कम है। हिन्दुस्तान के जिप्सी, यानी संन्यासी ऐसे ही हैं।

हमारे सभी परगना सिपाहियों को हटाकर सीमाओं पर ब्रिगेड सिपाहियों को तैनात किया है। वे सिर्फ प्रान्तों की सुरक्षा का कार्य करेंगे और हर तीसरे महीने बदले जायेंगे। इससे मुझे आशा है कि भविष्य में उपद्रव नहीं होंगे और देश में शान्ति बनी रहेगी। फिर उनसे कर-वसूली का काम नहीं लिया जायेगा, जिससे लोग हमारे अपने लुटेरों के अत्याचारों से बच जायेंगे।

--जोशियस डूप्रे को लिखा पत्र, 9 मार्च, 1773।

अभी हाल में हमें संन्यासी नामक निडर उपद्रवियों के कारण बहुत परेशान होना पड़ा। इन लोगों ने बड़ी संख्या में पूरे प्रान्त को रौंद डाला और तबाही मचायी। इन उपद्रवों और इनको रोकने के हमारे प्रयासों के बारे में आपको सामान्य पत्रों और निर्देशों से ज्ञात होगा। इस समय हमारे सिपाहियों की पाँच बटालियनें इनका पीछा कर रही हैं। मुझे पूरी आशा है कि इन लोगों ने जो उपद्रव मचाया, उसका पूरा बदला लिया जायेगा। ये हमसे बेहतर स्थिति में नहीं हैं। लेकिन इनकी रफ्तार गजब की है, जिससे ये भाग निकलते हैं।

—पार्लिंग को लिखा पत्र, 31 मार्च, 1773।

पिछले पत्र मैंने लिखा था कि हमें अनुमान है, संन्यासी फकीरों ने कम्पनी के अधिकृत प्रान्तों को खाली कर दिया है। मुझे वैसी ही खबरें मिली थीं

और उनको सदा की गतिविधि से उसकी पूरी सम्भावना थी। लेकिन लगता है कि वे ब्रह्मचारी नदी को पार नहीं कर सके, अथवा उन लोगों ने अपना इरादा बदल दिया। फिर वे दो-दो तीन-तीन हजार के दल बनाकर रंगपुर और दिनाजपुर जिलों के विभिन्न भागों में आ धमके। इसकी उम्मीद नहीं थी। इसके पहले कड़े आदेश जारी किये गये थे कि यदि स्थानीय निवासी संन्यासियों की गतिविधि की सूचना नहीं देंगे तो उनको कठोर दण्ड दिया जायेगा। लेकिन अन्धविश्वास के कारण लोगों ने कोई सूचना नहीं दी। इसमें कभी-कभी वे लुटेरे इन प्रान्तों के बीच घुस आये और हमें खबर तक नहीं मिली। मानो वे वहाँ के लोगों को उनकी गलतियों को सजा देने के लिए आसमान से उतर आये थे। ऐसे ही एक दल से कैप्टेन एडवर्डस की छोटी-सी सेना की मुठभेड़ हुई थी। उस सेना में रद्दी परगना सिपाही भरे थे, जिन्होंने बड़ा बुरा आचरण किया। सिपाही भाग खड़े हुए और नाला पार करते समय कैप्टेन एडवर्डस मारे गये। इस सफलता से संन्यासियों का साहस बढ़ गया। मुझे खबर मिली कि उन्होंने उन जिलों के हर भाग में उपद्रव मचाया। कैप्टेन स्टूअर्ट 19वीं वटालियन के साथ पहले से संन्यासियों का पीछा कर रहे थे, लेकिन वे जहाँ भी पहुँचे, उपद्रवी पहले ही वहाँ से भाग निकले। मैंने कैप्टेन स्टूअर्ट से सहयोग करने, लेकिन अलग से काम करने के लिए बरहमपुर से दूसरे बटालियन भी रवाना कर दी है। उसी समय मैंने दीनापुर छावनी से और एक बटालियन को तिरहुत होते हुए पूर्णिया जिले के उत्तरी सीमा से बढ़ने का आदेश दिया था, क्योंकि वही संन्यासियों का रास्ता है। उस बटालियन को यह भी निर्देश दिया गया था कि यदि संन्यासियों से मुठभेड़ हो तो कूच बिहार तक उनका पीछा करे और कैप्टेन जीन्स से मिलकर उस क्षेत्र में शान्ति बनाये रखे।

संन्यासियों के कुछ दलों ने पूर्णिया जिले में घुसकर अनेक गाँवों को जलाया और लूटा था। वहाँ के कलेक्टर ने कैप्टेन ब्रुक से सहायता माँगी थी। कैप्टेन ब्रुक उस समय नये रंगरूटों को अपनी पैदल सेना के साथ राजमहल के पास पानीहाटी में थे। उन्होंने संन्यासियों के दमन के लिए अविलम्ब नदी पार की। लेकिन उनके पहुँचते-पहुँचते विद्रोही कोसी नदी पारकर भाग निकले।

—सर जॉर्ज कोलब्रुक को लिखा पत्र, 31 मार्च, 1773।

इस वर्ष से प्रारम्भ में भी संन्यासियों ने वैसा ही उपद्रव मचाना चाहा, जैसा गत वर्ष मचाया था। लेकिन पहले से उनके मुकाबले को तैयारी थी

और अपने प्रथम प्रयास में ही उनको एक-दो बार खूब मुँह की खानी पड़ी, जिससे हम उनको देश के बाहर रख सके। हमने उनका पीछा करने के लिए घुड़सवार को लगा दिया, जिससे वे बहुत डर गये। अपनी तेज रफ्तार के कारण वे हमारे सिपाहियों को कुछ नहीं समझते। भाग कर वे बच जाते हैं। मेरा इरादा उनके विरुद्ध प्रभावी कदम उठाने और जिले के उत्तर-पूर्वी भाग से उनको निकाल बाहर करने का है, क्योंकि वहाँ उन्होंने अपने स्थायी अड्डे बना रखे हैं। इसके लिए उन जमींदारों को भी कड़ी सजा देनी पड़ेगी, जो उन्हें शरण या सहायता देते हैं।

—लॉरेन्स सुलिवान को लिखा पत्र, 20 मार्च, 1774।

●●●